W0283577

India Holton

India Holton vit en Nouvelle-Zélande, où elle profite de tout ce qui fait la beauté d'être « kiwi » : de longues promenades en forêt, des séjours où elle explore des îles pieds nus et des virées en bateau. Elle réside dans un cottage en bord de mer, écrit des romans qui mettent en scène des héroïnes peu conventionnelles et des vauriens attachants, et boit beaucoup, beaucoup trop de thé.

Des oiseaux fabuleux dans un ciel victorien

DE LA MÊME AUTRICE AUX ÉDITIONS J'AI LU

Dangereuses demoiselles

1 – *Les dames pirates*
2 – *La Ligue des sorcières distinguées*
3 – *Les Services du thé et de la traîtrise*

INDIA
HOLTON

LOVE'S ACADEMIC – 1

Des oiseaux fabuleux dans un ciel victorien

Traduit de l'anglais (Nouvelle-Zélande)
par Anne Busnel

J'AI LU

Titre original
THE ORNITHOLOGIST'S FIELD GUIDE TO LOVE

Éditeur original
Berkley, une marque de Penguin Random House LLC

Publié avec l'accord de l'autrice,
c/o BAROR INTERNATIONAL, INC., Armonk, New York, USA

Pour Amaya,
avec des vents de nord-est,
des océans déchaînés,
et tout mon amour.

PERSONNAGES PRINCIPAUX
par ordre d'apparition

HIPPOLYTA SPIFFINGTON-QUIRM : ornithologue de haute volée
BETH PICKERING : jeune ornithologue intrépide
DEVON LOCKLEY : jeune ornithologue et fripon incorrigible
KLAUS OBERHUFTER : ornithologue d'envergure
LADY TRIMBLE : messagère zélée (mais non ailée)
MLLES FOTHERINGHAM : vision double
M. TARROU : oiseau de malheur
M. CHOLMBAUMGH : imprononçable
DIVERS ORNITHOLOGUES
DIVERS JOURNALISTES
MM. FETTICK et FLOGG : inséparables
M. BADEAU : cette conversation s'autodétruira dans...
M. SCHREIB : pas celui qu'on croit
ELIZA WOLFE : compétitrice
UN ÉQUIPAGE DE PÊCHEURS FRANÇAIS : des amis (ou pas)
DES GENS DU COIN
M. et MME PODDER : rencontre fortuite
ROSE MARIN : impitoyable
MME HASSAN : coïncidence
GABRIEL TARRANT : cousin grincheux
LAZ BRADY : blanc-bec
PR GLADSTONE : le grand Vautour d'Oxford

1

Sur l'ornithologue aguerrie, les soucis glissent comme l'eau sur les plumes d'un canard.

Des oiseaux à travers un verre de sherry,
H.A. QUIRM

Espagne, 1890

C'était une belle journée pour une sortie ornithologique. Presque trop. Le soleil dardait ses rayons dans un ciel d'azur que nul souffle d'air ne venait rafraîchir. Sur ce sentier forestier du nord de l'Espagne, la chaleur était écrasante.

Mme Quirm et Mlle Pickering marchaient sous l'ombre protectrice de leurs chapeaux en s'éventant de leurs mains gantées de blanc. De temps à autre, elles levaient leurs jumelles argentées pour scruter le feuillage des arbres.

Dans les frondaisons, divers spécimens voletaient, pépiaient, se faisaient la cour et vaquaient à leurs occupations aviaires. Mais ces dames étaient en quête d'un oiseau particulier, bien plus farouche que ces espèces communes.

Elles l'avaient entrevu un peu plus tôt dans la matinée et s'étaient mises en route malgré la canicule, bien décidées à le retrouver.

— Bigre, je meurs d'envie d'un verre de citronnade ! s'exclama Mme Quirm.

— Cette chaleur est atroce, renchérit Mlle Pickering.

Mme Quirm claqua des doigts.

— Rupert ! Citronnade, je vous prie.

Derrière elle, Rupert se tourna vers la cohorte de porteurs, guides et domestiques qui avançaient dans leur sillage. Sur un geste de sa part, un valet accourut avec une carafe et un verre. Sitôt la citronnade versée, Rupert la présenta à Mme Quirm sur un plateau d'argent.

Elle s'en saisit, mais n'eut pas le temps de porter le verre à ses lèvres, car quelque chose attira son attention.

— Une bâtarde ! Ici, en pleine forêt !?

Mlle Pickering tressaillit. Une dame n'était pas censée mentionner ces malheureuses créatures nées hors mariage. Et du haut de ses vingt-quatre printemps, Beth Pickering n'avait jamais rencontré femme plus distinguée que Hippolyta Quirm – en dépit de la puissance de ses cordes vocales et du volume sonore de sa voix, qu'on aurait pu qualifier de « braillarde » chez une personne moins raffinée.

— Je comprends votre surprise, Elizabeth ! Une outarde n'a rien à faire dans la forêt ! C'est un oiseau des plaines !

— Oh, une *outarde*..., fit Beth, soulagée.

La chaleur qui n'allait pas tarder à lui brûler les poumons avait sans doute lésé ses conduits auditifs.

Elle souffla sur une mèche brune collée à son front moite, regrettant qu'il ne soit pas correct d'enlever son chapeau ni d'ouvrir son col en public... et encore moins de sauter nue dans la rivière la plus proche.

L'ornithologue de terrain ne devait pas craindre de se salir. Il fallait composer avec des chaussures poussiéreuses, des bas déchirés, une ombrelle parsemée de fientes... et, pire, une sudation importante.

Lorsque Hippolyta lui avait annoncé qu'elles partaient en Espagne à la recherche du sifflemort doré – un oiseau discret de la famille des Picidés –, Beth avait bien failli se défiler.

Anglaise jusqu'au bout des ongles avec son teint ivoirin et sa passion pour le thé, elle avait été horrifiée à la perspective d'un été sans brume ni bourrasques. Mais comment ne pas sauter sur une telle occasion ?

Capturer un sifflemort leur vaudrait une reconnaissance universelle. Et si quelqu'un pouvait y arriver, c'était bien Hippolyta Quirm, auteure du célèbre guide *Des oiseaux à travers un verre de sherry* qui, à seulement trente et un ans, avait remporté cinq fois le titre prestigieux de Meilleure Ornithologue d'Angleterre.

Beth avait bien de la chance d'être sa collaboratrice. Les deux femmes s'étaient rencontrées par hasard dans la forêt d'Epping en se donnant mutuellement un coup de filet sur la tête alors que chacune tentait de capturer un magnifique rouge-gorge faiseur de pluie – lequel en avait profité pour s'échapper à tire-d'aile.

Elles avaient vite compris qu'elles avaient tout intérêt à s'associer. Primo parce que Beth avait d'emblée présenté ses excuses en affirmant que ce malheureux incident était sa faute, et secundo parce que Hippolyta était tombée d'accord avec elle.

— Vous pourrez poursuivre vos recherches postdoctorales sur l'habitat des oiseaux fabuleux, et je vous accompagnerai sur le terrain, avait proposé Mme Quirm quand elles étaient rentrées ensemble à Londres.

— Entendu, avait répondu Beth.

À quoi bon prendre le temps de la réflexion ? De toute façon, il n'était pas question de refuser.

Certes, Hippolyta était terriblement bruyante, pire qu'une volée de plongeons arctiques ailes-de-tonnerre, et voyager avec elle ne laissait pas beaucoup de temps pour lire au calme. Mais c'était un petit prix à payer quand on avait la possibilité d'élargir son horizon – au sens propre comme au figuré.

Ainsi donc, depuis deux ans, tout en continuant d'enseigner l'ornithologie à la faculté d'Oxford, Beth visitait des lieux improbables grâce à la fortune personnelle de Hippolyta.

Jamais elle n'aurait pu se le permettre avec son humble salaire de professeure. Et elle se surprenait même à rêver du jour où elle pourrait se rendre enfin en Nouvelle-Zélande afin d'étudier le moa géant, un grand oiseau carnivore.

Pour le moment, elle était surtout en grand danger de se noyer dans sa propre transpiration.

Un peu de courage ! se morigéna-t-elle.

Elle avait bien plus souffert en Égypte, quand Hippolyta et elle y étaient parties traquer le courlis des sables cracheur de feu. À l'époque, elle venait de perdre ses parents et portait du noir de la tête aux pieds. La chaleur, suffocante, avait bien failli l'envoyer elle aussi au cimetière. Plus d'une fois, elle avait manqué s'évanouir – et elle serait tombée de son dromadaire sans ses lourds jupons qui la clouaient à la selle.

Heureusement, Hippolyta s'était rendu compte que le courlis adorait les biscuits à la fécule de marante, ce qui avait permis d'attirer un spécimen dans une cage et de le ramener à Londres. Sans cet éclair de génie de sa bienfaitrice, Beth aurait vu sa carrière naissante réduite en cendres (au sens propre comme au figuré, car chasser les oiseaux fabuleux est une activité périlleuse).

— Je pense que la présence de cette outarde est un bon présage.

La voix de Hippolyta arracha Beth au souvenir de la fournaise égyptienne et la replongea dans la canicule espagnole.

— Je parie qu'elle a été attirée par les vibrations thaumaturgiques émises par le sifflemort. Nous touchons au but, Elizabeth ! Oberhufter m'avait conseillé de chercher plus au sud, mais comme d'habitude, il disait des âneries ! Je suis une experte, je ne me trompe jamais !

— Absolument.

— Ce crétin ! Quand je pense qu'on lui a décerné cette année le titre d'Espoir de l'ornithologie ! Mais j'ai la preuve qu'il a graissé la patte des membres du comité en leur offrant des plumes d'engoulevent tisseur de cauchemars.

— Hum, hum.

Beth se garda bien de faire remarquer à Hippolyta qu'elle avait elle-même tenté d'influencer les votes en distribuant des serres de strix démoniaque aux jurés. Manœuvre vaine, puisque Herr Oberhufter avait aussi réussi à capturer une grive scarlatine, une mésange rubiconde et un couple de huppes mange-grenouilles dont il avait fait don au Jardin zoologique de Londres – avant d'être obligé de les récupérer en catastrophe, tant le raffut menaçait de rendre fous les riverains.

Bien sûr, un esprit mesquin aurait pu objecter que, durant ses expéditions, Oberhufter avait cassé la jambe d'un collègue et qu'il en avait expédié un autre au fin fond de la Sibérie en lui faisant croire qu'on y avait découvert le mythique hibou yéti – depuis, personne n'avait revu le malheureux.

Mais le comité avait fermé les yeux sur ces pratiques déloyales. Nul n'affrontait la concurrence sans y laisser des plumes.

— La postérité se souviendra d'Oberhufter comme d'une horrible crapule doublée d'un tricheur, tempêtait Hippolyta. Quand nous rentrerons à Londres avec le sifflemort, je ferai campagne pour qu'il soit radié de la Société internationale d'ornithologie.

— Bonne idée, approuva Beth en soufflant de nouveau sur sa mèche.

— Un peu de chantage devrait suffire. Et dans le cas contraire, vous n'aurez qu'à séduire le président du comité.

— C'est-à-dire...

— Un homme qui met des chaussettes dans ses sandales ne saura pas résister à vos charmes féminins.

Beth ignorait qu'elle possédait un tel atout. Et ne sachant pas au juste en quoi il consistait, elle ne put fournir de réponse idoine. Mais cela n'avait pas d'importance. Hippolyta avait déjà reporté son attention sur les arbres environnants.

— Le sifflemort est proche. Mon instinct me le dit, et il est infaillible ! Ouvrez l'œil, Elizabeth. Nous cherchons en particulier des feuilles calcinées ou des essaims d'insectes. Vous entendez, messieurs ? Des insectes ! ajouta Hippolyta en tournant la tête vers la file de domestiques.

Ces derniers réagirent en affichant diverses expressions indiquant qu'*a priori* ils auraient aimé pouvoir envoyer promener cette consigne dans un endroit bien moins ensoleillé que la forêt espagnole.

Soudain les feuillages frémirent. Hippolyta et Beth se figèrent, les yeux levés, les sens en alerte, dans l'espoir de saisir une image, un son ou une onde thaumaturgique...

Derrière, les serviteurs en profitèrent pour se délester de leurs fardeaux (au sens propre : outillage et fournitures diverses, cages, paniers, table et chaises de pique-nique ; et au sens figuré : lassitude et ennui que leur inspirait un travail aussi pénible). Trempés de sueur, ils s'essuyèrent le front et retroussèrent leurs manches. Beth les aurait enviés si son attention n'avait été totalement focalisée sur les arbres.

— Là ! cria Hippolyta.

Elle jeta son verre de citronnade, estourbissant à son insu le dernier spécimen européen de zinzinule à houppette pourpre qui picorait dans la broussaille – et qui, si elle l'avait récupéré, lui aurait rapporté plusieurs milliers de livres.

— Vite, le filet ! lança-t-elle encore, les yeux rivés sur le plumage mordoré de l'oiseau, qui avait à peu près la taille d'un paon.

Mais, avant que Rupert ait le temps d'envoyer un domestique demander à un porteur le filet qu'il aurait ainsi pu présenter à sa maîtresse, le sifflemort s'envola le long du sentier.

— Suivez-le !

Soulevant d'une main sa longue jupe blanche et brandissant de l'autre son ombrelle, Beth s'élança à la poursuite du volatile tandis que Hippolyta la talonnait dans un froufrou de taffetas.

Sous le regard amorphe des domestiques, elles coururent sur le chemin, cramponnées à leurs précieuses ombrelles, soulevant sous leurs bottines un nuage de poussière ocre.

— Plus vite ! cria Hippolyta.

Mais c'est alors que Beth freina sa course dans un léger dérapage.

Le sifflemort plana encore un court instant avant de se poser un peu plus loin sur le sentier. Il replia ses ailes et sa crête dorée étincela au soleil.

— Pourquoi cet arrêt ?

L'avertissement d'Elizabeth survint juste à temps pour éviter à Hippolyta de tomber tête la première dans un ravin qui coupait la route.

Sous l'effet de la surprise, elle lâcha ses jumelles et, impuissante, les regarda dégringoler puis s'écraser contre des rochers une trentaine de mètres plus bas.

— Sapristi !

Beth fixait le sifflemort, qui redressa crânement sa longue queue dorée de l'autre côté du précipice.

— On dirait qu'il se moque de nous, murmura-t-elle.

— Je ne m'avoue pas vaincue ! Nous ne pouvons pas laisser cet oiseau à la merci d'individus sans scrupules (autrement dit, ses collègues). Il faut le mettre en sécurité dans la volière du duc de Wimbledon, et ce n'est pas une vulgaire crevasse qui va m'arrêter ! Décollage !

Les deux femmes tirèrent sur la cordelette attachée au manche de leurs ombrelles. De longues pales métalliques jaillirent de la dentelle et se mirent à tourner dans un sifflement saccadé.

Elles s'élevèrent dans les airs.

Plus loin, le sifflemort picorait, apparemment indifférent à l'approche de ces étranges et bruyants volatiles. Mais un éclat dans ses petits yeux noirs semblait indiquer qu'il s'amusait beaucoup et attendait simplement qu'elles se rapprochent pour s'envoler de nouveau.

Hippolyta et Beth survolèrent l'étroit ravin et atterrirent de l'autre côté avant de refermer leurs ombrelles. Hippolyta tendit la main vers Beth sans quitter l'oiseau des yeux.

— Filet !

— Eh bien...

Hippolyta claqua des doigts avec impatience.

— Nous l'avons oublié.

— Oh, flûte ! Enfin, peu importe.

Hippolyta n'était pas devenue la plus célèbre ornithologue de terrain de l'Empire britannique – et du continent européen, où elle était cependant un peu moins connue – sans avoir un minimum de ressources face à l'adversité.

Elle se débarrassa de sa veste à manches ballon.

— Excellente idée ! approuva Beth.

Elle était sur le point de lui souhaiter bonne chance dans une entreprise aussi risquée quand Hippolyta lui tendit le vêtement.

— Et rappelez-vous, Elizabeth : quand le sifflemort est effrayé, il émet ce cri funeste...

— *Yiiiihaaacaaa !* Attention en bas !

Un homme venait de sauter d'un arbre, les pans de son long manteau marron voletant derrière lui.

Le sifflemort tressaillit et ouvrit les ailes. Le cœur de Beth s'arrêta de battre quand elle le vit basculer son long cou, prêt à entonner son chant létal...

Mais, vif comme l'éclair, l'inconnu l'attrapa et lui coinça le bec sous son bras pour le réduire au silence. Le plumage de l'oiseau s'ébouriffa un court instant, puis redevint lisse et brillant.

Souriant, l'homme s'inclina dans une courbette un peu maladroite étant donné la taille du volatile qu'il avait dans les bras. Il était mal rasé et la mèche brune qui lui retombait dans l'œil lui donnait l'air d'un pirate.

— Bien le bonjour, mesdames !

— Professeur Lockley ? Mais... que faites-vous là ? s'exclama Beth.

— Je crois que je suis en train de voler votre oiseau, chère mademoiselle Pickering.

— Qui est ce vaurien ? s'enquit Hippolyta.

— Devon Lockley. Il enseigne l'ornithologie à la faculté de Cambridge.

Beth avait été présentée à Lockley un mois plus tôt, durant le congrès annuel des ornithologues du Berkshire. Il ne lui avait pas fait forte impression : manteau mité, sourire facile, plus intéressé par les petits fours que par leur conversation. Bref, l'exemple type du collègue de sexe masculin.

Il avait certes plus d'allure aujourd'hui. Sauter d'un arbre pour cueillir le sifflemort presque en vol... cela avait un certain panache, il fallait l'admettre. Mais évidemment, c'était beaucoup plus facile quand on n'était pas encombré de trois jupons superposés.

Son attitude était cependant pour le moins provocante, et le pantalon froissé qui moulait ses cuisses puissantes n'arrangeait rien. Beth n'allait pas rougir – en sa qualité d'Anglaise distinguée, elle s'y refusait catégoriquement –, mais dans sa poitrine, son cœur était en train de défaillir.

— Cambridge, répéta Hippolyta du ton dégoûté qu'elle aurait employé à la vue d'un fromage grouillant d'asticots. Et... *Devon Lockley* ? Qu'est-ce que c'est que ce nom ?

Beth n'osa lui faire remarquer qu'on était mal placé pour se moquer quand on s'appelait Hippolyta Albertina Spiffington-Quirm.

— Le genre de nom qu'on donne à son fils quand on n'a pas d'imagination et qu'on vit dans le Devonshire. Très honoré de faire votre connaissance, madame Quirm. D'autant que vous avez eu la bonté de pousser le sifflemort vers ma cachette. Mille mercis. Et mon associé, Herr Oberhufter, se joint à moi pour vous signifier toute notre grat...

— Oberhufter ?

Hippolyta tira de sa poche un ravissant petit revolver en argent et le braqua sur le professeur.

Lockley se borna à sourire.

— Je comprends votre frustration, chère madame. Néanmoins, cette démonstration de force est vaine.

— Au contraire ! Rendez-moi immédiatement l'oiseau, espèce de gredin ! Ou je vous abats !

— Je me suis sans doute mal exprimé. Je voulais dire que votre revolver ne sert à rien puisque nous avons pris la liberté d'enlever les balles du barillet.

— Oh !

Hippolyta secoua son revolver d'un air interloqué.

— *Nous ?* répéta Beth.

En guise de réponse, Devon Lockley tourna la tête vers le ravin.

Beth l'imita et découvrit que, de l'autre côté, la moitié des domestiques avaient été ligotés et bâillonnés. Les autres étaient en train de rebrousser chemin en emportant le matériel et le panier de victuailles.

Un gentleman corpulent, vêtu d'un costume en tweed brun, était installé à la table de pique-nique en fer forgé. Il souleva son chapeau melon pour saluer les dames.

— Oberhufter ! s'étrangla Hippolyta. Diantre, c'est un scandale !

— Non, ma chère. C'est de l'ornithologie, rétorqua l'Allemand avec un sourire féroce.

*

Devon savait bien qu'il aurait dû décamper au plus vite. Hippolyta Quirm était l'ornithologue la plus ambitieuse du circuit, et elle venait de prouver qu'elle était prête à tout pour s'emparer du sifflemort.

Mais il ne put s'empêcher d'adresser un sourire charmeur à Mlle Pickering.

Il se rappelait l'avoir rencontrée dans le Berkshire, lors d'un congrès prodigieusement ennuyeux. Espérant passer le temps en flirtant un peu, il avait demandé à être présenté à cette ravissante personne. Mais elle s'était montrée si réservée et sérieuse qu'au bout d'un moment, il avait préféré affronter les périls digestifs du buffet pour vérifier qu'il était toujours vivant.

Mais fichtre qu'elle était jolie avec ses yeux aussi bleus que les plumes de la paruline gobechat d'Alaska, sa bouche aussi tendre qu'un baiser matinal et son visage en forme de cœur !

Pour le moment, elle le fusillait du regard, rêvant sans doute de le banderiller de la pointe de son ombrelle. Bah, cela ne l'aurait pas dérangé. Une jolie fille, c'était bien. Une jolie fille vilaine, c'était mieux.

Hélas, il avait un travail à finir, sans compter que Hippolyta était en train d'attraper son épingle à chapeau, annonçant des jeux bien moins agréables que ceux qu'il avait en tête.

Alors il bondit et arracha l'ombrelle des mains de Mlle Pickering.

— Bonté divine ! s'exclama-t-elle. Inutile d'en arriver à de telles extrémités. Nous pouvons certainement négocier...

— Volontiers. Voici ma proposition : je prends l'oiseau et vous me dites poliment au revoir.

Sur ces mots, il ouvrit l'ombrelle et tira sur le cordon pour déployer les pales. Mlle Pickering écarquilla les yeux, et il eut peur qu'elle se ne mette à pleurer. *Pauvre fille*, songea-t-il, apitoyé. *Si timide et sans cesse piétinée par son associée.* Elle était...

Elle était en train de le frapper avec l'ombrelle qu'elle avait arrachée des mains de Hippolyta !

Comme Devon prenait de la hauteur, Mlle Pickering lui asséna plusieurs coups vigoureux dans les jambes. Subjugué, il lui sourit. Puis, d'un rapide coup de pied, il envoya l'ombrelle valser dans le ravin.

— Désolé ! lança-t-il sans le moindre remords.

— Je n'accepte pas vos excuses !

Elle avait les joues toutes roses. Devon envisagea une dernière provocation. Peut-être un baiser soufflé dans l'air, juste pour voir jusqu'où il pouvait la pousser ?

Mais déjà l'héli-ombrelle l'emportait au loin.

À la prochaine ! promit-il dans sa tête.

Son corps fut alors parcouru de vifs élancements (peut-être dus aux coups d'ombrelle qu'il avait reçus ?).

*

Beth fulminait. Elle vit Devon survoler le ravin, puis atterrir en souplesse de l'autre côté. Hippolyta avait abandonné toute prétention à la distinction et marmonnait un chapelet de jurons (Beth ne distinguait pas bien les mots, mais elle était choquée quand même).

De l'autre côté du ravin, Herr Oberhufter se leva tout en s'éventant nonchalamment avec son chapeau melon. Il s'inclina face aux dames dans une courbette moqueuse.

— Merci de votre aide, très chères !

— Ordure ! cria Hippolyta.

Elle tira à plusieurs reprises dans sa direction, démontrant que le barillet était effectivement vide.

Oberhufter ne la gratifia même pas d'un rire diabolique. Il rejoignit Devon pour l'aider à mettre le sifflemort dans la grande cage en acier que Hippolyta avait apportée tout exprès. Devon recouvrit la cage avec la nappe à pique-nique, afin que l'oiseau se calme et n'ait plus de velléités de chanter.

Puis, sans plus attendre, les deux hommes s'en allèrent avec leur butin (porté par un domestique félon), laissant les deux femmes seules en pleine forêt, à des kilomètres de toute civilisation, spoliées de quelques milliers de livres et très certainement du prix qui serait décerné lors de la prochaine conférence internationale d'ornithologie.

— Soyez maudit, Oberhufter ! cria Hippolyta. Quand je vous tiendrai, soyez sûr que je vous volerai dans les plumes.

— Bien dit ! ajouta Beth.

Et elle essuya son front ruisselant de sueur d'un revers de main, juste au moment où Devon Lockey tournait la tête pour lui adresser un dernier sourire.

2

L'outil le plus précieux d'une ornithologue est l'amitié de ses pairs (et tout financement qu'elle pourra leur souffler sous le nez).

Des oiseaux à travers un verre de sherry,
H.A. QUIRM

Lorsqu'elles passèrent la frontière française une semaine plus tard, Beth et Hippolyta n'avaient toujours pas digéré ce qui leur était arrivé.

À maintes reprises, Herr Oberhufter avait été traité de tous les noms d'oiseaux et Devon Lockley, crucifié – au sens figuré.

Puis vint le jour où elles trouvèrent un autre motif d'indignation qui leur permit enfin de changer de sujet.

— Ils appellent ça du « thé » ? On dirait de l'eau de vaisselle !

Hippolyta reposa brutalement sa tasse sur la soucoupe en porcelaine. Le tintement leur attira des regards réprobateurs des autres clients de l'hôtel Chauvesouris. Mais Hippolyta était trop distinguée pour montrer qu'elle l'avait remarqué.

Elle prit un macaron dans le plat, le déposa dans son assiette et le coupa en deux à l'aide de son couteau. L'explosion pâtissière qui en résulta faillit éborgner son voisin le plus proche.

— Faire un thé aussi dégoûtant, ça ne m'étonne pas des Français, ronchonna-t-elle.

— Je suis bien d'accord, opina Beth.

Elle trouvait le thé parfaitement normal, mais avait très vite appris que la meilleure façon de converser avec Hippolyta consistait à ne pas la contredire.

— Nous aurions dû descendre à l'hôtel Meurice.

— En effet.

Hippolyta fronça les sourcils.

— Ne dites pas n'importe quoi, Elizabeth. Vous savez bien que c'était impossible !

— Naturellement, se reprit la jeune femme en opérant un virage à cent quatre-vingts degrés avec une déconcertante facilité.

— Le Meurice est beaucoup trop loin de l'université où M. Chevrolet va donner sa conférence. Je peux parcourir inlassablement la campagne, mais piétiner en ville, c'est vulgaire.

— Vous avez tellement raison.

Cela expliquait pourquoi l'hôtel Chauvesouris grouillait d'ornithologues tout émoustillés. Il se disait que M. Chevrolet avait la moustache d'un Adonis et les cuisses de Zeus – et bien sûr, il était très pédagogue. Ses conférences sur les oiseaux fabuleux se tenaient à guichets fermés.

Et puis, même s'il y avait quantité d'hôtels très corrects à Paris, les ornithologues préféraient garder un œil sur leurs collègues… au cas où ceux-ci auraient voulu les doubler d'une manière ou d'une autre.

Le gouvernement britannique rémunérait grassement les scientifiques qui capturaient des spécimens dangereux ou en voie d'extinction. Ces derniers étaient ensuite mis dans des volières refuges. Mais les snobs et les savants fous étaient eux aussi prêts à payer pour les détourner vers leurs volières privées ou leurs laboratoires secrets.

Dès lors, on ne savait jamais si un collègue travaillait du bon ou du mauvais côté de la loi (d'autant plus que, selon le prix proposé, chacun pouvait franchir allègrement la frontière dans un sens, puis dans l'autre).

Beth avait déjà repéré sept ornithologues rivaux dans le salon de l'hôtel. Et elle savait que d'autres encore, sans doute plus bohèmes, devaient se restaurer au petit café du coin de la rue.

Quoi qu'il en soit, cela faisait sept de trop. Toute cette agitation lui chambardait la cervelle. Il y avait trop de choses à observer, à analyser, à théoriser.

Elle aurait préféré se faire servir un plateau dans sa chambre pour pouvoir tranquillement compléter ses notes dans son journal de bord. Mais Hippolyta avait lancé des mots comme « asociale », « désespérante », des phrases comme « Vous finirez desséchée sur une branche, Elizabeth ! », si bien qu'elle s'était laissée fléchir.

En conséquence, elle s'efforçait de ne pas penser au péroné du sifflemort – d'une longueur très inhabituelle –, ni à l'angle si particulier de son essor. Elle portait même la robe en dentelle blanche que Hippolyta trouvait parfaite en dépit de sa large ceinture qui lui coupait la respiration.

Maintenant qu'elle avait fait une sélection rigoureuse de mini-sandwichs, dénigré le thé et aligné ses couverts dans un strict parallélisme, elle n'avait plus qu'à mourir d'ennui pendant que Hippolyta débitait des banalités.

— J'estime *mmmfffmm siff* une *ffpifff mmmmff*, déclara cette dernière, la bouche pleine de macaron, en agitant sa fourchette. Si *mmmfff*, alors *mffpffff* !

— Je comprends votre point de vue.

Hippolyta déglutit.

— Sapristi ! Est-ce que vous m'écoutez, au moins ?

— Bien sûr.

Beth avait répondu de manière automatique, mais la triste vérité, c'est que l'arrivée d'un nouveau client venait de capter toute son attention.

C'était ce voleur d'oiseau, ce Devon Lockley, qui était en train de demander une table au maître d'hôtel. Son manteau marron avait disparu, tout comme son pantalon moulant, hélas. Très élégant dans son costume sombre, il était rasé de près, portait une cravate et avait lissé ses cheveux noirs à la brillantine.

L'ennui de Beth se dissipa aussitôt et elle sentit un étrange courant électrique lui titiller les nerfs.

C'est le poids de la culpabilité, supputa-t-elle, en contradiction avec son intelligence supérieure qui lui avait toujours valu d'être la première de sa classe (à cause d'elle, il avait même fallu réadapter régulièrement le système de notation).

Elle devait des excuses à cet homme. Certes, il avait volé son oiseau (et son ombrelle, et une petite partie de son bon sens), mais cela ne justifiait pas le recours à la violence.

Elle s'était conduite de manière déplorable. Et par sa faute, Hippolyta et elle avaient été exposées au péril du bronzage, ce que son associée n'avait pas manqué de faire remarquer durant le voyage de retour (soixante-dix-sept fois, précisément).

Et comme Herr Oberhufter était présent lors de l'incident, nul doute que l'ensemble de la profession en avait maintenant connaissance.

Par réflexe, elle tendit la main vers sa tasse. « Le thé est un réservoir de tranquillité », avait coutume de dire sa mère. Beth en avait fait sa devise. Elle n'aimait pas le goût de cette boisson mais peu importait. Quand on était une chouette perdue dans un monde d'albatros, on acceptait n'importe quel baume.

À la première gorgée du breuvage chaud et crémeux, elle se sentit, sinon en paix, du moins réconfortée et un peu plus maîtresse d'elle-même.

Il était clair qu'elle devait ~~intenter un procès à Devon Lockley pour la perte des ombrelles~~ envoyer un mot d'excuse dans sa chambre d'hôtel, ainsi que des chocolats, si possible en forme de colombes. Cela permettrait que leurs relations s'assainissent et, à l'avenir, ils pourraient se saluer avec une froideur polie (et se détruire mutuellement via des publications scientifiques).

Beth venait de prendre cette décision quand M. Lockley ôta ses gants… *alors qu'il ne s'était même pas installé à table !*

Les nerfs de la jeune ornithologue s'électrisèrent de nouveau. Cette fois, il n'y avait qu'une seule explication possible : l'indignation. Oui, c'était scandaleux ! Ce cuir qui glissait sur sa peau nue exposée à tous les regards, ces grandes mains nerveuses, larges, robustes, qui n'avaient sans doute aucun mal à soulever une femme et…

— Elizabeth ! Vous avez renversé du thé dans votre soucoupe !

La voix de Hippolyta arracha Beth à sa rêverie et fit sursauter les clients des tables voisines.

Rougissante, Beth se hâta de réparer les dégâts.

Hippolyta émit un claquement de langue réprobateur.

— Quelle honte !

— Désolée, balbutia Beth.

Puis elle se rendit compte que son associée ne parlait pas de sa maladresse. Herr Oberhufter venait de se joindre à Devon Lockley. La fumée de son cigare s'enroulait autour de la plume de sifflemort crânement piquée dans son chapeau melon.

Beth ne haïssait personne. Cela aurait gaspillé en elle une énergie trop précieuse, qu'elle réservait aux choses importantes, comme les oiseaux, le choix de la qualité d'un papier ou la protection du matériel quand on préparait une expédition dans une zone marécageuse. Toutefois, elle faisait une exception pour Klaus Oberhufter.

L'Allemand sauvait certes des oiseaux fabuleux menacés par des populations déterminées à les anéantir, mais il les vendait à des oiseliers sans scrupules qui ne voyaient en eux qu'une attraction touristique lucrative et se moquaient bien de leur qualité de vie.

Hippolyta avait davantage d'éthique. Elle faisait seulement affaire avec de riches clients capables d'offrir un cadre de vie luxueux aux oiseaux et de lui régler des honoraires exorbitants.

— Fripouilles ! murmura Beth en voyant les deux hommes s'installer à une table, heureusement située à l'autre bout de la salle.

— Charlatans ! renchérit Hippolyta. Et dire qu'il est considéré comme un prodige dans le milieu scientifique !

— Herr Oberhufter ? Il me semble qu'il est beaucoup trop étroit d'esprit pour prétendre au génie...

— Non, je parlais de l'autre. Le voleur d'oiseaux.

Aussitôt les instincts bardés de diplômes de Beth dressèrent l'oreille. Tout en touillant son thé à l'aide de sa petite cuillère en argent, elle épia Devon Lockley du coin de l'œil, comme si cela pouvait l'aider à mesurer son intelligence.

À cet instant, il tourna la tête vers elle et lui adressa un petit sourire oblique qui sous-entendait que lui aussi l'observait à la dérobée depuis son arrivée.

Oh oui ! Une fripouille, sans aucun doute ! Mais un prodige du monde scientifique ? Mon œil ! Une petite voix acerbe dans la tête de Beth, enfouie sous une pile d'excuses et de formules de politesse, l'incitait à se lever pour aller réciter devant ce type la liste de tous ses diplômes, mérites et accessits – y compris les félicitations du doyen d'Oxford qui la disait « effroyablement intelligente » (un compliment, très certainement).

En Angleterre, il était possible aux femmes d'être professeures d'université depuis que la reine Charlotte s'était entichée de l'astronome Caroline Herschel. Grâce à des ~~pots-de-vin~~ donations, la souveraine avait su convaincre les facultés d'engager des enseignantes.

Hommes et femmes confondus, Beth était la plus jeune du corps universitaire. Ce Devon avait au moins deux ans, sinon trois, de plus qu'elle. Et il n'enseignait qu'à Cambridge, par-dessus le marché.

Elle le foudroya d'un regard aussi perçant que celui d'une chouette basilic, capable de pétrifier un homme sur place.

Lockley répondit d'un clin d'œil.

— Vous feriez mieux de boire carrément dans la soucoupe, suggéra Hippolyta.

Beth baissa les yeux sur sa tasse et s'aperçut qu'elle utilisait si énergiquement sa petite cuillère qu'elle avait provoqué une nouvelle inondation.

Tandis que la jeune femme épongeait la porcelaine en s'excusant derechef et que Hippolyta s'amusait à écraser des miettes de macaron sous son index avant de les sucer bruyamment, une bouffée de parfum capiteux les enveloppa soudain.

— Mais... n'est-ce pas Hippolyta Spiffington-Quirm ? Doux Jésus ! On m'avait dit que vous aviez disparu dans la jungle espagnole !

Une sorte de meringue ambulante venait de s'arrêter devant leur table. La robe était constituée d'une cascade de volants et de ruchés en dentelle blanche, surmontée d'une avalanche de pivoines faisant office de chapeau. Au milieu de tous ces froufrous apparaissait un visage rond et souriant.

Beth esquissa un sourire poli, mais Hippolyta se montra moins amène.

— La-dy Trim-ble, articula-t-elle en insufflant dans ces quatre syllabes au moins deux insultes et une insinuation. Ce ne sont pas quelques bosquets de hêtres qui font une jungle. Mais comment le sauriez-vous, puisque vous êtes spécialisée dans l'ornithologie *urbaine* ?

Beth frémit. Hippolyta venait tout juste de taxer lady Trimble d'amateurisme.

Le sourire de cette dernière s'élargit. Épouse d'un châtelain grevé de dettes sur plusieurs générations, elle avait théoriquement la préséance sur Hippolyta, qui n'était que la veuve d'un millionnaire. Néanmoins, lady Trimble ne pouvait pas le dire sans sombrer dans la vulgarité la plus crasse. Beth trouvait ridicules ces codes sociaux complexes (alors qu'elle se passionnait pour l'éthologie aviaire). Gagné par l'ennui, son esprit dérivait déjà sur le vol singulier du sifflemort...

— Regarde ça, Ethel !

Beth tressaillit. À la table voisine, les demoiselles Fotheringham, deux vieilles jumelles ornithologues, jacassaient avec excitation, penchées sur un journal.

— Seigneur, quel manque de classe, dit Hippolyta en secouant la tête.

Les jumelles Fotheringham se levèrent tout à coup en bousculant leur table. Une petite cuillère tomba sur le parquet. Sous les regards outrés des autres clients, Mlle Fotheringham et Mlle Fotheringham quittèrent la salle aussi vite que le leur permettaient leurs robes à falbalas.

Hippolyta secoua de nouveau la tête. Elle trempa un demi-macaron dans son thé et lady Trimble fit un pas de côté pour éviter d'être éclaboussée.

— Quelle indignité. De mon temps, une dame ne courait pas.

Beth se retint d'objecter qu'à trente et un ans Hippolyta était encore dans la fleur de l'âge, ce qui lui permettait de sillonner le monde en quête d'oiseaux rares, de thé et de juteux contrats d'édition.

Moins charitable, lady Trimble semblait sur le point de faire une remarque ironique.

— Il me semble, très chère..., commença-t-elle.
— *Bon sang de bois !* s'écria quelqu'un en français.

Dans la salle, tasses et soucoupes s'entrechoquèrent et des regards courroucés se portèrent sur M. Tarrou, le président du Syndicat d'ornithologie de Paris.

Bouche bée devant le journal qu'il venait de déplier, celui-ci avait complètement oublié la tartine qu'il tenait de la main gauche. De la marmelade dégoulinait sur la nappe. Sans s'en préoccuper le moins du monde, M. Tarrou jeta son toast, attrapa son chapeau et ses gants et, le journal glissé sous le bras, se rua hors de la salle.

— Il se passe quelque chose, murmura Hippolyta avec une remarquable perspicacité.

— C'est peut-être la dernière publication de la Société internationale d'ornithologie qui suscite cet émoi ? gazouilla lady Trimble, l'air innocent.

Un petit sourire aux lèvres, elle sortit une coupure de presse de son réticule.

Avant qu'elle puisse la monnayer d'une manière ou d'une autre, Hippolyta la lui arracha et déplia le papier d'un rapide coup de poignet.

Elle en parcourut rapidement le contenu.

— Ma parole ! La SIO organise un concours !

Elle fourra brièvement l'article sous le nez de Beth, qui eut juste le temps d'entrevoir la phrase « APPEL À TOUS LES ORNITHOLOGUES ».

— On a repéré un caladrius sur le sol anglais ! Celui qui le trouvera sera nommé Ornithologue de l'année !! Indépendamment de tous ses travaux précédents !!!

Hippolyta et Beth se dévisagèrent.

Lady Trimble fit la grimace.

— Pourquoi la SIO veut-elle nous faire perdre notre temps avec ces bêtises ? Cet oiseau peut être n'importe où. Personne ne sera assez idiot pour écumer tout le pays à sa recherche...

Elle dut se décaler pour éviter un collègue qui fonçait vers la porte en jouant des coudes. Ceux qui étaient encore assis engloutissaient en toute hâte leur thé et ce qui restait des petits fours.

— Au fait, chère Hippolyta, avez-vous entendu la rumeur à propos des rouflaquettes de M. Chevrolet ? Il paraît...

Mais, perdues dans leurs rêves de plumes, Hippolyta et Beth avaient oublié jusqu'à l'existence de lady Trimble. Aucune parole n'était nécessaire entre elles pour exprimer l'exaltation qu'elles ressentaient.

Le caladrius était le Saint-Graal des ornithologues – d'aucuns affirmaient d'ailleurs que l'oiseau était présent lors de la Cène et avait picoré les miettes lancées par Jésus.

Apercevoir ses ailes d'un blanc neigeux et ses yeux noirs mélancoliques était aussi rare que voir des dents dans le bec d'une poule.

Si un spécimen se trouvait bel et bien en Angleterre – non pas un simple pluvier albinos, mais un véritable représentant de l'espèce *Caladria albo sacrorum*, capable d'aspirer les maux d'un corps pour les emporter dans la clarté purifiante du soleil –, concours ou pas, des centaines d'ornithologues allaient affluer du monde entier !

— Attendez, ce n'est pas tout ! enchaîna Hyppolyta, surexcitée. Des universités étrangères offrent à quiconque capturera le caladrius...

— Cinq mille livres ! claironna lady Trimble qui tentait de reprendre la main.

— C'est tout ?

Cependant, une lueur avide s'était allumée dans les yeux de Hippolyta.

Beth but une gorgée de thé pour ne pas céder à la tentation de se moquer. Il fallait n'être motivé que par la gloire et la fortune pour s'enthousiasmer d'une telle récompense. Pour sa part, en tant que scientifique dévouée, elle estimait que la seule gratification valable était de pouvoir étudier l'oiseau, analyser ses...

— Et s'il s'agit d'un enseignant, il obtiendra une chaire à l'université ! précisa lady Trimble.

Beth posa sa tasse sur la nappe et n'entendit même pas le petit cri de surprise de Hippolyta.

♥ *Une chaire !* ♥

C'était son rêve ultime, la chance inespérée de pouvoir développer sa théorie sur les liens entre phylogenèse et territoires psychiques !

Si elle restait simple professeure, cela lui prendrait des années de travail. Le Pr Gladstone, directeur de la faculté d'ornithologie d'Oxford, s'opposait à « tout mélange fantasque » entre systématique et naturalisme. Et comme il était aussi le président de la SIO, Beth aurait risqué sa place et sa future carrière en défiant son autorité.

En revanche, forte d'une titularisation à vie, elle pourrait s'affranchir des préjugés archaïques de Gladstone, qui, en réalité, estimait qu'une intellectuelle était bien plus à sa place devant un évier de cuisine que dans un amphithéâtre.

Lucide, Beth avait conscience que ses chances de gagner le concours étaient minces. Déjà parce que le flair et l'intuition n'étaient pas ses qualités premières (elle préférait raisonner à partir de diagrammes multicolores en camembert). Et surtout parce qu'elle n'avait pas la pugnacité brutale de ses collègues, qui, pour la plupart, auraient fait passer Ivan le Terrible pour un enfant de chœur.

En ce moment même, Oberhufter tentait d'arracher le journal des mains de M. Cholmbaumgh, de la Coalition des ornithologues britanniques, lequel se défendait à coups de petite cuillère.

À la table voisine, deux Irlandais tenaient chacun une moitié de l'article déchiré et se menaçaient mutuellement d'y mettre le feu.

Mais le pire était sans doute Devon Lockley, qui restait tranquillement assis, le coude posé sur la table, le menton calé dans la main. Tout en léchant les dents de sa fourchette, il regardait Beth de ses yeux bruns pétillants de malice. « Je vois très bien que vous m'observez, mademoiselle Pickering ! » disait son sourire narquois.

Beth détourna aussitôt la tête.

Hippolyta écarta d'un revers de main la coupure de presse que lady Trimble essayait justement de récupérer. Cette dernière poussa un piaillement qui ressemblait à celui du poussin macareux dans son nid.

— Il nous faut deux billets de train pour Calais ! Non, en fait nous allons en acheter autant que possible pour retarder les autres !

En entendant cette déclaration de guerre, deux gentlemen abandonnèrent leurs sandwichs pour quitter la salle en toute hâte.

— Il nous faut aussi une cage de chez Delacroice. Je ne fais confiance à personne d'autre. Une fois que nous aurons mis la main sur le caladrius, pas question qu'il s'échappe.

— Mais si vous ne le trouvez pas ? susurra lady Trimble.

La question était si ridicule qu'il n'était même pas concevable qu'elle ait été posée. Aussi Beth et Hippolyta l'ignorèrent-elles.

— Il faut envoyer Rupert monter une équipe. Il prendra le premier train pour Calais et, de là, le ferry pour Douvres.

— Je vais le lui demander, proposa Beth en se levant avant de s'arrêter net dans son élan.

Dans la salle, il ne restait plus personne, hormis quelques touristes sidérés. Les tasses étaient renversées dans les soucoupes. Des serviettes jonchaient le sol. Sur une table, une assiette vibrait encore.

— Sapristi ! s'exclama Hippolyta.

— J'ai l'impression que d'ici cinq minutes il ne restera plus un seul billet de train dans tout Paris, remarqua lady Trimble avec fiel. Je vous conseille de courir, mesdames.

Hippolyta se ressaisit et prit un macaron qu'elle trancha d'une main impitoyable.

— Hors de question. Une dame ne court pas. Nous emploierons une meilleure tactique. La séduction, pour commencer.

— Eh bien..., fit Beth.

Bien qu'ayant été récemment informée qu'elle possédait des charmes féminins, elle n'avait pas trouvé de définition satisfaisante de cette notion dans ses encyclopédies et demeurait sceptique sur le sujet.

— Pas de panique, Elizabeth, gloussa Hippolyta. Vous êtes peut-être très calée en oiseaux, mais vous avez de gosses lacunes en ce qui concerne les roses et les choux. Et comme nous n'avons pas le temps de vous mettre au parfum, je vais juste vous demander de voler quelque chose.

— Oh, fit Beth, soulagée.

— Il y a un appeau à caladrius dans la salle des archives du musée des Oiseaux fabuleux, rue de Rivoli. C'est exactement ce qu'il nous faut pour prendre l'avantage sur les autres ! Pendant que j'essaie de nous obtenir des billets de train, allez donc faire un tour là-bas, ni vue ni connue. Débrouillez-vous pour trouver l'appeau dans ce capharnaüm et ramenez-le-moi sans vous faire prendre. On se retrouve d'ici une heure. Ça ira ?

— Bien sûr, dit Beth avant de marquer un instant de réflexion. Plutôt une heure et demie ?

Lady Trimble semblait soucieuse.

— Êtes-vous sûre, Hippolyta ? Il ne me semble pas très correct de laisser une jeune demoiselle dévaliser un musée sans chaperon. Le monde est tellement dangereux, de nos jours !

— Fadaises ! rétorqua Hippolyta en postillonnant des miettes de macaron comme autant de points d'exclamation roses. Elizabeth est aussi prudente que compétente.

— Merci de vous inquiéter pour moi, lady Trimble, mais je ne cours aucun risque, assura Beth. Après tout, que pourrait-il m'arriver dans un musée ?

3

Une ornithologue de terrain doit maîtriser
trois compétences fondamentales :
trouver l'oiseau, identifier l'oiseau,
et se sauver avant qu'il ne la dévore.

Des oiseaux à travers un verre de sherry,
H.A. QUIRM

Beth se rendit sans encombre au musée. Son manteau marron tout à fait banal, son petit chapeau et sa mine professorale suffisaient à dissuader tout homme qui aurait eu envie de la siffler. À l'évidence, il se serait exposé à de sévères *remontrances*.

Douée de la vélocité furtive d'une ornithologue expérimentée, elle n'eut aucun mal à déjouer la vigilance du personnel pour se glisser dans la salle des archives.

Elle s'engagea dans l'allée étroite, entre rayonnages et meubles de rangement, où il n'y avait absolument pers...

— Hello !

Beth pila net. Son chapeau serait tombé si elle s'était tenue moins droite.

— Vous ! s'exclama-t-elle.

— Vous, murmura Devon Lockley d'un ton bien plus doux, et donc plus dangereux.

Sa veste noire avait disparu. Il avait dénoué sa cravate et on apercevait un triangle de peau bronzée au creux de son col. La lumière diffusée par les étroites fenêtres poussiéreuses venait caresser sa bouche sensuelle et flirter avec son sourire. Tout cela sentait le soufre.

Beth détourna les yeux et se racla la gorge.

Ils se trouvaient entre un mur d'étagères pleines de cartons et une rangée de vitrines. Au niveau de Devon Lockley, un grand tiroir était ouvert. Il contenait divers appeaux, appâts et autres gadgets dont l'utilité avait depuis longtemps sombré dans l'oubli.

— Je ne l'ai pas encore déniché, dit-il.

— Pardon ? De quoi parlez-vous ?

— Voyons, mademoiselle Pickering, je ne pense pas que vous soyez descendue dans le sous-sol du musée pour vous promener. Vous êtes à la recherche de l'appeau à caladrius.

Beth fit appel à tout son sens des convenances pour trouver une bonne repartie mais, après un coup d'œil à Lockley, toute bienséance l'abandonna.

Démunie, elle dévisagea de nouveau son concurrent.

Il était outrageusement séduisant pour un universitaire, catégorie socioprofessionnelle qui, si elle se fiait à son expérience, était majoritairement constituée de gringalets et de vieillards. Non qu'elle ait des vues sur sa personne. *Seigneur, surtout pas !* Elle était bien trop sensée pour ça. Et si elle avait une sensation tumultueuse dans le ventre, c'était sûrement la faute à ce thé français.

De plus, elle le soupçonnait de cacher quelque ruse masculine – dans sa manche, ou peut-être dans la poche de son pantalon. À cette pensée, elle ne put empêcher son regard de dévier sur ladite poche et fut bien près de piquer un fard. Seule son irritation la sauva de cette ignominie.

Devon Lockley la considérait d'un air goguenard, comme s'il pouvait lire dans ses pensées et était sur le point de tirer de sa poche quelque chose d'absolument scandaleux.

— Je suis venue consulter du matériel pédagogique, prétendit-elle. Cependant, cela me fournit l'occasion de vous présenter mes excuses après ce qui s'est passé en Espagne.

— Oh, ce n'est pas la peine.

— Bien sûr que si ! C'était vraiment mal élevé de ma part de vous attaquer avec une ombrelle.

— Eh bien...

— J'insiste. Je mérite d'être jugée avec la plus grande sévérité et je réitère mes excuses. Veuillez je vous prie me serrer la main à contrecœur, que nous puissions rétablir une relation de rivalité normale entre gens civilisés.

— Bon, si vous voulez. Et même, avec plaisir.

Gâchant la solennité de l'instant avec son sourire canaille, il lui prit la main.

Beth comprit aussitôt qu'elle venait de commettre une erreur tactique.

Il ne portait pas de gants et elle perçut la tiédeur de sa peau à travers son propre gant en chevreau. Sa prise était ferme, et pourtant il y avait quelque chose de grivois dans cette poignée de main.

Une onde électrique la parcourut, déclenchant dans son sillage un millier de sirènes d'alarme.

Résolue à surmonter son trouble, Beth se rappela sa mission.

— Qui vous a parlé de l'appeau à caladrius ?

— Vous.

— Pardon ?

Il haussa les épaules.

— Pour être plus précis, vous en avez parlé à mon informatrice, lady Trimble, qui m'a tout rapporté.

— Mais... c'est de la *triche* !

Il se mit à rire.

— Voyons, mademoiselle Pickering, tous les coups sont permis en amour, à la guerre et en ornithologie. Notre profession a pratiquement élevé la tricherie au rang de principe scientifique. Ne vous l'a-t-on pas appris à... laissez-moi deviner... l'université de Liverpool ?

Il avait *clairement* décidé de la mettre hors d'elle.

— Oxford, répliqua-t-elle sèchement.

Après tout, elle était capable de grimper aux arbres sans montrer ses jupons et d'encager des oiseaux sans proférer un seul juron. Ce n'était pas un homme qui allait la faire sortir de ses gonds.

Il sourit encore.

— Voyou !

C'était sorti tout seul et, une fois la vanne ouverte, il n'y avait apparemment plus moyen de la refermer.

— N'essayez pas d'user de votre charme sur moi. Je n'y succomberai pas. Je ne suis pas une petite étudiante en lettres et sciences sociales !

— Si vous le dites, mademoiselle Pickering. Je vous demande humblement pardon. Je ne regrette pas de m'être servi de lady Trimble pour vous espionner, mais je me permets de vous faire remarquer que je suis venu chercher l'appeau plutôt que d'attendre que vous le récupériez et de vous le voler ensuite. Hélas, je n'ai pas été récompensé de mon intégrité morale...

Il désigna le tiroir débordant de bric-à-brac.

— On dirait qu'une bande d'étudiants de première année a fait la fête là-dedans, soupira-t-il.

Ses excuses, quoique bancales, avaient un peu amadoué Beth.

— Nous ne sommes peut-être pas les premiers à venir fouiller ici. Hippolyta ne doit pas être la seule à connaître l'existence de cet appeau, remarqua-t-elle d'un ton radouci.

— Ce qui signifie que d'autres collègues peuvent surgir à tout moment.

Il jeta un coup d'œil par-dessus son épaule, comme s'il s'attendait à voir débarquer une horde d'ornithologues brandissant crochets à serrure et pistolets – ainsi qu'une dispense de bans, toujours utile quand on surprenait ensemble deux jeunes célibataires.

Beth se sentit de nouveau sur les nerfs. À force, ce type allait la pousser à boire, et il n'y aurait pas assez de thé dans tout Paris pour la calmer.

— Je propose un compromis, dit-elle. Vous allez monter la garde pendant que je cherche, et quand j'aurai trouvé l'appeau, nous nous éclipserons en toute discrétion. Qu'en dites-vous ?

— Que vous devez changer de dictionnaire pour trouver la vraie définition du mot « compromis ».

De nouveau, il jeta un coup d'œil derrière lui. Beth l'imita et crut discerner un mouvement furtif entre deux étagères. Mais le temps d'un battement de cils, l'ombre avait disparu.

— J'ai des visions, murmura-t-il en secouant la tête. Laissez-moi vous faire une contre-proposition : je vais chercher l'appeau, vous allez en faire autant de votre côté, et que le meilleur gagne.

— Et quand je l'aurai trouvé ?

— Quand *je* l'aurai trouvé, nous tomberons d'accord pour dire que nous ne sommes pas d'accord, et nous nous séparerons en bons termes.

— Très bien.

Elle pivota vers le tiroir... et vit tout à coup qu'il lui tenait toujours la main. Il s'en aperçut également et la lâcha au moment où elle se dégageait. Elle frotta ses doigts contre sa hanche. Lockley se passa la main dans les cheveux.

Puis ils s'écartèrent d'un pas et commencèrent à inspecter les autres tiroirs.

— J'admets que je suis un peu impressionné d'être en compétition avec la plus jeune universitaire du pays, dit-il tout en s'activant.

Se moquait-il d'elle ? Il y avait un accent de sincérité dans sa voix, cependant... S'il avait sifflé un chant d'oiseau, elle aurait su le décrypter sur-le-champ, mais son aptitude à interpréter la parole humaine était au mieux médiocre. Et avec ce spécimen en particulier, elle pataugeait.

Comme toujours, elle se réfugia dans une politesse de façade.

— Je suis moi-même impressionnée de rivaliser avec un prodige de la science.

— Bah, c'est juste une rumeur lancée par mon jury de thèse, parce qu'ils avaient prévu une sortie en mer et voulaient se libérer tôt.

— Vraiment ? s'écria Beth, stupéfaite.

Il répondit d'un sourire espiègle. Exaspérée, Beth envoya la politesse au diable et monta sur le ring, les poings levés, prête à « combler la brèche avec le cadavre d'un professeur[1] ».

Feignant de se concentrer sur le tiroir, elle reprit ses recherches sans vraiment regarder ce qu'elle faisait.

Pendant un moment, Devon Lockley chercha en silence de son côté. Mais assez vite, ils se gênèrent. Leurs coudes se cognèrent, leurs mains se frôlèrent. Ils s'agacèrent. Il y eut des claquements de langue irrités, des soupirs excédés et des tapes sur les doigts... si bien qu'ils manquèrent complètement l'appeau qui se trouvait au milieu d'une collection de sifflets anciens.

Puis, soudain, ils le repérèrent au même moment et chacun se précipita, si brutalement que l'appeau fut éjecté du tiroir. Il leur passa sous le nez, tomba par terre et roula sous un rayonnage.

— Regardez ce que vous avez fait ! s'exclamèrent-ils d'une même voix.

— C'est entièrement votre faute ! protestèrent-ils à l'unisson.

Se poussant l'un l'autre, ils parvinrent à se glisser dans l'espace étroit derrière le meuble et, à genoux, tâtonnèrent dans la pénombre à la recherche du petit objet en bois, cuisse contre cuisse, épaule contre épaule, au mépris des règles les plus élémentaires de la bienséance.

Finalement, les doigts de Beth effleurèrent l'appeau. Triomphante, elle s'en saisit.

Malheureusement Devon fit de même.

— Lâchez ça !

— *Vous*, lâchez !

---

1. Allusion à un passage de *Henri V*, de William Shakespeare. *(Toutes les notes sont de la traductrice.)*

— Espèce de...
— Taisez-vous.
— Oh ! Comment osez-v...
— *Chut !*

Il lâcha l'appeau, mais ce fut pour plaquer sa main sur la bouche de Beth. Elle sentit son cœur s'emballer – sous l'effet de l'indignation, bien sûr.

— J'ai entendu du bruit, chuchota-t-il.

Beth hocha la tête pour signifier qu'elle avait compris. Il ôta sa main et, en silence, ils écartèrent deux cartons rangés à hauteur de leurs yeux pour jeter un coup d'œil dans l'allée.

Clic-clic-clic.

Beth plaqua sa propre main sur sa bouche.

Un oiseau était en train de se dandiner sur le parquet poussiéreux. Un oiseau brun et blanc, guère plus gros qu'une pie, aux pattes grêles et au petit bec noir.

« *Vanellus carnivorus* », récita son cerveau par réflexe.

Vanneau viandard.

Il s'agissait de l'oiseau de petit gabarit le plus méchant et le plus meurtrier de ce côté de la Méditerranée, capable de terrasser un homme, ses domestiques et leurs montures.

L'espèce avait été presque entièrement exterminée et il ne restait que deux spécimens connus, confinés dans des volières de haute sécurité.

Plus celui-ci, manifestement.

Beth sentit le souffle lui manquer. Non pas à cause de sa main toujours pressée sur son visage, mais parce que la terreur lui avait fait oublier comment on respirait.

Les serres du vanneau cliquetaient sur le sol, en écho aux battements affolés de son cœur.

Tapis derrière le meuble, Devon et elle étaient des proies faciles.

Passant à leur hauteur, l'oiseau fit glisser une griffe acérée contre son bec redoutable dans un tintement quasi métallique. À cet instant, un parfum de vanille tiède – les phéromones dont il se servait pour attirer ses futures victimes – flotta jusqu'aux narines de Beth.

Elle éprouva aussitôt l'envie irraisonnée de suivre cette odeur pour se blottir contre le duvet du vanneau. Heureusement, son intelligence intervint pour refréner cet élan suicidaire, qui diminua d'intensité tandis que l'oiseau s'éloignait dans l'allée.

Beth et Devon échangèrent un regard et poussèrent un soupir de soulagement...

Le vanneau se figea.

Inclina la tête.

— Bon Dieu ! jura Devon.

Attrapant Beth par le bras, il se redressa d'un bond et la poussa hors de l'étroit passage. Ils jaillirent dans l'allée parallèle.

— Courez !

Beth n'avait vraiment pas besoin de cette injonction, mais ce n'était pas le moment de se disputer. Empoignant ses jupes, elle fila à toutes jambes sans oser jeter un regard en arrière. Le vanneau battait des ailes avec excitation. *Clic-clic-clic* faisaient ses petites serres qui, d'ici quelques secondes, leur déchiquetteraient les chairs.

— Plus vite ! cria Devon.

Beth faillit rétorquer qu'avec deux kilos de coton brodé, un corset à baleines, un manteau en lin et plusieurs strates de sous-vêtements, accélérer n'était pas aisé.

Des cartons avaient été abandonnés par terre dans l'allée. Elle les dégagea à coups de pied pour ouvrir la voie, pendant que Devon balançait derrière eux une pile de vieux journaux prise dans une étagère.

Le vanneau piaillait de ravissement.

Parvenue au fond de la salle, Beth ouvrit la porte à la volée. Ils débouchèrent dans un couloir sombre. Mais le volatile était si proche qu'ils n'eurent pas le temps de claquer le battant. L'odeur entêtante de lait chaud par une nuit d'orage les rattrapait.

Beth souleva ses jupes si haut que Devon aurait pu entrevoir ses mollets s'il avait eu le temps et l'envie de s'y intéresser. Ils dégringolèrent un escalier et firent irruption dans une salle où étaient entreposés divers oiseaux empaillés.

Il y avait là un curateur qui fredonnait, rêvassant à d'excitantes aventures tout en époussetant un spécimen de *Struthio disco*, ou autruche à bec plat.

— Il y a un vanneau viandard ici ! lui cria Devon. Il faut évacuer le bâtiment !

Le curateur glapit de frayeur, jeta son plumeau et prit ses jambes à son cou.

Clac ! Le vanneau donna un coup de bec dans le plumeau, qui explosa dans une gerbe d'esquilles et de plumes. Devon renversa l'autruche empaillée, sans résultat probant : le vanneau se déchaîna dessus pendant une poignée de secondes et émergea du carnage dans un nuage de sciure.

Il secoua la tête et piailla joyeusement, comme s'il passait un excellent moment, dont le massacre des ornithologues serait le point d'orgue.

Beth attrapa un kiwi empaillé posé sur un piédestal et le lança en l'air, lui offrant dans un instant poignant le premier et unique vol de son existence... juste avant que le vanneau s'en saisisse pour le dépecer sauvagement.

— Par ici ! cria Devon, qui suivait le curateur.

Beth obéit, galvanisée par le bruit hideux du vanneau engloutissant le kiwi morceau par morceau.

Ils tournèrent à l'angle d'un corridor...

... et faillirent percuter les jumelles Fotheringham qui arrivaient sans se presser, jacassant et gloussant comme des poules.

— Vanneau viandard ! lança Devon en haletant.

Le rire des Fotheringham s'étrangla dans leurs gorges.

— *Fuyez !*

Mais les deux vieilles dames semblaient pétrifiées. Devon et Beth durent les contourner par la gauche et la droite pour ne pas être sacrifiés sur l'autel des bonnes manières. Ils eurent juste le temps de bifurquer dans un autre couloir avant d'entendre leurs hurlements perçants.

Ils s'arrêtèrent brusquement et, livides, échangèrent un regard.

— Nous ne pouvons pas les aider. Nous nous ferions tuer aussi, dit Devon, dont les traits exprimaient des émotions contradictoires.

— Oui, ce serait de la folie...

Boum !

— *Aaaaaggghhhh !*

— Sacrebleu ! lâcha Devon.

Il retroussa sa jambe de pantalon et récupéra un poignard dans la gaine sanglée à son mollet. Comme il se redressait, il écarquilla les yeux en voyant Beth brandir le poignard qu'elle venait de sortir de sa poche.

— Et moi qui vous prenais pour une fille bien élevée !

— Ça ne m'empêche pas de savoir me défendre.

— Bien, essayons au moins de le blesser pour que nous ayons tous une chance de fuir.

Prenant une profonde inspiration, ils firent volte-face.

Et virent les jumelles Fotheringham apparaître à l'angle du couloir. L'une d'elles portait un filet de fortune confectionné à l'aide d'une voilette à chapeau, dans lequel gigotait le vanneau.

À travers les mailles, Beth vit que ses pattes et son bec avaient été neutralisés à l'aide de jarretières en dentelle.

— Merci de nous avoir laissé la primauté ! lança Mlle Fotheringham, hilare.

— C'était fair-play de votre part, renchérit Mlle Fotheringham.

— Un vanneau comme ça, ça vaut au moins trois mille livres. Je me demande d'où sort ce spécimen !

— Quoi qu'il en soit, mettre la main sur un vanneau viandard et sur l'appeau à caladrius le même jour... quelle chance !

— Non, c'est moi qui ai l'appeau, objecta Beth sans réfléchir.

Devon fit la grimace.

— Vraiment, très chère ? fit Mlle Fotheringham avec un sourire menaçant.

Elle leva le filet. L'odeur douceâtre de la vanille imprégna l'atmosphère.

Avec un soupir, Beth prit l'appeau au fond de sa poche et le lui tendit.

Les jumelles saluèrent les deux jeunes ornithologues d'un hochement de tête avant de s'en aller en faisant claquer leurs talons sur le parquet.

— Je ne sais pas pourquoi je me donne le mal d'être polie alors que tout le monde est d'une grossièreté ahurissante, déplora Beth.

— Avec ce concours, ça ne va pas s'améliorer, remarqua Devon. Quelle idée d'offrir une *chaire* en plus du titre d'Ornithologue de l'année !

— C'est totalement déraisonnable, en effet.

Mais chacun lut dans le regard de l'autre un désir ardent... d'obtenir un emploi sûr, et tout ce qui allait avec, soit une volière personnelle, ainsi que du thé et des biscuits à volonté.

Puis les mauvaises manières de Devon Lockley reprirent le dessus. Il esquissa un sourire canaille.

— Vous aussi, vous êtes très mal élevé. Ça ne se fait pas de sourire comme ça !

— C'est vous qui me dévisagez avec insistance. Sous vos belles manières, je vous soupçonne d'être une coquine, mademoiselle Pickering.

Beth faillit s'étouffer d'indignation. Elle ouvrit la bouche, puis la referma et, très digne, se redressa de toute sa hauteur – c'est-à-dire un mètre soixante-sept en comptant huit centimètres de chapeau.

— Certainement pas ! Les femmes peuvent être bien élevées *et* faire preuve de jugeote, en dépit de ce qu'écrivent les mauvais romanciers. Vous ne réussirez pas à perturber ma sérénité, professeur. En outre...

— Oui ?

— Oh, arrêtez de me consumer des yeux comme ça !

— Moi, je vous *consume des yeux* ?

— Oui. Comment voulez-vous que nous ayons une conversation normale dans ces conditions ?

— Pourtant vous disiez à l'instant que rien ne pouvait perturber votre sérénité, rétorqua Devon avec malice.

Beth se hérissa de colère, un peu comme le nitro-héron, un échassier rare qui avait tendance à exploser quand on le touchait.

Puis, comme il n'y avait aucune théière dans les parages, elle prit une profonde inspiration pour se calmer.

— Au revoir, professeur Lockley. Je m'en vais.

— Après vous, je vous en prie.

Beth s'éloigna en s'efforçant d'ignorer le bruit de pas dans son dos. Elle longea le couloir, puis traversa le hall de réception du musée.

À peine eut-elle franchi le portillon qu'un éclair lumineux l'éblouit.

— Un petit sourire, mademoiselle ? lança une voix à l'accent français.

Un autre flash clignota. Beth leva le bras pour se protéger les yeux. Et Devon Lockley vint aussitôt se placer devant elle dans une posture phallocratique qui l'émoustilla secrètement.

— Mirou, reporter au *Petit Journal.* Pouvez-vous nous raconter comment vous avez sauvé tous ces gens d'un oiseau mortel ?

Le journaliste et le photographe qui l'accompagnait regardaient les deux ornithologues d'un œil avide. Dans le hall du musée, quelques employés et une poignée de visiteurs curieux s'étaient massés pour voir ce qui se passait.

— Comment êtes-vous au courant ? demanda Devon.

— Nous étions dans le coin par hasard, pour… euh, faire un reportage sur les moineaux.

Le journaliste désigna une affiche placardée sur un panneau, devant l'entrée du musée. On annonçait une exposition sur le moineau des villes, un passereau bien plus chic et intéressant que son congénère, le moineau des champs.

— Un témoignage après cet acte héroïque, professeur ? Et qui est cette jolie jeune femme qui vous accompagne ? L'avez-vous sauvée d'une mort atroce, elle aussi ?

— Montrez-nous la bestiole, insista le photographe. Je vais prendre un cliché pour le journal.

Devon parut reprendre ses esprits.

— Nous ne l'avons pas. Vous n'avez pas vu deux vieilles dames sortir d'ici il y a cinq minutes ?

— Deux vieilles dames ?

— Oui, avec un oiseau emprisonné dans une voilette.

Le journaliste et le photographe échangèrent un regard perplexe.

— Non, ça ne nous dit rien du tout.

Devon cligna des yeux.

Pour sa part, Beth n'était pas étonnée que les jumelles Fotheringham se soient faufilées au-dehors sans se faire remarquer. Quoi qu'il en soit, elle n'avait pas l'intention de faire des déclarations à la presse. Cela heurtait la scientifique qu'elle était, puisque c'était le meilleur moyen pour que ses propos soient déformés.

— Si vous voulez bien m'excuser, j'ai un train à prendre, déclara-t-elle.

— Permettez-moi de vous escorter, dit Devon en lui offrant son bras.

— Non, merci. Ce fut un plaisir d'échapper à la mort en votre compagnie, et je vous souhaite le meilleur dans vos recherches, malgré vos vilaines manières.

— Je ne voudrais pas qu'il vous arrive des bricoles...

— Voyons, le vanneau a été capturé.

— Je parlais des reporters.

Beth jeta un coup d'œil aux intéressés. Le premier la reluqua de la tête aux pieds avant de griffonner quelques mots dans son calepin. Le second s'apprêtait à prendre une autre photo.

Elle se glissa vivement derrière Devon.

— Bon, si vous insistez. Je veux bien satisfaire votre vanité masculine en marchant avec vous jusqu'au bout de la rue.

— Vous êtes bien charitable, dit-il avec un sourire facétieux.

En silence, ils s'éloignèrent sans écouter les questions que leur posaient les journalistes. Ils remontèrent la rue et, au carrefour suivant, se saluèrent d'un bref hochement de tête.

(Puis ils rejoignirent l'hôtel Chauvesouris, prirent l'ascenseur jusqu'au septième étage et enfilèrent le couloir jusqu'à leurs chambres respectives, qui étaient voisines.)

4

Une femme avisée n'est jamais le dindon de la farce.
C'est elle qui pigeonne.

Des oiseaux à travers un verre de sherry,
H.A. QUIRM

Face au musée des Oiseaux fabuleux, dans un petit estaminet pittoresque, deux messieurs à moustache vêtus de costumes sombres et coiffés de chapeaux melon identiques buvaient leur café en regardant les derniers curieux se disperser.

— Cela n'aurait pas pu mieux se passer, monsieur Flogg ! Un succès triomphal ! se réjouit le premier.

— Vous avez raison, monsieur Fettick. Avez-vous vu ce garçon ?

— Grand, brun, musclé. Nous ne pouvions rêver plus beau héros pour tomber dans notre piège. Trinquons !

— Oui, trinquons !

Ils entrechoquèrent leurs tasses.

Au même instant, quelqu'un se racla bruyamment la gorge à la table voisine.

L'homme, en imperméable, son chapeau rabattu sur les yeux, balaya d'un regard suspicieux la salle presque vide avant de se pencher vers eux.

— Le merle s'est posé, chuchota-t-il.

— Avez-vous entendu quelque chose, monsieur Fettick ?

— Je ne suis pas sûr, monsieur Flogg.

L'homme à l'imperméable se leva en grommelant pour venir s'asseoir à leur table.

— Bon travail, messieurs. Même si j'avoue qu'au départ, je n'aimais pas beaucoup votre plan. Trop ambitieux.

— Monsieur Badeau, si la SIO veut susciter des vocations, il faut bien créer l'événement, répondit M. Flogg avec un sourire trop poli pour ne pas être hautain.

— Oui, j'ai compris à présent. Lorsque les sœurs Fotheringham sont sorties avec l'oiseau...

— Non, pas elles, coupa M. Flogg en secouant la tête.

— Comment ? Mais elles ont capturé le vanneau...

— Quand bien même elles en auraient capturé dix... Le gagnant du concours doit séduire un large public. Et ce sera ce beau brun aux yeux de velours.

— Vous voulez parler de Devon Lockley ? Bah, c'est un vaurien ! Un génie dans son domaine, mais il ne songe qu'à profiter de la vie au lieu d'écrire des articles que ses pairs pourraient contredire. Lamentable ! Il est anglais et professeur à Cambridge, mais il a fait ses études à Yale, en Amérique. Une université qui n'a même pas deux cents ans d'âge ! Personnellement, je la considère tout au plus comme un centre de formation.

— Il est anglais ? C'est la cerise sur le gâteau ! s'exclama M. Flogg. Vous comprenez, l'Office britannique du tourisme contribue financièrement à la compétition, aussi serait-il délicat de décerner le prix à un étranger.

M. Fettick poussa un petit soupir béat.

— Un brillant professeur doublé d'un athlète ! Avez-vous vu ces épaules, ces cuisses...

— Hum..., intervint M. Flogg.

— Oui, bref, ce Lockley est un faucon parmi les moineaux. Il fera des émules, et la jeune génération va se précipiter sur les bancs de l'université.

Badeau marmotta quelques paroles inintelligibles dont on pouvait néanmoins déduire que sa pratique personnelle du sport consistait à parcourir trois fois par jour la distance entre son amphithéâtre et la cafétéria.

— Bon, entendu, capitula-t-il. Mais il va falloir récupérer ce vanneau. S'il se perd dans la nature, le patron sera furax et les noms d'oiseaux vont voler !

— Ne vous inquiétez pas. Nous sommes des experts, c'est pour cette raison que la SIO nous a engagés. Le plan est en marche, la presse a été alertée, et nos agents veilleront à ce que tout se passe sans anicroche. Détendez-vous, monsieur Badeau, et préparez-vous à un afflux de demandes d'inscription !

— Et... la fille ?

MM. Fettick et Flogg parurent décontenancés.

— Quelle fille ?

— Beth Pickering. Elle était là, à l'instant, avec Lockley.

— Vraiment ? J'ai cru qu'il s'agissait d'une employée du musée.

— Elle est professeure à Oxford, et c'est une virtuose de l'ornithologie. Je me demande bien pourquoi elle est partie avec Lockley.

— Peut-être sont-ils amants ?

Badeau ricana.

— Une diplômée d'Oxford et un professeur de Cambridge ? Jamais ! Dites plutôt que ce sont de farouches rivaux.

M. Fettick haussa les sourcils et la moustache de M. Flogg vibra.

— Des rivaux, dites-vous ? Cette ravissante demoiselle et ce beau gredin ?

— Pickering est tout sauf une tête de linotte. Elle est tout à fait capable de coiffer Lockley au poteau en dépit de votre précieux plan. Si vous voulez la dégager de la compétition, faites-le au plus vite. Et en toute discrétion, bien sûr. Surtout, pas de scandale.

MM. Flogg et Fettick échangèrent un regard. Le second gloussa.

— Rassurez-vous, nous savons exactement comment gérer ce type de problème, assura M. Flogg.

— Tant mieux. Et maintenant, inutile de vous dire que cette conversation n'a jamais eu lieu, messieurs.

Badeau se leva et retourna s'asseoir à sa table, l'air morose.

*

— Un vanneau viandard ? Diantre ! C'est un miracle que personne n'ait été tué. Cette fois Oberhufter a été trop loin ! s'écria Hippolyta.

— C'est bien mon avis, acquiesça Beth.

Les deux femmes se trouvaient dans le salon de leur suite où quantité de bagages avaient été rassemblés. Beth chercha du regard une théière. Elle avait les nerfs en pelote après tous ces événements traumatisants : le sourire de Devon Lockley, sa main nue plaquée sur sa bouche et... ah oui, l'attaque terrifiante de l'oiseau carnassier.

— J'en parlerai aux autorités dès notre retour en Angleterre. Peut-on tolérer ces comportements criminels, je vous le demande ?

— Bien sûr. Enfin, je veux dire... non, évidemment.

Hippolyta enveloppa Beth d'un regard perplexe.

— Elizabeth, vous avez l'air toute tourneboulée. Votre chapeau est de travers et vous tenez des propos incohérents.

Beth chercha de nouveau du regard une théière ou une tasse ; au point elle en était, elle se serait même contentée d'un sachet de thé à mâchonner.

— C'est normal. Se faire pourchasser par un va...

— C'est ce professeur de Cambridge, n'est-ce pas ? Le beau Démon ?

— *Devon...*

Mais Hippolyta avait déjà une demi-phrase d'avance sur sa collaboratrice.

— C'est un malotru. On m'a dit qu'il arrivait d'Amérique et qu'il n'avait intégré Cambridge que très récemment. Les Yankees lui auraient offert une bourse quand il avait quatorze ans pour récompenser ses prétendus mérites.

— Ha, ha ! ricana Beth.

— Exactement. Que connaissent-ils au génie, ces parvenus d'Américains ? Ils ne se rendraient même pas compte de leur chance si j'allais donner une conférence au Palace Hotel de San Francisco. Je comprends maintenant, c'est là-bas que ce Lockley a pris ses manières arrogantes. Croyez-moi, Elizabeth, les gens imbus d'eux-mêmes sont les pires ! Je ne m'étonne plus qu'il se soit acoquiné avec Oberhufter. Oh, quand je pense qu'il vous a volé l'appeau !

— Pas du tout, ce sont les sœurs Fotheringham...

— Connivence ! Ils étaient complices, j'en mettrais ma main au feu. Lui, les Fotheringham et lady Trimble, ainsi que toute cette clique d'ornithologues maléfiques !

Beth se garda d'objecter qu'elles-mêmes appartenaient à ladite clique. L'honnêteté était rarement de mise avec Hippolyta, c'était la règle tacite n° 1. (Règle n° 2 : c'était du *thé* dans sa flasque en argent, et peu importe l'odeur, la couleur ou la bouteille de rhum à moitié vide sur l'étagère. Ce qui illustrait parfaitement la règle n° 1).

— Vous avez sûrement raison, murmura Beth, avec une pointe de culpabilité quand même.

Devon Lockley n'était peut-être pas fautif en l'occurrence, mais elle ne l'aimait pas, n'avait aucun respect pour lui et n'éprouvait aucun désir de glisser les doigts dans ses cheveux bruns. C'était un voleur d'oiseau, un ennemi. Et tous ses sourires charmeurs étaient des ennemis, eux aussi ! Et elle était une femme pleine de bon sens, en dépit de ce que tendait à prouver ce paragraphe.

Elle poussa un soupir abattu.

— Allons, du nerf ! s'exclama Hippolyta. Je dois... enfin, nous devons capturer le caladrius, et ce ne sont pas ces vermines qui vont nous arrêter. La fortune sourit aux femmes vertueuses !

Là-dessus, elle tendit la main, paume ouverte.

— Billets !

L'un des trois valets qui se tenaient au garde-à-vous dans le salon fit un pas en avant, tenant un petit carton qu'il lui remit d'une main légèrement tremblante.

— Tenez, voici le vôtre, Elizabeth. La bonne de l'hôtel a bouclé votre valise, mais il reste encore bien des choses à organiser avant notre départ.

— Comment avez-vous réussi à obtenir si vite ces billets ? s'étonna Beth.

— Je les ai volés dans la chambre d'Oberhufter.

*

Ce soir-là, Herr Oberhufter et un Devon au bord de l'épuisement quittèrent leurs chambres dans l'intention de se rendre à la gare du Nord.

Un gentleman du calibre d'Oberhufter n'avait pas besoin d'un billet de train quand il pouvait voyager gratuitement en faisant chanter le directeur de la compagnie de chemin de fer.

Longeant le couloir du septième étage, les deux hommes se dirigèrent vers l'ascenseur, suivis du majordome, d'un valet de pied et de deux laquais qui poussaient le chariot à bagages.

Ils avaient expédié leur dîner et, tout en attendant l'ascenseur, Oberhufter terminait un sandwich au fromage. Mais lorsque la porte s'ouvrit avec un *ding !* du dernier chic, le mets lui échappa et la moitié tomba par terre.

— *Mein Gott*[1] *!*

— Hum, fit Devon plus sobrement.

Les demoiselles Fotheringham gisaient sur le plancher de la cabine, couvertes de plumes brunes. Il n'y avait nulle trace du vanneau.

---

1. « Mon Dieu ! » en allemand.

— Que s'est-il passé ? demanda Oberhufter d'une voix tonnante.

Mlle Fotheringham réussit à se mettre à genoux et recracha plusieurs plumes.

— Homme masqué... vêtu de noir... attaquées... pris le vanneau. Tu vas bien, sœurette ? Elle attrapa sa jumelle par les épaules et la secoua. Oberhufter agita sa moitié de sandwich avec impatience.

— Venez-en au fait, Elvira ! Où est l'appeau ?

— Disparu ! Ethel, réveille-toi ! gémit Mlle Fotheringham en secouant sa sœur de plus belle.

Cette dernière, qui était tout à fait consciente, tenta de protester. Nullement rassurée, Elvira se mit à la gifler à tour de bras.

La porte de l'ascenseur se referma.

— Un type masqué ? Qui cela peut-il être ? marmonna Oberhufter.

Devon haussa les épaules en signe d'ignorance. Il avait soupçonné Oberhufter d'être à l'origine de l'attaque du musée, mais apparemment il s'était trompé.

Ce dernier mordit à belles dents dans ce qui restait de son sandwich.

— *Feu fuis foqué !* déclara-t-il la bouche pleine. C'est cette satanée Quirm, à n'en pas douter. Sacrée bonne femme ! Je lui tirerais volontiers mon chapeau si j'en portais un. Et je parie qu'elle me le chiperait pour me frapper avec.

Il mastiqua un moment, pensif, puis écarquilla soudain les yeux.

— Mais... où est mon chapeau ? Il me faut un chapeau ! Tout de suite ! Et vous, Lockley, par toutes les saucisses de Bavière, que faites-vous les bras ballants ? Appelez l'ascenseur !

Devon obtempéra. *Ding !* La porte se rouvrit sur les sœurs Fotheringham qui se battaient comme des chiffonnières, chacune s'efforçant d'étrangler l'autre.

Oberhufter les poussa vers le fond de la cabine et se mit de côté pour laisser entrer les autres. Tandis que les laquais manœuvraient le chariot, le valet déposa un chapeau sur le crâne de son maître (après avoir subrepticement enlevé celui qui s'y trouvait déjà).

— Allons-y ! éructa Oberhufter. Le caladrius ne va pas se capturer tout seul !

Un laquais tendit la main vers le bouton qui commandait la fermeture de la porte...

— Attendez ! cria une voix péremptoire.

Oberhufter cracha un morceau de sandwich qui percuta la joue du laquais puis glissa sur sa livrée sans que l'homme cille.

Mme Quirm se glissa dans la cabine, semblable à un oiseau de paradis qui aurait dévalisé une mercerie. D'un geste sec, elle ouvrit son ombrelle pour se ménager un peu d'espace vital.

Elle était suivie de Mlle Pickering, vêtue d'une sobre robe beige aux discrètes manches gigot. Avec ses cheveux bruns tirés en un chignon strict sous son canotier, ses petites lunettes et son air sévère, elle ressemblait tellement à une institutrice que tous les hommes présents vérifièrent discrètement qu'ils avaient les mains propres.

— Pardon, excusez-moi, merci, dit-elle.

Mais son regard restait fixé sur le livre qu'elle tenait ouvert d'une seule main. Devon doutait qu'elle ait vu qui se trouvait dans l'ascenseur avec elle. Captivée par sa lecture, elle semblait retenir sa respiration et il se surprit à l'imiter.

Décidément, il se conduisait comme un idiot.

Certes, la demoiselle était plaisante à regarder, mais ils ne pouvaient pas s'entendre. Elle venait d'une université concurrente, elle était l'associée de cette braillarde sans scrupules et... elle était si jolie que l'air semblait scintiller autour d'elle !

Cela lui donnait envie de ~~l'embrasser jusqu'à ce qu'ils tombent par terre~~ l'inviter à dîner dans un coquet restaurant de fruits de mer. Il croyait encore sentir au creux de sa paume la douceur de ses lèvres satinées et il brûlait de glisser la main dans ses...

— Scandaleux ! s'écria Oberhufter.

Devon rougit, puis se rendit compte que son associé se plaignait des domestiques des deux dames, qui s'évertuaient à pousser leur chariot à bagages dans l'ascenseur.

— C'est typique de vous, Quirm ! Vous vous étalez, vous prenez toute la place ! Je savais bien que vous alliez nous retarder !

(*Aaaaargh !* cria l'une des jumelles Fotheringham, qui se faisait piétiner la main.)

— Vous ne savez rien du tout, espèce d'ignare ! Votre crâne est plus vide qu'un nid de coucou !

Retenant un soupir, Devon tourna la tête, au hasard du côté de Beth Pickering.

Il surprit son regard posé sur lui et... Était-ce de l'intérêt qu'il lisait dans ses yeux ? Les battements de son cœur s'accélérèrent...

Mais, la mine hautaine, elle pivota vers la porte.

Devon réprima un sourire. Il se contorsionna, repoussa légèrement un chariot à bagages et se décala pour se glisser à côté d'elle.

Raide comme un piquet, elle gardait les yeux rivés sur son livre alors qu'à l'évidence elle n'en lisait pas une ligne.

Devon hésita entre lui donner un petit coup de coude ou lui chuchoter quelques mots à l'oreille. Il n'avait pas encore pris sa décision quand elle tourna la page dans un froissement sec qui signifiait : « Ne tentez rien, sans quoi vous vous exposeriez à des remontrances publiques. »

Avec n'importe quelle autre femme, il y aurait vu un défi à relever, mais peut-être celle-ci tenait-elle vraiment à sa précieuse sérénité ? Il marchait sur des œufs, à la frontière de la galanterie masculine – un territoire qu'il avait rarement visité…

Dans le doute, il fourra les mains dans ses poches pour ne pas être tenté de commettre quelque facétie.

— Dépêchez-vous ! cria Mme Quirm en frappant le plancher de la pointe de son ombrelle. J'ai un autre trophée à ajouter à ma collection !

La porte de l'ascenseur se referma enfin dans un chuintement menaçant. Un laquais actionna le levier et, dans une secousse, la cabine entama la descente. Beth Pickering vacilla légèrement, mais se redressa juste à temps pour éviter une délicieuse collision avec le coude de Devon.

Elle sentait la lavande et les copeaux de crayon, comme si elle sortait d'un buisson dans lequel elle se serait cachée pour dessiner un oiseau. Elle avait la taille parfaite pour qu'il puisse lui embrasser le haut du crâne.

À cette pensée, une bouffée de chaleur l'envahit.

— Quelle vantarde ! s'indigna Oberhufter. Votre collection de trophées est risible par rapport à la mienne !

— Curieux que vous utilisiez le mot « risible ». C'est exactement celui que j'emploierais pour qualifier la taille de votre…

— Quelqu'un veut un sandwich au fromage ? cria un laquais.

Devon pencha la tête pour voir ce que lisait Mlle Pickering mais elle referma son livre dans un claquement agacé. Sans vergogne, il posa un doigt sur la couverture afin d'incliner le volume. *Éthologie et écologie...*, eut-il le temps de déchiffrer avant qu'elle ne redresse l'ouvrage en le fusillant du regard.

L'air devint si électrique que Nikola Tesla aurait pu en tirer deux ou trois inventions.

Impassible, Devon inclina de nouveau le livre.

... aviaires, une approche systémique...

Mlle Pickering écarta le livre si brusquement qu'elle le lâcha. Un soupir exaspéré lui échappa, et Devon eut toutes les peines du monde à ne pas éclater de rire.

— Affabulateur ! glapit Mme Quirm.

— Harpie ! vitupéra Oberhufter.

Ding !

La cabine s'immobilisa dans un vrombissement au cinquième étage. La porte s'ouvrit. Toutes les têtes se tournèrent vers les deux dames qui attendaient dans le couloir.

Vêtues à la dernière mode, elles arboraient chacune un boa et un chapeau surmonté d'une longue plume duveteuse.

— Bonjour. Y a-t-il de la place pour nous ?

Mme Quirm les toisa d'un œil méprisant.

— Ce sont des plumes d'autruche que vous portez ?

— Autruche arc-en-ciel d'Amérique du Sud, précisa Beth Pickering qui regardait par-dessus la monture de ses lunettes. Il ne reste que cinq cents spécimens en vie.

Les deux dames échangèrent un regard, puis se mirent à rire.

— Qui êtes-vous ? La police de la mode ?

— Non. Nous sommes ornithologues, gronda Hippolyta Quirm.

— Oh, Seigneur ! murmura l'une des dames en pâlissant.

L'autre fronça les sourcils.

— J'ai acheté cette plume à un ornithologue réputé de Paris, affirma-t-elle.

— Non, vous l'avez achetée à un trafiquant ! gronda Oberhufter.

— Vous devriez courir tant que vous le pouvez, conseilla Devon aux deux dames.

Celles-ci tournèrent les talons et détalèrent en poussant des piaillements effrayés.

— Révoltant ! s'exclamèrent Mme Quirm et Oberhufter d'une même voix.

Ils échangèrent un regard surpris, puis se renfrognèrent dans la foulée.

— On m'a dit que votre livre était un honteux plagiat ! accusa Oberhufter.

— Et moi, on m'a dit que c'est votre personnalité que vous avez plagiée !

La porte se referma et l'ascenseur reprit sa descente.

Devon s'agenouilla pour récupérer le livre de Mlle Pickering, évitant par la même occasion l'ombrelle brandie par Mme Quirm.

— Vous êtes un vulgaire voleur ! asséna cette dernière en faisant valdinguer le chapeau d'Oberhufter.

— Et vous, vous êtes prévisible !

Devon se releva et, par mégarde, se rapprocha encore de Beth Pickering. Il lui tendit le livre. Elle s'en saisit, l'examina pour s'assurer qu'il n'avait pas souffert de sa chute, puis le glissa dans sa sacoche. Ses lunettes suivirent le même chemin, au grand regret de Devon. Il n'avait rien sur lui, pas même un prospectus à lui donner pour le plaisir de la voir avec ses bésicles sur le nez.

— *Aaah !*

Mme Quirm venait de piquer Oberhufter du bout de son ombrelle. L'Allemand se cogna le dos contre la paroi de la cabine, qui vibra sous le choc. Beth Pickering tituba. Par réflexe, Devon posa la main sur sa taille. Il s'attendait à ce qu'elle recule dans un sursaut, mais elle n'en fit rien, et une décharge électrique le parcourut, éveillant des pulsions naturelles qu'un homme n'aime guère voir s'exprimer dans un lieu public.

Il avait envie de mettre à nu les pensées de Mlle Pickering, de caresser ses opinions, de l'entendre soupirer les théories tout à fait fascinantes qu'elle dissimulait aux autres hommes (et très envie de l'embrasser, évidemment). Il dut faire appel à toute sa volonté pour ne pas la prendre dans ses bras. Heureusement, il s'était forgé un mental d'acier grâce à des années d'observation des oiseaux dans des conditions météorologiques épouvantables, et aussi grâce aux cours de 8 heures du lundi matin.

— Bouffon !

— Vous espérez gagner le concours ? Ha, ha ! Quand les poules auront des dents !

— Voulez-vous parler de la perdrix quenotte de Bornéo ? s'enquit Elvira Fotheringham, toujours étalée par terre.

— Oh, la ferme ! grogna sa sœur.

Et elles recommencèrent à se battre.

Beth Pickering écarquilla les yeux, et Devon comprit qu'elle venait seulement de se rendre compte de la présence des jumelles.

Aussitôt, elle jeta un coup d'œil anxieux autour d'elle, comme si elle craignait que le vanneau soit là, lui aussi. Puis elle tourna un regard interrogatif vers Devon.

Il se contenta d'esquisser un petit sourire qui signifiait : « Posez-moi la question et je vous répondrai. Prononcez mon nom et je satisferai à toutes vos exigences. »

Elle garda le silence, mais continua à le dévisager. Le sourire de Devon s'évanouit. Les ondes entre eux s'intensifièrent, au point que si le vanneau s'était trouvé dans la cabine, il en aurait rôti sur-le-champ.

Hippolyta Quirm maniait toujours son ombrelle avec fureur. Deux laquais perdirent leurs chapeaux, et un troisième faillit perdre un œil.

— Vous ne m'arrivez pas à la cheville, espèce de clown !

— Mijaurée ! *Mein Gott*, vous l'aurez voulu ! Je vais vous coucher sur mon genou et vous donner la fessée de votre vie !

Un silence choqué tomba.

À cet instant, l'ascenseur s'immobilisa dans un tremblement. Un laquais s'empressa d'ouvrir la porte. Mme Quirm sortit la première et fit volte-face dans un tourbillon de mousseline.

— Quand j'aurai le trophée, je vous ferai radier de la SIO !

— Quand on m'aura décerné le prix, vous n'aurez plus que vos yeux pour pleurer !

Devon et Beth étaient toujours les yeux dans les yeux. Ni l'un ni l'autre ne semblaient capables de rompre le sortilège.

— Buse ! Demeuré ! Plastronneur !

— *Gehirnverweigerer*[1] *!*

— Hum, hum..., fit une voix.

Un homme en costume sombre et chapeau melon, impassible derrière sa moustache, attendait de pouvoir entrer dans l'ascenseur. Il tenait un journal sous le bras et une sacoche noire à la main.

Tout en pestant, Mme Quirm s'en alla au pas de charge.

— Je vous souhaite une bonne soirée, messieurs, dit poliment Mlle Pickering avant de se détourner pour suivre son associée.

Devon tressaillit douloureusement. Le charme était rompu. Il eut un élan inconscient pour la retenir, ou seulement la toucher une dernière fois... mais elle était déjà partie.

— Bah ! Bientôt je serai couvert de gloire et cette misérable créature sera obligée d'admettre ma supériorité, glousa Oberhufter.

Puis il claqua dans ses mains.

— Un autre sandwich ! Tout de suite ! Avec plus de fromage !

Au fond de la cabine, Ethel Fotheringham cognait la tête d'Elvira contre le plancher.

Devon soupira. Une plume de vanneau voleta sous ses yeux, et une bouffée odorante monta jusqu'à ses narines, mélange de vanille, de sang et de magie.

Il eut alors le pressentiment que l'été serait vraiment très long.

---

1. Signifie littéralement « esprit insoumis » en allemand.

5

La droiture et la morale sont les piliers de l'ornithologie, croyez-moi sur parole.

Des oiseaux à travers un verre de sherry,
H.A. QUIRM

Le train arriva à Calais après minuit. Des réverbères éclairaient la gare, mais au-delà, la mer était noire et inerte. L'humidité suintait dans l'air.

Un ferry attendait les passagers pour les emmener à Douvres et une véritable cohue se forma. Piétinant sur le quai, Beth s'accrochait à sa sacoche comme à une bouée de sauvetage. Dans le tumulte de la foule, elle se sentait plus malmenée qu'une mésange des neiges dans le blizzard.

La journée avait été trop longue et elle avait croisé trop de gens (sans parler du vanneau viandard). Elle aurait préféré attendre à l'écart que les autres voyageurs aient embarqué, mais seuls les premiers pourraient s'asseoir, et les ornithologues allaient se disputer les places près de la sortie. Si Hippolyta se faisait doubler par Mme Huang, de la Société chinoise d'ornithologie, quelqu'un risquait de passer par-dessus bord.

Il régnait un intense esprit de compétition. Des plumes en soie jaune s'étaient collées sur le fauteuil roulant du *señor* Pérez. Sur le chapeau de Mme Nnadi trônait un oiseau mécanique – du moins jusqu'à ce que Mlle Eliza Wolfe le fasse tomber « accidentellement » avec son fanion « Prochaine Ornithologue de l'année ». Et M. Chevrolet avait jugé bon d'enfiler un kilt écossais qui couvrait à peine ses cuisses musclées (plus d'une dame devait prier pour un coup de vent).

Quant à Hippolyta, elle focalisait toute son énergie sur Herr Oberhufter, qui se trouvait trois mètres plus haut dans la file. Coincée derrière le chariot à bagages de l'Allemand, elle enrageait.

Tout à coup les roues du chariot se bloquèrent dans une fissure du quai. Le valet poussa un juron, couvert par le bruit des valises qui s'entrechoquaient. La foule entreprit de contourner l'obstacle tandis qu'Oberhufter poursuivait son chemin en direction de la passerelle.

— Sapristi ! s'écria Hippolyta.

Poussant deux dames qui arboraient des badges « I ♥ SIO », elle se lança à la poursuite de l'Allemand et disparut dans la nuit, laissant Beth interloquée.

— Quel désastre ! cria le valet qui poussait leur chariot.

Beth se tourna vers lui pour le rassurer d'un sourire.

— Ne vous inquiétez pas, Samuel, nous retrouverons Mme Quirm sur le ferry.

— Non, ce n'est pas ça, mademoiselle. J'ai oublié sa trousse à maquillage dans le train !

— Oh, mon Dieu !

Hippolyta tenait à sa trousse comme Beth à sa sacoche. C'était une extension d'elle-même, bourrée de choses indispensables. À première vue, un journal de bord, des jumelles et un sachet de graines semblaient plus essentiels à une ornithologue que du maquillage et des accessoires de beauté. Mais Hippolyta avait un jour capturé un chardonneret venimeux en se servant d'une résille à chignon et d'un rouge à lèvres parfumé à la rose, aussi Beth se serait-elle bien gardée de la critiquer.

— Je ne peux pas retourner là-bas. Il faut que je surveille les bagages ! se lamenta Samuel en jetant un regard implorant à Beth.

« Non », répondit aussitôt le cerveau de celle-ci en visualisant la cohue brouillonne – les valises, les cages à oiseaux, le matériel de camping et au moins une chaise percée – à travers laquelle il lui faudrait naviguer pour retourner au train.

— Je vais la chercher, s'entendit-elle répondre.

— Oh, merci !

Le valet lui montra la locomotive.

— Si vous passez de l'autre côté du train, ce sera plus rapide.

— Vous croyez ?

Beth sentit une goutte de pluie s'écraser sur sa main. Plissant les paupières, elle leva les yeux vers le ciel nocturne et reçut une autre goutte sur le front.

Samuel lui tendit un parapluie qu'il avait pris dans le chariot à bagages.

— Bonne chance, mademoiselle Pickering. Je crois en vous !

Un peu déroutée, Beth le remercia néanmoins avant de s'éloigner.

Elle contourna la locomotive et se retrouva soudain dans une pénombre et un silence angoissants. Le quai était chichement éclairé par quelques rais de lumière au niveau des rares compartiments dont les volets n'étaient pas fermés. Beth eut un moment d'hésitation...

Mais elle n'avait pas le temps de tergiverser. Le ferry allait bientôt prendre la mer.

— Misère de misère ! maugréa-t-elle en longeant les wagons d'un pas pressé.

La pluie s'intensifiant, elle fut obligée d'ouvrir son parapluie. Sous la toile noire, la nuit lui parut encore plus menaçante. Elle s'arrêta. Elle aurait dû faire demi-tour...

Soudain un sifflement lugubre déchira le silence. Beth sentit ses poils se hérisser sur ses bras. Elle connaissait ce son. C'était le cri d'une strix démoniaque en détresse.

Non, je me fais des idées, se raisonna-t-elle. La strix était une chouette en voie d'extinction qu'on ne trouvait que dans les Highlands. Cet oiseau n'avait rien à faire sur un quai du port de Calais.

De nouveau le cri fusa, s'enroulant autour de son cœur. Un frisson la parcourut. Elle avança de quelques pas, l'oreille aux aguets. L'oiseau avait peut-être été emporté par une tempête ? Ou bien il était possible qu'il se soit échappé d'une volière. Quoi qu'il en soit, elle ne pouvait pas ignorer ses appels au secours.

Elle détecta un mouvement dans la nuit et, par réflexe, se rejeta dans l'ombre du train en brandissant le parapluie devant elle comme un bouclier.

Elle discerna une silhouette masculine qui longeait furtivement le quai. Lorsque l'homme passa dans un rai de lumière, Beth reconnut

M. Schreib, le secrétaire d'Oberhufter (« Ou peut-être son frère jumeau ? » chipota son cerveau avec un zèle qui n'était pas de mise en un moment pareil).

M. Schreib avait un sifflet dans la bouche. Il souffla dedans et le cri de la strix retentit.

Je savais bien que c'était impossible ! se dit Beth avec une petite bouffée de fatuité.

« Il s'agit d'un piège ! » lui signala son cerveau tandis que son cœur s'emballait pour signifier qu'il était d'accord avec cette conclusion.

Une autre silhouette masculine emmitouflée dans un grand imperméable noir se profila derrière Schreib.

— J'espère qu'ils ne vont pas tarder, grommela l'homme. Je crève de froid !

— Ne vous en faites pas, Cholmbaumgh. Ils viendront. Et nous ferons d'une pierre deux coups.

— Si les valets n'ont pas été assez convaincants...

— Faites-moi confiance.

Une fois encore, M. Schreib souffla dans son appeau.

— J'ai un peu pitié de Mlle Pickering, ajouta le dénommé Cholmbaumgh. Elle est bien gentille. Elle ne va pas comprendre ce qui lui tombe dessus.

Beth sursauta, ce qui aurait pu trahir sa présence si au même instant les deux hommes n'étaient pas partis dans un rire mauvais – ou « méphistophélique », aurait dit une personne possédant un riche vocabulaire.

Beth aurait dû prendre la fuite, mais elle était tétanisée. Les deux hommes allaient l'apercevoir d'une seconde à l'autre et elle serait perdue...

Soudain, une main se plaqua sur sa bouche. Elle n'eut pas le temps de paniquer. Un bras puissant s'enroula autour de sa taille et elle se sentit soulevée, pressée contre un torse masculin. (À moins qu'il s'agisse d'une dame à la musculature particulièrement développée ? Et alors ? Qui était-elle pour juger ?) Ses talons heurtèrent une paire de bottes. Son agresseur recula et, malgré la résistance qu'offrait son parapluie ouvert, elle fut entraînée entre deux wagons.

Persuadée qu'elle était sur le point d'être assassinée, elle vit sa vie défiler devant ses yeux. Mais elle n'avait pas dépassé le chapitre de l'enfance quand on la reposa sur ses deux pieds pour la faire pivoter.

La main qui la bâillonnait relâcha son étreinte, mais l'homme pressa un index sur sa bouche pour lui intimer le silence. C'était Devon Lockley.

Il prit son parapluie et le referma dans un petit grincement qui les pétrifia.

— Il y a quelqu'un ? fit la voix de Schreib, accompagnée par un son mat, comme s'il faisait claquer son poing contre sa paume.

Un bruit de pas se rapprocha. Devon s'accroupit en entraînant Beth dans son mouvement. Ils rampèrent sous la passerelle reliant les deux wagons et, blottis l'un contre l'autre, retinrent leur souffle.

— Hello ?

Schreib passa à leur hauteur, suivi de près par Cholmbaumgh qui marqua un temps d'arrêt au niveau de la passerelle. Il tourna la tête pour scruter la pénombre, et la vie de Beth reprit son défilement là où elle s'était arrêtée quelques secondes plus tôt...

Puis, sur un haussement d'épaules, Cholmbaumgh s'éloigna.

Devon lâcha un soupir de soulagement. Beth voulut l'imiter, mais ne produisit qu'un souffle étranglé. Devon posa la main sur son bras et le frictionna doucement. Oh ! comme c'était choquant ! Absolument scandaleux ! Mais aussi... réconfortant.

Et Beth se détendit un peu, bien qu'elle soit tapie dans un recoin sombre, à touche-touche avec un gredin.

Sans chaperon.

Alors que le danger rôdait tout près.

Et ce pour la deuxième fois de la journée.

Elle aurait dû fuir, tenter de se réfugier dans un lieu public. Mais en cet instant, elle avait plus peur de Schreib et de Cholmbaumgh que du qu'en-dira-t-on. Et puis... personne ne la touchait jamais (sauf quand elle saluait quelqu'un d'une poignée de main), et ce contact physique était bien plus plaisant qu'elle ne voulait l'admettre.

Devon dut percevoir son trouble et en profita pour ramener une mèche de cheveux derrière son oreille, déclenchant un délicieux frisson qui crépita sur la chair de Beth.

Elle le dévisagea. Dans la pénombre, la figure de son sauveur était aussi pâle que celle d'un hibou albinos. Ses yeux étaient comme... Elle chercha en vain une autre comparaison aviaire. Son cerveau, dix secondes plus tôt encore en parfait état de fonctionnement, nageait dans le brouillard.

Elle avait envie de... Non, de rien en particulier, finalement. Elle était juste dans un état d'exaltation qu'elle n'avait connu qu'une seule fois dans sa vie, le jour où une corneille amphibie très rare avait couru sur le sable devant elle.

C'était sûrement la proximité du danger qui la mettait dans cet état. Parce qu'elle n'éprouvait aucun désir pour Devon Lockley. Il était son ennemi, un rival doublé d'une fripouille dont le sourire envoûtant menaçait de lui faire flageoler les jambes...

Impuissante, elle sentit qu'elle se rapprochait de lui...

Il inclina la tête...

Touuut-touuuuuuut !

Ils sursautèrent. L'espace d'un instant, le monde ne fut plus que battements de cœur affolés et souffles précipités.

— Le ferry ! s'exclamèrent-ils en même temps.

Crapahutant sous la passerelle, ils émergèrent côté mer. Beth aperçut Cholmbaumgh et Schreib sur le pont arrière du ferry, qui s'éloignait déjà. Les deux individus pantelaient après avoir couru comme des fous. Sur le quai, les dockers étaient en train de ramener les chariots vides vers le terminal.

— Zut, flûte et *merde* ! s'exclama Beth.

Devon lui jeta un regard amusé.

— Bien dit, quoique surprenant de votre part, mademoiselle Pickering. J'imagine que vous ne savez pas nager ?

— Vous... vous osez plaisanter dans un moment pareil ? Vous êtes fou ?

— Bah, pas plus que n'importe quel ornithologue.

— Comment pouvez-vous rester si calme ? C'est une catastrophe !

— Vous trouvez ?

Elle s'exhorta à la patience.

— Le bateau... est parti... sans nous, expliqua-t-elle du ton qu'elle réservait aux étudiants les plus obtus – par exemple ceux qui peinaient à comprendre le rôle crucial du pli semi-lunaire chez les passereaux chresmologues. Et nous venons d'échapper à un guet-apens, ce qui est une piètre consolation étant donné les circonstances. Les autres ornithologues ont maintenant un bon temps d'avance sur nous. J'ai perdu mes bagages et je ne pense pas avoir assez d'argent sur moi pour acheter un autre billet. Et pour couronner le tout... *il pleut !*

Glissant les mains sous ses aisselles, elle lui tourna le dos.

Quelques dockers les observaient avec curiosité, mais elle n'avait même pas la force de les saluer d'un signe de tête. Son regard se porta sur le ferry, qui n'était plus qu'une masse grise vaguement illuminée que le brouillard était en train d'avaler.

Schlac !

Elle tressaillit. Mais c'était juste Devon qui venait d'ouvrir le parapluie. Levant le bras, il le plaça au-dessus de la tête de Beth.

Elle lui jeta un regard ahuri.

Entre eux, les gouttes de pluie scintillaient dans la lumière dorée des réverbères. Le murmure de la mer se mêlait au cliquetis des drisses contre les mâts des bateaux.

Beth était perdue. Devait-elle lui prendre le parapluie des mains ? L'inviter à s'abriter dessous lui aussi ? Ou sauter dans le port pour échapper à ce dilemme embarrassant ?

— Merci, articula-t-elle simplement, faute de mieux.

— C'est le moins que je puisse faire. Si je ne vous avais pas vue rôder près du train tout à l'heure, je serais tombé dans le piège moi aussi. J'aurais dû me douter qu'Oberhufter ne pouvait pas avoir oublié ses jumelles dans le compartiment.

— Je ne *rôdais* pas. J'essayais juste de me faire discrète.

— Décidément, vous avez un drôle de dictionnaire.

— Croyez-vous qu'Oberhufter soit derrière tout cela ?

— Je n'en suis pas sûr. C'est son valet qui m'a envoyé récupérer les jumelles. En général, Oberhufter ne prend pas de pincettes. S'il avait voulu se débarrasser de moi, il m'aurait simplement poussé du train.

— Pourquoi travaillez-vous avec cet homme ?

— Eh bien, le directeur de la faculté de Cambridge m'a invité à passer l'été chez lui pour aider sa fille à dresser son colibri. Autrement dit, c'était un traquenard matrimonial. J'ai préféré chasser le sifflemort en compagnie de Klaus Oberhufter. D'autant que, à l'origine, il avait l'intention de vendre l'oiseau à un laboratoire militaire. Finalement, je me suis débrouillé pour qu'il soit placé dans un refuge. Et vous, pourquoi travaillez-vous pour Mme Quirm ?

— Je m'efforce de prouver qu'il existe un lien entre les territoires psychiques et la phylogenèse chez les oiseaux fabuleux. Faute de financement, je cherchais de riches partenaires. Et c'est là que j'ai rencontré Hippolyta.

— À en croire lady Trimble, elle vous traite comme sa bonne.

Froissée par cette allégation *ridicule*, Beth se saisit du parapluie et recula. Mais le regard perspicace de Devon ne la lâcha pas.

— Hippolyta respecte mes compétences. Elle me fait confiance, affirma-t-elle, sur la défensive.

— Bah, elle vous pousserait du haut d'une falaise si cela pouvait lui être d'une quelconque utilité !

Beth se remémora une certaine falaise qu'elle avait descendue en rappel pour observer des nids pendant que Hippolyta, campée au sommet, lui criait des instructions.

— Elle est ambitieuse. C'est une qualité que j'admire.

— Vous ne la soupçonnez pas d'être à l'origine du piège qu'on nous a tendu ?

— Oh si, c'est très possible.

— Mais vous venez de dire...

— Nous sommes peut-être associées, mais entre ornithologues il n'y a pas de place pour la loyauté ou l'amitié.

— C'est exact, murmura le jeune homme, soudain rembruni.

Un silence s'ensuivit, laissant chacun à sa solitude. Les mains dans les poches de son manteau, Devon regardait la mer, l'air mélancolique. La pluie lui cinglait le visage. Beth ne put s'empêcher d'avoir pitié de lui et se rapprocha pour qu'ils soient tous deux abrités sous le parapluie.

Cet homme n'était peut-être pas entièrement mauvais. Après tout, il venait de la sauver d'une embuscade. Et, plus important, il avait sauvé le sifflemort d'une existence misérable.

— J'ai un peu d'argent, dit-elle. Assez pour nous payer une tasse de thé quelque part, en tout cas.

Devon eut un sourire sarcastique.

— Mademoiselle Pickering, nous venons de dire qu'il n'y avait aucune solidarité possible entre ornithologues. Ils sont impitoyables entre eux. Vous devriez m'abandonner ici sous la pluie, dans la froidure.

Beth chercha une réplique spirituelle et n'en trouva pas. Elle n'avait pas l'habitude de badiner, ni même de parler aux gens, sauf quand il s'agissait de décrire le monde passionnant des oiseaux. Pour le reste, dans la mesure du possible, elle évitait les conversations. Sa timidité naturelle ne la poussait pas vers les autres et, étant une jeune femme de vingt-quatre ans au sein d'un corps enseignant majoritairement constitué d'hommes vieillissants, ses interactions sociales se limitaient le plus souvent à des hochements de tête polis, à quelques remarques sur la météo, et à l'occasion à un sourire – quand par exemple toute la cafétéria bruissait d'excitation parce qu'on avait volé le sandwich du Pr Humberton.

Quant à Hippolyta, elle se satisfaisait amplement de quelques onomatopées approbatives.

Pourquoi, se demanda Beth, se laissait-elle apitoyer par ce type arrogant et débraillé, qui n'avait même pas la correction de porter une cravate et un gilet ?

Elle pensait opter pour un ton digne, mais ce fut l'agressivité qui passa en force.

— Vous devriez vous méfier. Qui sait, je mijote peut-être un mauvais coup ?

— Vous verseriez du poison dans mon thé ?

— Éventuellement.

Il pivota face à elle. Elle releva le menton, refusant de céder un pouce de terrain. D'une main, il bascula le parapluie en arrière. Son regard sombre promettait mille délicieux sévices. Beth sentit une bouffée de chaleur l'envahir.

— Et moi, je pourrais vous pousser à l'eau, murmura-t-il.

— Je pourrais vous offrir un croissant avec le thé !

— Je pourrais vous ligoter, vous bâillonner et vous jeter dans le prochain train en partance pour Istanbul.

La chaleur gagna une partie innommable de l'anatomie de la professeure. Elle faillit se tortiller.

— Oui, c'est possible. Mais je pourrais vous prendre de vitesse et envoyer un télégramme à ma banque pour obtenir la somme nécessaire à l'achat de votre billet.

Le sourire de Devon s'élargit.

— Ah, je comprends votre plan. Vous espérez endormir ma méfiance avec ce simulacre de générosité. Puis, quand je m'y attendrai le moins, vous disparaîtrez pour vous lancer à la poursuite du caladrius. Très habile, mon ange. Mais il se trouve que j'ai de l'argent.

Les joues de Beth s'embrasèrent. *« Mon ange ? » Incroyable ! Ce toupet ! Humpfff ! Voyou ! Vaurien !* Personne ne l'avait jamais appelée comme ça ! (Sauf dans le secret insondable de son imagination où elle cachait toute une liste de petits noms tendres, au cas où cela aurait intéressé quelqu'un.)

Elle chercha une repartie bien sentie, mais sa voix semblait s'être évanouie.

— Je dois avoir assez pour nous offrir des biscuits avec le thé, reprit Devon.

Il mit la main dans sa poche et en retira... non pas son portefeuille, mais un petit objet en bois.

— Oh, bon Dieu ! s'exclama-t-il.

— C'est... l'appeau à caladrius ! bredouilla Beth, qui, sous le coup de la surprise, en oublia de lui dire qu'on ne jurait pas en présence d'une dame.

— Je ne savais pas qu'il était dans ma poche !

— Non, bien sûr, ironisa-t-elle.

Elle était polie, mais pas complètement idiote.

— C'est la vérité ! Pourquoi vous mentirais-je ?

— Parce que. Vous mentez, vous volez mon oiseau, vous envoyez lady Trimble m'espionner et...

Plouf !

Beth resta une seconde bouche bée à fixer les eaux noirâtres du port où Devon venait de jeter l'appeau.

— Mais... pourquoi avez-vous fait cela ?

— Pour vous prouver que je ne mens pas. J'ignore comment cet appeau est arrivé dans ma poche.

— Et donc... vous l'avez *jeté* ? articula-t-elle, incrédule.

Il tourna les yeux vers la mer qui venait d'engloutir l'outil le plus précieux au monde pour tout ornithologue désireux de capturer un caladrius. La mine penaude, il se mordit la lèvre, se passa la main dans les cheveux...

Puis, retrouvant le sourire, il haussa les épaules.

— J'admets que ce n'est peut-être pas ce que j'ai fait de plus malin. Mais ce qui est fait est fait. Allons-nous-en.

— Euh... d'accord. Allons chercher un salon de thé. Demain matin, nous prendrons le prochain ferry et nous serons en Angleterre avant midi.

— Ou bien... nous pouvons voler un voilier et traverser la Manche dès ce soir.

— Comment ? Mais quelle idée !

— Ah, j'oubliais. Vous êtes une demoiselle bien élevée. Vous refusez de voler un bateau.

— Je refuse de voler un *voilier* ! Un vapeur serait bien plus rapide.

Devon se mit à rire.

— Eh bien, moi qui vous prenais pour une blanche colombe ! Je crois que nous faisons la paire, Elizabeth.

— Ne m'appelez pas comme ça. D'abord, c'est trop familier.

— Nous avons déjà affronté deux grands périls ensemble. Nous sommes presque intimes.

— Et ensuite, je ne m'appelle pas Elizabeth.

— Hein ? C'est pourtant comme ça que vous appelle Mme Quirm.

— Je m'appelle Bethany. Quand j'ai fait la connaissance de Hippolyta, je me suis présentée comme « Beth », et elle en a déduit que je m'appelais Elizabeth.

— Vous ne l'avez pas détrompée ?

— Mon Dieu, non ! Je ne voulais pas la vexer.

Désarçonné, Devon mit un moment à retrouver son sourire.

— Très bien, mademoiselle Beth-pas-Elizabeth. Que pensez-vous de ce petit chalutier qui est amarré là-bas ?

— Je dirais qu'il a l'air vieux et rouillé et qu'il va sûrement sombrer au milieu de la Manche. Mais c'est toujours mieux que de rester moisir à Calais.

— Eh ! protesta un docker d'un air offensé.

— *Je suis désolée**, s'excusa Beth.

---

* Tous les termes en italique suivis d'un astérisque sont en français dans le texte.

Puis elle s'empressa de suivre Devon, qui se dirigeait déjà vers le chalutier – malgré le fait qu'une femme raisonnable ne serait jamais partie seule en pleine nuit avec une fripouille qui, de surcroît, avait obtenu son diplôme en Amérique.

6

L'ornithologue de terrain est aussi
une femme sophistiquée, à l'aise avec toutes
les catégories de personnes qu'elle croise
dans les hôtels et salons du monde entier.

Des oiseaux à travers un verre de sherry,
H.A. QUIRM

Détourner un chalutier se révéla moins facile que prévu.

Tout d'abord, il fallut monter à bord.

— J'aurais dû demander une autorisation spéciale de port de pantalon, fit Beth qui, au bord du quai, estimait l'espace entre ses pieds et le pont du bateau.

Le cœur de Devon s'envola vers elle.

— Prenez ma main, je vais vous aider, offrit-il.

Elle eut un regard offusqué et, ignorant ces sottises chevaleresques, referma le parapluie dans un claquement avant de bondir. Son compagnon retint son souffle, mais elle atterrit gracieusement sur le pont, le chapeau à peine de travers.

Le cœur de Devon se pelotonna dans sa poitrine. Avec un petit sourire qui se moquait de lui-même, il sauta à son tour sur le pont.

Puis il fallut parer à la manœuvre.

— Je vois bien la barre, dit Beth, de nouveau retranchée sous son parapluie. Et des tas de cordages. Cette cheminée doit aussi servir à quelque chose. Mais comment fait-on fonctionner tout cela de manière à se déplacer ?

— Je n'en ai pas la moindre idée. Mais nous sommes des scientifiques, nous allons sûrement finir par comprendre le mécanisme.

Ils n'en eurent malheureusement pas l'occasion, car un autre obstacle se présenta sous la forme de quatre matelots qui surgirent soudain de la timonerie en chemise et caleçon long.

Ils semblaient animés des sentiments légitimes qu'éprouvent des marins confrontés à un abordage.

— *Merde ! Qu'est-ce que vous fichez là, connards** ?

Beth et Devon eurent un mouvement de recul.

— Je parle un peu français, dit Beth qui tenait le parapluie d'une main tremblante. Je crois qu'ils s'étonnent de notre présence à bord.

— J'ai l'impression que c'était un peu plus véhément que cela.

Devon tira un revolver du holster caché sous son manteau et le pointa sur les pêcheurs.

— *Enlevez mon passeur de perruches** ! ordonna-t-il.

Les quatre hommes se regardèrent.

— *Hein** ?

— *Qu'est-ce qu'il raconte** ?

— Comment dit-on en français : « C'est un détournement, suivez ce ferry » ? demanda Devon à Beth.

— Ne me posez pas la question ! « Jamais je ne pourrai les émouvoir en français, si ce n'est pour les faire rire de moi[1]. »

Il lui jeta un regard stupéfait.

— Vous citez Shakespeare ? Dans un moment pareil ?

— Voyons, il n'y a pas de mauvais moment pour Shakespeare.

— C'est ce qu'on vous apprend à Oxford ? Avec une formation aussi théorique, vous n'avez aucun espoir de gagner le concours.

— Il n'y a pas que la pratique ! Mais j'imagine qu'à Yale on ne cherche pas à vous élever l'esprit. Vous... vous vous en mordrez bien les doigts quand vous écouterez mon discours de remerciements à la cérémonie !

Devon ravala un sourire. Elle n'avait pas le sens de la repartie, mais elle faisait des efforts. Sa main le démangeait tant il avait envie d'essuyer la goutte de pluie qui scintillait au bout du nez de la jeune femme. Et d'autres parties de son corps exprimaient des désirs plus shakespeariens.

— Vous êtes une hirondelle, dit-il gentiment.

— Et vous un gredin !

— *Hum, hum,* fit un pêcheur.

Devon se ressaisit et reporta son attention sur les quatre hommes qui, adossés à un gros caisson, observaient la scène, les bras croisés sur la poitrine.

Fronçant les sourcils, il agita son revolver en direction de la mer et, dans un anglais brutal, leur ordonna de suivre le ferry.

1. Citation tirée – et adaptée – de *Henry V*, de William Shakespeare (traduction de Victor Hugo).

Apparemment, le canon d'un Webley Mark I parlait une langue universelle, car les marins s'empressèrent d'obtempérer.

Devon les regarda s'activer tout en continuant à les menacer de son arme. Mais Beth se mit à faire les cent pas sur le pont en se mordillant le pouce à travers son gant.

— Je suis vraiment désolée pour ce contretemps, dit-elle au capitaine. Veuillez accepter toutes nos excuses, dit-elle au second. Vous êtes bien aimable, dit-elle aux deux autres membres de l'équipage. Vraiment, vraiment désolée, insista-t-elle auprès du capitaine.

Et cætera, jusqu'à ce que les pêcheurs lui jurent qu'ils ne lui en voulaient pas d'avoir détourné leur bateau. Soulagée, elle entreprit – dans un français de cuisine et en s'aidant de force gestes – de les questionner sur leurs manœuvres, apparemment décidée à décrocher son permis de navigation avant la fin de la traversée. Avec une infinie patience, les pêcheurs lui expliquèrent le rôle de chaque drisse et les basiques de la propulsion à la vapeur. Ils la laissèrent même tenir la barre quelques minutes.

Le chalutier n'avait pas parcouru un mille qu'ils lui avaient déjà apporté du thé, des sandwichs au jambon et une veste qu'elle refusa en arguant qu'elle n'avait « pas froid du tout, merci » (à l'autre bout du pont, Devon pouvait sentir l'odeur pestilentielle qui se dégageait du vêtement et devina qu'elle préférait mourir congelée plutôt que d'empester le poisson pourri).

De son côté, elle leur apprit plusieurs chants d'oiseaux et arracha à chacun la promesse de ne jamais tirer sur un albatros, si d'aventure ils s'égaraient dans l'hémisphère Sud en pêchant le maquereau.

Devon observait tout cela avec fascination. Cette femme était... unique. Il l'aurait volontiers embrassée à Calais, si la sirène du ferry n'avait retenti au mauvais moment. Il l'entendit rire, et tout son corps soupira de l'intérieur, tenaillé par le désir. Mais...

Mais ? Eh bien... il y avait effectivement un « mais » dans son cheminement de pensée, sauf qu'il ne se souvenait plus où il menait.

Personne ne lui proposa de thé ou de sandwich. Il n'eut droit qu'à des coups d'œil hostiles et, à plusieurs reprises, à la promesse qu'il allait bientôt *nourrir les poissons**. Il avait beau savoir que *poisson** ne signifiait pas « poison » en anglais, il n'était guère rassuré. Visiblement, Beth et lui n'étaient pas logés à la même enseigne.

Il se fit un siège de fortune d'un rouleau de corde et se recroquevilla sous le crachin qui n'en finissait pas de tomber, affamé, fatigué, l'esprit chamboulé de pensées si incorrectes que Beth se serait certainement évanouie si elle en avait eu connaissance.

Il finit par s'assoupir.

En se réveillant dans la lumière bleuâtre de l'aube, il aperçut avec soulagement la ville de Douvres qui se découpait sur l'horizon piqueté d'étoiles.

Le chalutier entra lentement dans le port.

Regroupés près de la timonerie, les pêcheurs discutaient entre eux en lui jetant des regards torves. Un peu surpris qu'ils n'aient pas profité de son sommeil pour faire demi-tour, Devon les salua d'un timide signe de tête avant de se lever pour rejoindre Beth.

Assise contre un caisson, elle s'était tant bien que mal protégée des éléments en tendant une toile au-dessus de sa tête. Le dos droit, elle avait gardé sa sacoche serrée contre sa poitrine, mais ses yeux étaient clos.

Devon s'autorisa à la contempler un instant. Elle devait avoir froid sous son manteau léger. Il eut envie de la prendre dans ses bras – pour lui communiquer sa chaleur corporelle, bien sûr. C'était le meilleur moyen de réchauffer quelqu'un, non ?

Il avait aussi envie d'enlever son chapeau et de libérer sa chevelure lustrée, sans hâte, une épingle après l'autre. Elle devait lui tomber jusqu'à la taille, supputa-t-il avec l'expérience d'un homme qui a décoiffé plus d'une femme. Les mèches brunes auraient la douceur de la soie entre ses doigts. Il les lisserait sur son front pâle, puis déposerait des baisers sur son cou nacré, jusqu'à ce qu'elle ouvre ses divins yeux bleus et le voie…

Ou le *noie.*

Son cœur audacieux fit taire cette pensée inquiétante. Il ôta son manteau et en drapa la jeune femme.

— Réveillez-vous, mon ange, chuchota-t-il avant de reprendre en haussant la voix : Réveillez-vous, nous sommes arrivés.

— Strix démoniaque, marmotta Beth, qui se réveilla en sursaut l'instant d'après.

Elle cligna des yeux, le regard encore embrumé de rêves. L'espace d'une seconde, Devon en oublia de respirer, subjugué par sa beauté. On aurait dit… une sirène jaillie des flots marins.

Puis elle se passa la main sur le front et, lorsqu'elle la laissa retomber, il vit qu'elle était de nouveau sur la réserve.

— J'ai dû somnoler, murmura-t-elle.
— Nous arrivons à Douvres.
— Déjà ?
— Comment ça, *déjà* ? Nous avons mis au moins trois heures ! Ce bateau est une baignoire.
— Pas du tout. C'est un chalutier à vapeur de quatre-vingt-six pieds, d'un tonnage de... Bref, ces messieurs ont été bien aimables de nous amener jusqu'ici.

Devon laissa échapper un rire qu'il déguisa en quinte de toux. Beth considéra d'un œil sévère sa chemise humide et chiffonnée, puis, baissant les yeux, découvrit le manteau drapé sur elle.
— Mais... c'est le vôtre ?
— Vous aviez l'air d'avoir froid. Et disons que... ça me déplaisait.

Elle glissa une main sur le vêtement, et Devon se surprit à frissonner, comme si c'était sa peau qu'elle caressait. Elle semblait ébahie, confuse qu'il ait eu un tel geste, et cela lui serra le cœur.
— Ce n'est pas logique. C'est vous qui allez avoir froid maintenant. En plus, vous toussez. Mais... merci, c'était gentil.

Elle lui rendit le manteau. Une sensation de chaleur monta dans la gorge de Devon. Il était à deux doigts de rougir. C'était bien la première fois qu'on lui disait qu'il était gentil.

Ébranlé, il laissa le manteau lui glisser entre les doigts et tomber sur le pont. Il s'en rendit à peine compte. Dans la pâle lueur de l'aurore, il ne voyait qu'elle.

À la seconde où son regard s'était posé sur cette femme, lors de cet ennuyeux congrès, il avait pensé qu'elle ressemblait à un ange en visite sur terre. Retranchée près du mur, les yeux fixés sur la sortie, elle s'ennuyait manifestement autant que lui, sans avoir la grossièreté de s'en plaindre. Il était tout de suite tombé sous le charme de ses traits ravissants, de ses yeux magnifiques, de sa bouche pulpeuse...

Aujourd'hui cette attirance se compliquait d'une émotion plus perfide. Elle lui plaisait *vraiment*. Comme un dimanche matin, ou un oiseau sur sa main, ou un bâton de craie tout neuf devant un tableau noir.

Sapristi, il était en train de tomb...

— *Hum*.

Les deux ornithologues tournèrent la tête. Les pêcheurs s'étaient approchés.

— *Ton manteau, crétin**, fit l'un d'eux en tendant le vêtement à Devon.

Beth remercia l'homme d'un sourire, et une jalousie aussi féroce qu'une horde d'autruches carnivores se propagea dans les veines de Devon.

— Vous êtes bien aimable, dit-elle. N'est-ce pas, monsieur Lockley ? Ce monsieur nous propose du thé à la menthe et des croûtons.

Devon avait des doutes quant à la justesse de la traduction. Il prit son manteau et s'éloigna avant que les pêcheurs aient l'idée de le rouer de coups.

Enfin, alors que les rayons du soleil levant faisaient flamboyer le port de Douvres, ils s'amarrèrent à Admiralty Pier.

Devon donna au capitaine du chalutier une poignée de pièces françaises et reçut en échange un regard venimeux. Il sauta sur le quai, les membres ankylosés, gelé, pressé de trouver un endroit où on leur servirait un bon café.

Mais Beth mit un temps ridicule à faire ses adieux. Sous le regard exaspéré de Devon, elle serra la main à chaque pêcheur, prit le temps d'échanger quelques mots avec eux, les remercia encore, les pria de transmettre ses salutations à leurs familles respectives et les invita à lui rendre visite, si jamais ils se rendaient à Oxford courant septembre.

Les hommes souriaient, se dandinaient d'un pied sur l'autre et soulevaient leurs casquettes crasseuses en guise de salut.

Devon leva les yeux au ciel en soupirant.

Finalement, les marins aidèrent Beth à descendre sur le quai et la retinrent encore en lui parlant d'un air sérieux dans un français rapide – sans doute pour lui conseiller de tuer Devon et de lui voler son argent.

Lassé d'attendre, ce dernier attrapa Beth par le bras et ~~l'entraîna manu militari~~ la guida vers la gare ferroviaire, située à l'extrémité du quai.

— Bonté divine, inutile de me malmener comme ça ! protesta-t-elle, une main plaquée sur son chapeau.

— J'aimerais juste quitter Douvres avant l'hiver prochain. Et mettre de la distance entre nous et ces hommes.

Il tourna la tête. L'air alarmé, les pêcheurs les regardaient en se récriant.

— Voyons, ils se réjouissent pour nous. Comme ils ne comprennent pas l'anglais, je n'ai pas pu leur expliquer que nous étions des ornithologues et que nous participions à un concours. Et comme mon français est approximatif, j'ai préféré leur dire que nous étions mariés – que vous étiez *l'épine dans mon cœur* – et que vous me faisiez faire une escapade amusante – c'est-à-dire une *estafilade alarmante*.

— Êtes-vous sûre de vous être bien fait comprendre ? Je suis à peu près certain que vous venez de leur dire que je suis une épine dans votre cœur qui s'emporte à tout bout de champ et qui vous terrifie.

— Oh. Peut-être vaudrait-il mieux que je retourne leur préciser...

— Pas question !

Il allongea le pas et elle faillit trébucher.

— Mais on ne peut pas laisser un tel malentendu...

— Peu importe, puisque nous ne les reverrons jamais.

— Mais...

La bottine de Beth buta contre un caillou. Devon la retint de justesse. Sur le bateau, les pêcheurs se mirent à crier et l'un d'eux empoigna un harpon.

— Vite ! dit Devon en accélérant encore l'allure. Sinon nous n'aurons aucune chance d'attraper le caladrius.

Le visage de Beth s'éclaira soudain.

— Vous avez raison. Courons !

Cette fois, ce fut elle qui s'élança et lui qui dut la ralentir pour éviter tout accident.

— Voilà la gare. Ne vous inquiétez pas, mademoiselle Pickering. Maintenant tout ira bien.

*

— C'est un désastre ! s'écria le guichetier en agitant sa casquette sous le coup de l'émotion. Nous ne savons pas comment cela a pu se produire ! Les rails ont fondu. Ils ne sont pas seulement déformés, ils ont *fondu* !

Il remit sa casquette sur son crâne, l'enleva aussitôt pour l'agiter derechef, manquant gifler l'ingénieur qui se penchait pour examiner les rails gondolés.

— Ce n'est pas la peine d'acheter des billets, monsieur, dit encore le guichetier à Devon. Aucun train ne partira avant plusieurs jours.

— Pyro-pinson, murmura Beth.

L'employé et l'ingénieur la regardèrent comme si elle était folle. Mais Devon émit un petit bruit de gorge pensif.

— Une théorie intéressante, mademoiselle Pickering.

Beth ouvrit la bouche pour lui rappeler qu'il n'était pas le seul prodige universitaire sur ce quai de gare. Mais un pétillement dans ses yeux lui suggéra qu'il en profiterait pour la taquiner. Elle préféra sauter sur la voie. Ce comportement si peu féminin arracha un cri stupéfait au guichetier.

Une plumette rouge était coincée dans le ballast. Beth s'accroupit pour la ramasser avec délicatesse et la leva dans la clarté du matin. Le nuage de magie rose doré qui subsistait autour de la plume s'évapora dans la brise.

— Pyro-pinson, répéta-t-elle en imaginant le petit oiseau au plumage orangé sautillant sur la voie et projetant, tel un chalumeau ailé, son souffle incandescent sur les rails.

Elle n'en avait jamais vu dans la nature et, tandis que son cerveau étudiait la plume et prenait note de détails fascinants, son cœur soupira de bonheur.

— Je suis impressionné, dit Devon.

Ne sachant s'il parlait d'elle ou de l'oiseau, Beth ignora à regret ce qui aurait pu être un compliment et reprit :

— C'est bien une tectrice de *Fringilla accendo*, autrement dit « pyro-pinson ». Les émanations cuprifères résiduelles confirment qu'il y a eu combustion psychokinétique.

L'ingénieur jeta un regard ahuri à Devon.

— Qu'est-ce qu'elle raconte ?

— C'est un oiseau fabuleux qui a cramé vos rails.

— Nom d'une pipe !

— Le pyro-pinson est très rare. On ne le trouve que dans la Forêt-Noire, précisa Beth.

Elle leva les yeux, mais ne vit que le ciel tranquille du matin et l'air voilé de poussière. Reportant son attention sur le sol, elle inspecta les traces qui signalaient la trajectoire et les mouvements de l'oiseau. Elle ne tarda pas à en déduire que celui-ci avait tenté de prendre son envol à plusieurs reprises, sans succès.

— On l'a mutilé ! s'exclama-t-elle, outrée. Quelqu'un a coupé les rémiges de ce pauvre oiseau pour s'en servir comme d'une arme !

Son regard vola vers Devon, dont les traits exprimaient une indignation similaire à la sienne.

— La compétition fait rage, murmura-t-il. Nous ferions mieux de nous dépêcher. Venez.

Comme elle se redressait, il se pencha et la hissa sur le quai, dans un mouvement un peu trop vigoureux. Elle atterrit contre sa poitrine et leva sur lui un regard médusé.

Au bout d'une minute, l'employé et l'ingénieur se raclèrent la gorge avec embarras. Beth se ressaisit et s'écarta. Elle avait des fourmis partout.

« Voyou ! Rival ! » vitupéra sa raison.

« Beau gosse... », soupira son cœur.

— Il s'agit d'un sabotage, je le crains, expliqua Devon aux deux hommes. Vous comprenez, un concours a été organisé pour trouver un oiseau rare, le caladrius...

— Aaah, c'est donc pour ça que nous avons eu cette invasion d'orthinogoles ! dit l'ingénieur en hochant la tête. Je croyais qu'un caladrius était un ustensile de cuisine, et je n'ai pas compris pourquoi cela les excitait autant.

— Ils sont arrivés en meute, sans aucune discipline, et ils ont réquisitionné les véhicules du personnel, ajouta le guichetier.

— Vous avez des véhicules ? Des voitures ? s'enquit Beth avec espoir.

— Non, des bicyclettes. Enfin, nous en *avions*. Les ornologues les ont toutes prises. Il faut dire qu'ils ont proposé tellement d'argent qu'il y avait de quoi acheter un nouveau portrait de Sa Majesté pour la salle d'attente. Nous n'avons pas pu refuser. Je leur ai apporté le formulaire des Transactions spéciales (3A), le formulaire d'Identification de l'acquéreur (2F) et le formulaire...

— Oui, tous les documents nécessaires, j'en suis sûr, coupa Devon.

— Exactement ! Mais ils m'ont ignoré et ont pris toutes les bicyclettes !

— Vous voulez dire qu'ils les ont *volées* ? s'indigna Beth.

— Oh non, ils m'ont payé. *Mais ils n'ont même pas daigné remplir les formulaires !*

— Grands dieux..., murmura Devon avec une commisération un peu trop affectée.

— Vous aussi, vous faites partie de la bande, n'est-ce pas ? s'enquit l'ingénieur en jetant à Beth un regard méfiant.

Elle eut un mouvement de recul. Aussitôt Devon s'interposa entre elle et l'homme, dans l'attitude du merle qui défend sa merlette. Beth *s'embua* de l'intérieur (elle avait beau savoir que ce n'était biologiquement pas possible, c'est l'impression qu'elle eut).

— Pas du tout, répondit Devon avec un sourire charismatique. Nous sommes de paisibles géologues. Très terre à terre, si vous voyez ce que je veux dire.

Il donna un petit coup de coude à Beth. Elle hésita. Bien sûr, une ornithologue devait pouvoir mentir sans sourciller. (« Non, monsieur, je vous assure, je n'ai pas vu le panneau rouge qui disait "Propriété privée, défense d'entrer". ») Sauf qu'elle n'avait jamais été très douée pour ça.

Mais à cet instant-là, elle aperçut une silhouette du côté de l'entrée de la gare et reconnut Schreib, le secrétaire d'Oberhufter.

— Exactement, nous sommes d'honnêtes géologues ! Nos intentions sont claires comme de l'eau de roche, affirma-t-elle.

— Dans ce cas, comment avez-vous su que les rails ont été sabotés par un oiseau fabuleux ?

— Cela saute aux yeux, non ? N'importe qui serait arrivé à cette conclusion.

— Mais...

— Pardon, messieurs, mais nous devons faire diligence. Auriez-vous la magnanimité de nous indiquer les moyens de locomotion disponibles dans un proche périmètre ? Bien sûr, nous sommes prêts à vous gratifier.

Les deux hommes tournèrent un regard hébété vers Devon.

— Dites-nous où nous pouvons trouver des chevaux, traduisit-il avant d'ajouter d'un ton théâtral : *S'il vous plaît*.

Il fit un clin d'œil à Beth chez qui la buée intérieure se mua en vapeur brûlante, créant un véritable sauna dans son être.

— Si vous n'êtes pas oritnologues, pourquoi êtes-vous si pressés de trouver des montures ? questionna encore l'ingénieur.

— C'est pour… une urgence géologique.

— Ah. Oui, je comprends. Mais il n'y a plus un seul cheval dans les parages, à cause de ces cinglés qui ont fondu sur la ville comme un nuage de criquets.

— Nous ne pouvons pas renoncer, objecta Beth. C'est une question…

— De vie ou de mort ? ricana le guichetier.

— Pire ! Il y a une chaire en jeu. Mais je suis certaine que si nous frappons aux portes du village en proposant un juste prix, nous trouverons une personne bienveillante qui acceptera de nous aider. Après tout, nous sommes en Angleterre.

7

La fortune sourit à l'audacieuse ornithologue
– ce qui signifie que, si vous êtes riche,
tout le monde voudra vous rendre service.

Des oiseaux à travers un verre de sherry,
H.A. QUIRM

Une heure plus tard, ils revinrent bredouilles à la gare.

Derrière sa guérite, le guichetier les regarda approcher d'un air goguenard.

— Laissez-moi deviner... Le prix d'un cheval a grimpé en flèche depuis hier ?

— Sept cents livres, grommela Devon. Et quand nous avons expliqué qu'il s'agissait d'une urgence, il est même monté à huit cents. Je n'ai jamais rencontré des gens aussi près de leurs sous. Et j'enseigne à des étudiants !

— Nous avons abrégé les recherches, avoua Beth. Nous sommes revenus vous demander si par hasard nos associés n'auraient pas laissé nos bagages ici. Puis nous partirons à pied.

— Je vais peut-être pouvoir vous aider, finalement.

Le regard de l'homme dévia sur un point situé dans leur dos. Ils se retournèrent, mais ne virent qu'un gentleman en costume noir et chapeau melon, d'un style tout à fait commun en Angleterre. Sacoche en main, il consultait le tableau des horaires.

— Il se trouve que j'ai une monture à vous proposer, poursuivit le guichetier. C'est une vieille jument, mais elle a encore bon pied bon œil. Vous pourriez l'emprunter contre, disons...

— Deux cents livres ? proposa Devon.

Puis, comme le guichetier hésitait, il s'empressa d'ajouter :

— Je remplirai tous les formulaires nécessaires. *En triple exemplaire !*

*

— Un seul cheval..., lâcha Beth en soupirant.

Devon était en train de vérifier le harnachement de la vieille jument grise. Oh, elle était contente pour lui. Tant mieux s'il avait trouvé un moyen de transport confortable pour rejoindre la gare de Canterbury. Mais elle-même allait devoir s'y rendre à pied et cette idée ne l'enchantait guère.

Elle aurait dû se réjouir que leurs chemins se séparent. Elle n'avait pas besoin d'avoir un vaurien comme lui dans les pattes. Jusqu'à présent, les hommes n'avaient été que de vagues silhouettes en marge de sa conscience ; des congénères qui parlaient de sport pendant des heures et s'échinaient à lui donner des explications sur des sujets qu'elle maîtrisait depuis l'adolescence.

Il y avait eu le Pr Gladstone, évidemment. L'octogénaire, directeur de la faculté d'ornithologie d'Oxford, sentait la pipe et le tweed humide. Il avait les yeux perpétuellement plissés à force de regarder dans des jumelles et avait dû dire adieu au petit doigt de sa main gauche quand, dans les profondeurs de la jungle colombienne, il s'était fait mordre par un élève de première année en manque de caféine. C'était aussi le mentor de Beth qui, plus jeune, lui avait voué une grande admiration. Mais, à force de lui répéter qu'elle devait sourire davantage et moins montrer son intelligence afin de ne pas faire d'ombre à ses collègues masculins, il avait baissé dans son estime.

Aucun autre homme n'avait piqué son intérêt. Sauf Devon Lockley, qui, lui, l'avait carrément éveillé tout entier, avant d'occuper tout son esprit.

Après seulement deux jours passés ensemble, son comportement déteignait déjà sur elle. Son langage commençait à se relâcher, elle se disputait avec lui, voire elle badinait. À ce rythme-là, elle n'allait pas tarder à devenir *effrontée*.

Partir à pied de son côté était donc la solution raisonnable, sensée, convenable – et on pouvait ajouter à ces adjectifs tout un tas de mots figurant dans l'index des manuels de savoir-vivre.

N'empêche que ça lui flanquait le bourdon. Sûrement parce que ses bottines étaient humides et qu'elle aurait des ampoules aux pieds ce soir.

Elle se força à sourire.

— Bien, je vous souhaite bonne chance. Si jamais vous croisez Hippolyta, pouvez-vous lui transmettre mes meilleurs sentiments ?

— Vous les lui transmettrez vous-même, répondit-il sans lever les yeux de l'étrier qu'il était en train de régler.

Ces mots firent à Beth l'effet d'un coup de poing dans l'estomac. Sa bouche se crispa dans un sourire encore plus grand, si radieux qu'il aurait pu servir de phare sur une côte hérissée de récifs.

— Bon, alors... au revoir.

Elle attendit une seconde, peut-être deux, avant de conclure qu'il avait décidé de l'ignorer. Son sourire s'élargit au point de lui faire mal aux joues. Elle se détourna...

Devon l'attrapa par le poignet. Elle lui jeta un regard perplexe. Lui-même semblait désorienté.

— Je voulais dire que vous pourrez lui transmettre votre message quand nous l'aurons trouvée.

Sous l'effet de la surprise, le cerveau de Beth se vida de toute pensée cohérente Aucune formule ne lui vint à l'esprit.

— Oh...

— Vous ne pensiez quand même pas que j'allais vous abandonner ici ?

— Bien sûr que si. À votre place, c'est exactement ce que je ferais.

— Je ne vous crois pas. D'ailleurs, si je vous laissais ici, vous seriez fichue de tomber sur une bande de contrebandiers. Et vous seriez tellement occupée à vous excuser de les avoir dérangés que vous ne remarqueriez même pas qu'ils vous ont ligotée et expédiée en Australie pour récurer les planchers chez un caïd du crime !

— Oh, ça ne me dérangerait pas d'aller en Australie. J'ai tellement envie de voir un émeu à éperon de mes propres yeux.

Devon sourit et Beth se sentit réconfortée. Avant qu'elle ait le temps de froncer les sourcils – ou, pire, de *pouffer* –, il mit les mains autour de sa taille et la souleva pour la mettre en selle.

Ébahie – *embuée* –, la jeune femme s'agrippa au pommeau pour ne pas tomber. Devon enfourcha la jument et Beth se retrouva le dos plaqué contre son torse. La buée disparut, vaporisée par la fournaise du volcan qui venait d'entrer en éruption dans son abdomen.

— Je… je peux monter à califourchon, vous savez.

— Bien sûr.

Il patienta le temps qu'elle tire sur ses longs jupons en s'efforçant de ne pas trop en montrer. Elle se trémoussa, gigota sur la selle et réussit enfin à dégager sa jambe droite pour la passer par-dessus l'encolure du cheval.

— Hum, fit Devon.

Soudain, il remit pied à terre, et la semelle de ses bottes claqua au sol. Il appuya son front contre le flanc de la jument.

— Il y a un problème ? demanda Beth.

— Tout va bien. J'ai juste besoin… d'une minute.

Sa voix était enrouée. Beth se demanda avec inquiétude s'il n'était pas en train de tomber malade.

— Vous devriez peut-être vous asseoir ?

— Non, non. C'est juste une crampe.

— Oh. Dans ce cas, je vais vous masser…

Il éclata de rire.

Tandis qu'elle attendait, elle tenta d'estimer le temps du trajet jusqu'à Canterbury, s'interrogeant sur les oiseaux qu'ils pourraient apercevoir en cours de route…

Des cris interrompirent ses pensées. Tournant la tête du côté de la gare, elle vit les pêcheurs français qui les montraient du doigt.

— Oh, *hello* ! fit-elle en agitant la main.

Lâchant un juron, Devon bondit en selle et rassembla les rênes.

— Allons-y !

— Mais... ce sont nos amis ! Et c'est l'occasion de leur expliquer que vous n'êtes pas en train de m'enlever...

Elle agita de nouveau la main. Devon lui baissa le bras.

— Nous n'avons pas le temps !

Au même instant, les pêcheurs s'élancèrent vers eux en rugissant. L'un d'eux brandissait un objet fin et pointu.

— On a toujours le temps d'être aimable, objecta Beth. En outre, j'ai oublié mon parapluie et je crois qu'ils sont venus me le rendre.

— Ce n'est pas un parapluie, c'est un harpon. Accrochez-vous ! *Yaaa !* cria-t-il en talonnant la jument.

Il ne se passa rien.

— *Yaaa !*

Devon fit claquer les rênes sur l'encolure. La jument releva la tête et commença à avancer au pas.

— *Stop, relâche cette femme* ! cria un pêcheur.

— Vous voyez bien. Ils disent : « Attendez, chère madame ! »

— J'en doute fort.

Devon talonna la jument de plus belle et réussit à lui faire allonger le pas.

— *On va te buter* ! beugla un second pêcheur.

— Ils nous invitent à prendre le thé.

— Avance, vieille carne !

La jument consentit à se mettre au petit trot.

— *Aider ! Aider** ! cria joyeusement Beth aux pêcheurs.

— Vous voulez leur dire « Adieu », je suppose ?

— Ah oui, zut. *Adieu** !

La jument se lança au galop.

— Ils vont nous trouver bien malpolis, se lamenta Beth.

— Ça m'est égal. Pensez au caladrius.

Beth s'y efforça, mais son imagination était plus inspirée par le bras que Devon avait glissé autour de sa taille et par les pectoraux qu'il pressait contre son dos. À tel point qu'elle eut bientôt l'impression de s'embraser de l'intérieur.

De peur de perdre toute dignité, elle aurait volontiers sauté à terre si elle n'avait eu conscience qu'à cette vitesse elle se couvrirait juste de ridicule.

— Oh, Seigneur ! murmura-t-elle.

— Qu'y a-t-il ?

— Une crampe.

Il y eut un petit silence. Puis :

— Oh, vraiment, chérie, un peu de patience, nous allons arranger ça.

*

À la gare de Douvres, M. Flogg lissait du doigt sa moustache en regardant Beth et Devon galoper vers le nord.

— Vous aviez raison, monsieur Fettick. Les séparer des autres ornithologues était une idée de génie. Vingt-quatre heures auront suffi pour qu'ils entrent en étroite collaboration.

— Nous tenons la *golden team* ! « De rivaux à amants... » Oh, j'adore ce concept ! Il a un énorme potentiel.

— C'est la magie du marketing ! approuva M. Schreib, qui se roulait une cigarette avec des airs de caïd plutôt risibles. J'aime moins le thème du héros solitaire. Les gens apprécient toujours une bonne romance.

— Je ne sais pas si la SIO sera d'accord, objecta M. Cholmbaumgh. Car au bout du compte, une seule personne sera désignée Ornithologue de l'année.

— C'est vrai, reconnut Schreib, pensif. Il y aura fatalement un perdant, et la romance va tomber à l'eau.

M. Flogg balaya leurs inquiétudes d'un geste de la main.

— Bah, la fin de conte de fées n'est pas systématique.

— Hummmm...

— La capture de l'oiseau sera le point d'orgue de l'histoire. Ensuite, les gens passeront à autre chose. Une nouvelle sensationnelle chasse l'autre. En outre, nous n'avons pas peaufiné tous les détails. Il reste encore beaucoup à faire. Schreib, vous irez alerter la presse locale. Maintenant que nos deux professeurs ont entamé leur périple, il va y avoir des scènes romantiques qui feront soupirer dans les chaumières. Cholmbaumgh, allez discuter avec ces pêcheurs. Donnez-leur une raison de se rendre à Canterbury. Ils ajoutent une note exotique appréciable.

— Et vous, qu'allez-vous faire ? s'enquit Cholmbaumgh avec une certaine insolence.

La moustache de M. Flogg frémit.

— En tant que cerveaux de l'opération, M. Fettick et moi-même allons assumer la part la plus importante du travail en nous concertant autour d'une tasse de café. Et maintenant, messieurs, si j'ose dire… en selle ! Ha, ha !

8

Dans les moments de doute,
souvenez-vous que vous avez la sagesse
d'une ornithologue, la patience d'une ornithologue,
ainsi que plusieurs outils dans votre kit professionnel
qui peuvent servir d'armes.

Des oiseaux à travers un verre de sherry,
H.A. QUIRM

Devon avait promis qu'ils atteindraient *rapidement* Canterbury. Cela prouvait une fois de plus qu'ils n'avaient pas le même dictionnaire.

Après deux heures de route, Beth était tout endolorie, surtout dans la région du séant. Pire, la friction de leurs corps avait déclenché des réactions physiques aussi extrêmes que gênantes.

La jument trottinait sous un soleil de plomb qui dardait ses rayons sur les champs et prairies environnants. Si Beth ne mettait pas bientôt la main sur une tasse de thé, il était à craindre qu'elle doive avoir recours à des méthodes drastiques – comme ôter son chapeau ou admettre en son for intérieur qu'elle en avait *bougrement sa claque*.

— Nous n'arriverons jamais à Canterbury, se plaignit-elle. Nous allons mourir de déshydratation avant même d'apercevoir la flèche de la cathédrale !

Devon poussa un soupir qui trahissait une lassitude égale à la sienne.

— Ça ne peut plus être bien l...

— *Aaaaaaaarrrrghhhh !*

Un homme venait de sauter d'un arbre. La jument se cabra et Devon eut du mal à la maîtriser.

— Monsieur Tarrou ! s'exclama Beth en reconnaissant le président du Syndicat d'ornithologie de Paris.

Celui-ci se planta au milieu de la route pour leur bloquer le passage. Vêtu d'un élégant costume trois-pièces accessoirisé d'une pochette à pois qu'il avait nouée autour de son front, il suait à grosses gouttes.

De la main droite, il tenait une cage dans laquelle se trouvait un petit oiseau brun. Il la brandit d'un air menaçant.

— Donnez-moi ce cheval ou je lâche ce volatile sur vous !

— Un moineau ? rétorqua Devon sans s'émouvoir.

— Quel genre d'ornithologue êtes-vous ? répliqua M. Tarrou avec dédain – à moins que ce ne fût l'effet de son accent français. Vous ne voyez donc pas les petites mouchetures noires sur sa queue ?

— Un friquet Dracula ! s'écria Beth, horrifiée.

Un sourire cruel déforma les traits de M. Tarrou, dérangeant les rigoles de transpiration sur ses joues.

— Ah, la célèbre professeure Pickering ! Vous feriez mieux de descendre tout de suite de votre cheval si vous ne voulez pas que ce petit vampire aspire votre fameux intellect par le conduit auditif !

Devon et Beth obtempérèrent.

— Excellente décision, approuva M. Tarrou.

Puis il sauta en selle et disparut au triple galop, son rire diabolique ponctué par les piaillements offensés du friquet.

Quelques secondes plus tard, deux valets surchargés de valises émergèrent des buissons et se lancèrent aux trousses de leur maître.

— Attendez ! leur cria Beth, en vain.

— Quelle ordure ! Quel salaud ! vitupérait Devon, les poings sur les hanches.

Beth ne songea même pas à lui enjoindre de châtier son langage. Elle était si désemparée qu'elle commença à s'éventer avec son chapeau.

— C'est une catastrophe ! gémit-elle.

— Mais non, ce n'est pas si grave...

— Bien sûr que si, voyons ! M. Tarrou n'a pas l'adresse du frère du guichetier à Canterbury. Il ne saura pas où ramener la jument. Que va-t-il arriver à cette bête ? Imaginez qu'elle finisse dans un abattoir ! Et... oh, ce pauvre petit friquet ballotté dans sa cage !

Rongée d'angoisse, elle ne vit pas Devon s'approcher d'elle. Sans prévenir, il glissa un bras sous ses jambes et la souleva. Beth ne put retenir un petit cri et s'en voulut aussitôt de ce manque de tenue. Sous l'effet de la surprise, elle lâcha son chapeau et se cramponna au cou de Devon de peur qu'il ne la lâche. Mais il la tenait bien calée contre sa poitrine et, comme si elle ne pesait pas plus lourd qu'une plume, il se mit à marcher d'un bon pas.

— Qu'est-ce que vous faites ?

— Je fais preuve de courtoisie. Je ne vais pas laisser une dame piétiner dans la poussière pendant des heures.

— Nous ne pouvons pas faire le trajet sur une seule paire de jambes !

Elle lui donna un petit coup de poing dans l'épaule. Il répondit de son sourire le plus charmeur. C'en était trop. Tête nue, assoiffée et en dette de sommeil depuis deux jours, Beth sentit toute défense l'abandonner. Un rire léger fleurit dans sa gorge, poussé par une bouffée d'espièglerie...

Fort heureusement, elle vit à cet instant apparaître un attelage derrière eux sur la route. Il avançait à vive allure et les rayons du soleil faisaient miroiter la laque noire du toit.

Son rire se désintégra sur sa langue.

— Une voiture, prévint-elle.

Devon s'arrêta, sourcils froncés. Il la posa à terre. Beth épousseta ses jupes avec vigueur, comme si elle pouvait se débarrasser en même temps de ses émotions inconvenantes. Hippolyta aurait eu une crise si elle l'avait vue. Une crise de rire, bien sûr.

Éblouie par le soleil, elle regarda le véhicule approcher en plissant les paupières.

— Pensez-vous que ce soient des ornithologues ? demanda-t-elle.

— Je n'en sais rien, mais j'en aurai le cœur net d'ici une minute, dit-il en dégainant son revolver.

— Encore un détournement ? Vous n'allez pas tirer sur quelqu'un, au moins ?

— Bien sûr que non. Je suis un scientifique, pas un criminel. Ou du moins, pas un assassin. Vous savez, ajouta-t-il avec un sourire, on ne peut pas pratiquer l'ornithologie sans enfreindre un minimum de règles, commettre quelques larcins ou séduire les femmes des fermiers...

Beth préféra ignorer cette dernière remarque.

— Je pose la question parce que Hippolyta n'arrête pas de tirer sur les gens, et tous ces malheureux hospitalisés, cela me coûte une fortune en bouquets.

Devon se campa au milieu de la route. Avec son long manteau noir et ses bottes en cuir poussiéreuses, il était l'incarnation de l'aventurier habitué à explorer des territoires dangereux comme des jungles, des marais infestés d'alligators ou la cantine des étudiants à midi.

Il pointa son arme vers la voiture. Beth vint se placer à ses côtés. Elle lui arrivait à peine au menton, mais les centimètres ne faisaient pas tout. Par ailleurs, elle lui était supérieure dans tous les autres domaines, se dit-elle pour se consoler.

Elle ajusta ses gants en essayant de ne pas remarquer à quel point ils étaient sales, puis porta la main à sa tête pour redresser son chapeau avant de se rappeler qu'elle l'avait perdu un peu plus tôt.

Il était tout près, pourtant elle n'alla pas le récupérer. Une petite voix rebelle chuchotait dans son crâne : « Eh bien, qu'il s'envole ! »

— Espérons que ces voyageurs seront aussi sympathiques que les pêcheurs français, dit-elle.

Devon lui jeta un coup d'œil incrédule, mais ils n'eurent pas le temps d'entamer un débat sur la définition du mot « sympathique ». La voiture arrivait. Le conducteur tira brusquement sur les guides et les chevaux s'immobilisèrent en dégageant un nuage de poussière sous leurs sabots.

Devon fit un pas en avant.

— Rendez-vous ! lança-t-il du ton comminatoire qu'il employait pour dire à ses étudiants que non, ils n'obtiendraient pas de délai supplémentaire pour rendre leur devoir.

— Bonjour ! fit le cocher, un jeune homme aux cheveux ébouriffés et au nez aussi pointu qu'un bec d'autour. Pardon, m'sieur, mais nous n'avions pas du tout rendez-vous. Vous devez vous tromper de voiture.

Devon se frotta le front avec lassitude.

— Bonjour, monsieur ! dit Beth aimablement. Désolée, mais il y a un malentendu. Pour que les choses soient claires, sachez que malheureusement, nous attaquons votre véhicule. Je reconnais que c'est un peu perturbant, mais nous vous serions reconnaissants d'obtempérer sans délai. Merci infiniment !

Avec un soupir, Devon posa une main sur son dos et la poussa légèrement.

— Allez faire descendre les passagers pendant que je m'occupe du cocher.

Elle obéit sans discuter, car détourner une voiture lui semblait décidément moins choquant que l'intimité de cette main sur elle et que cette voix qui lui caressait l'oreille.

*

Devon se laissa un instant distraire par la vision des hanches de Beth qui se balançaient sous sa jupe alors qu'elle se dirigeait vers la voiture à petits pas gracieux...

Puis il se ressaisit et reporta son attention sur le jeune cocher.

— Vous allez nous emmener à Canterbury, puis je vous...

— Vous m'abattrez d'une balle entre les deux yeux ?

— Hein ? Non ! Je vous dédommagerai pour votre peine.

— Oh ! Tant mieux. Mais pourriez-vous au moins me donner un coup de poing, que j'aie un œil au beurre noir ? Ou bien un petit coup de couteau qui me fera une belle cicatrice ? Vous comprenez, cela plaît beaucoup aux filles.

Devon se contenta de le toiser en silence.

— Bon, d'accord, soupira le cocher. Mais un conseil, la petite demoiselle ferait mieux de se méfier.

— Pourquoi ?

— Les passagers sont un peu...

— *Aaaaaahhhhh !*

*

La portière du véhicule venait de s'ouvrir. Une main jaillit, pointant un long doigt blanc vers Beth, qui eut un mouvement de recul.

— Arrière, vile félonne !

Il y avait là deux passagers, un frêle gentleman et une femme à la posture si rigide qu'on l'aurait prise pour une statue si elle n'avait poussé ce cri strident.

Beth tenta un sourire poli.

— Bonjour, madame...

— Repens-toi de tes péchés abominables et disparais !

Beth cligna des yeux et son sourire se fana.

— Euh…

— Que se passe-t-il ? demanda Devon qui arrivait, suivi du jeune cocher. Pourquoi ne descendent-ils pas ?

— Brigands ! Voyous ! Vous expierez vos fautes en enfer !

— Voilà pourquoi, répondit Beth.

— Fornicateurs !

— Que leur avez-vous dit ? fit Devon en soupirant.

Beth se serait sûrement braquée si la femme n'avait tenté de lui asséner un coup de réticule. Elle appela à la rescousse son sourire ainsi que plusieurs règles de bienséance avant d'ouvrir en grand la portière et de déplier le marchepied.

— Merci de nous prodiguer tous ces conseils, madame. Néanmoins je me permets d'insister. Mille excuses, mais il s'agit d'un détournement et…

— Silence, démon ! Succube ! Nous ne céderons pas aux forces de l'iniquité ! Passez votre chemin !

— Pas question ! fit Devon en avançant d'un pas. Allons, descendez sans faire d'histoire.

— Il y a une chaire en jeu ! renchérit Beth.

Le gentleman à moustache toussota.

— Nous nous rendons à Canterbury pour affaires. Vous pourriez peut-être faire route avec nous au lieu de vous approprier notre voiture ? Il y a encore de la place et nous avons des sandwichs pour le voyage.

— Quel genre de sandwichs ? demanda Beth.

— Des sandwichs à la dinde.

Elle pâlit au nom du volatile, voulut reculer, mais se heurta à Devon. Avant qu'elle comprenne ce qui lui arrivait, il la souleva par la taille et la jucha sur le marchepied. Elle en éprouva une éruption de chaleur si violente qu'un jury de thèse lui aurait sur-le-champ décerné un doctorat en volcanologie. Puis elle trébucha et, projetée dans l'habitacle, atterrit maladroitement sur la banquette.

Tandis que Devon se tournait pour donner des instructions au cocher, elle se retrouva seule face aux deux fanatiques. Elle arrangea les plis de sa jupe, puis se rappela qu'elle était tête nue et tenta de remettre de l'ordre dans sa chevelure.

— Comment allez-vous ? s'enquit-elle. Je crois qu'il est temps de procéder aux présentations.

— Je suis Wilbur Podder, et voici mon épouse Muriel. Nous nous rendons...

— Dans le Nord ! coupa sa femme en fronçant les sourcils. Bonté divine, Podder, n'adressez pas la parole à cette dépravée !

— Je vous garantis que nous ne sommes pas des criminels, madame...

Devon claqua alors la portière et s'assit à côté de Beth.

— Eh bien, dit-il, il est vrai que j'ai l'intention de voler un dictionnaire pour Mlle Pickering. Nonobstant ce détail, elle a raison. Nous ne sommes pas des criminels, mais de simples ornithologues.

Il se carra contre le dossier, croisa les jambes et jeta un regard de connivence à Beth. Ce regard disait : « Bon sang, qu'est-ce qu'on s'amuse, hein ? » Elle sentit la voiture s'ébranler – ou peut-être était-ce son cœur, victime d'une secousse sismique ?

« Oh oui, qu'est-ce qu'on s'amuse ! » répondit une voix traîtresse dans son cerveau. Atterrée, Beth détourna les yeux. Elle se rendit compte alors que les Podder les dévisageaient avec stupeur.

— Vous êtes ornithologues ? Êtes-vous en lice pour ce fameux concours ? s'enquit M. Podder.

Bien que soulagée de la tournure que prenaient les événements, Beth comprit qu'elle allait devoir faire la conversation.

— En effet, dit-elle. Le Pr Lockley et moi-même...

— Le Pr Lockley ? Vraiment ? Je ne m'attendais pas à quelqu'un d'aussi jeune !

— Comment cela ? demanda Devon, l'air méfiant.

M. Podder rougit.

— Non, je veux dire... je parlais de manière générale. Vous êtes beaucoup moins âgé que la plupart des universitaires.

Beth ouvrit la bouche pour les informer qu'elle était encore plus jeune et avait donc un cursus encore plus impressionnant, mais Mme Podder se pencha pour tapoter le genou de Devon.

— Vous ai-je traité de « voyou » ? C'est un malentendu. Ma langue a fourché. Attendez une seconde...

Elle prit dans son réticule un calepin et un crayon.

— Ne faites pas attention, je griffonne pour oublier que j'ai le mal des transports, ha, ha ! Dites-moi, que pensez-vous du déroulement de la compétition jusqu'à présent ?

— Tout va bien, merci de poser la question, dit Beth.

— Êtes-vous soulagés d'être de retour en Angleterre ?

— Certainement.

— Hum, hum...

La mine du crayon glissait sur le papier.

— Et où allez-vous maintenant ?

— Pourquoi ces questions ? intervint Devon.

— Oh, je m'intéresse, c'est tout, dit Mme Podder avec un petit rire argentin.

— Bavarder fait passer le temps, renchérit son époux. Allez-vous poursuivre votre voyage ensemble ?

— Et quelle est la nature de votre relation au juste ?

Beth sentit son visage s'enflammer comme un phénix.

— Le Pr Lockley est un collègue estimé, articula-t-elle.

— Un collègue... estimé..., répéta Mme Podder.

Le crayon courait à toute allure sur le calepin. Elle devait vraiment avoir mal au cœur.

— Accepteriez-vous de poser pour une photo ? demanda M. Podder en sortant un appareil Kodak. Cela nous ferait un petit souvenir de l'attaque.

Devon fronça les sourcils.

— Je ne pense pas que...

Boum !

Quelque chose de lourd venait de tomber sur le toit de la voiture. Dans le silence stupéfait qui suivit, on distingua un léger vrombissement.

— Qu'est-ce que c'est ? s'alarma Mme Podder.

— Arrêtez cette voiture ! cria une voix au-dessus de leurs têtes.

L'attelage s'immobilisa dans un brusque cahot. Beth faillit être précipitée sur les genoux de M. Podder, mais Devon la retint à temps.

— J'ai l'impression que vous allez faire la connaissance d'un autre de nos collègues, murmura-t-il à l'intention des Podder.

Le vrombissement s'amplifia. Jetant un coup d'œil par la fenêtre, Beth vit une jeune femme atterrir sur la route sous une héli-ombrelle. Elle portait un pantalon moulant, des cuissardes et une chemise blanche. Ses cheveux auburn tombaient en cascade sur ses épaules. Son sourire l'aurait rendue fort séduisante si elle n'avait brandi un pistolet en direction des passagers.

— Bonjour. C'est un détournement, annonça-t-elle.

— Odieuse ribaude ! Messaline ! clama Mme Podder.

— Hum... En réalité, il s'agit de Mlle Rose Marin, professeure à l'université d'Édimbourg et spécialisée dans les oiseaux de mer, corrigea Beth.

— Je suis aussi tireuse d'élite, précisa Mlle Marin. Aussi je ne conseille à personne de résister.

Elle leur fit signe de descendre, puis exigea qu'ils lui remettent leurs armes. Après avoir confisqué le revolver de Devon et le crayon de Mme Podder, elle monta dans la voiture et claqua la portière.

— Rendez-vous à la cérémonie de remise du prix ! lança-t-elle, hilare.

Puis elle ordonna au cocher de reprendre la route et la voiture s'éloigna. Par la vitre arrière, ils la virent s'attaquer gaillardement aux sandwichs à la dinde de M. Podder.

— Enfer et damnation ! pestèrent Devon et Mme Podder d'une même voix.

— Oh, voyons, ce n'est pas si grave, plaida Beth. Nous allons continuer à pied. Au moins il fait beau, réjouissons-nous.

C'est alors qu'un coup de tonnerre retentit.

*

Beth pataugeait dans la boue sur cette route qui n'en finissait pas. Elle regrettait amèrement que Devon l'ait empêchée de récupérer son parapluie auprès des pêcheurs et l'aurait volontiers accablé de reproches. Hélas, ses dents qui s'entrechoquaient ne lui permettaient pas de parler.

Il cheminait à ses côtés en silence. Mme Podder, en revanche, avait beaucoup à dire. Elle psalmodiait une litanie de jurons, maudissant les ornithologues de tout poil et les universités qui les formaient. On ne pouvait pas vraiment l'en blâmer.

À un moment donné, une voiture les dépassa à vive allure, mais la chaussée était si boueuse que tenter de l'intercepter aurait été suicidaire. Aussi continuèrent-ils à marcher, jusqu'à ce que finalement, à la tombée du soir, une bâtisse en pierre blanche apparaisse au détour de la route.

« Auberge Chaucer », disait l'enseigne.

— Oh, Dieu merci ! s'écria Mme Podder, sans s'arrêter au fait que Dieu était sans doute plus à honnir pour la pluie qu'à remercier pour l'auberge.

Elle passa devant Devon et entra dans l'établissement. Pendant que les autres prenaient le temps d'ôter leurs vêtements trempés, elle mit le grappin sur le tavernier et réserva la dernière chambre disponible.

— Vous êtes sûr qu'il ne vous reste plus rien ? demanda Beth au propriétaire quelques instants plus tard. Pas une chambre ? Pas un lit ?

— Non, je n'ai plus rien, répondit l'homme avec brusquerie. Une bande de pêcheurs français est arrivée il y a une heure et m'a réservé deux chambres.

Beth sentit le regard de Devon s'appesantir sur elle mais elle se garda bien de réagir.

— C'est dommage, murmura-t-elle.

— C'est votre faute, Wilbur ! vitupéra Mme Podder tandis qu'elle montait l'escalier en compagnie de son époux. Je vous avais dit qu'il valait mieux nous cantonner à la rubrique des astuces ménagères !

Sous son chapeau dégoulinant de pluie, elle tourna la tête pour jeter un regard venimeux à Devon et Beth.

— Ne les hébergez surtout pas ! Ce sont des suppôts de Satan !

— Pas du tout ! protesta Beth. Nous sommes des scientifiques et nous participons à un concours, ce qui explique...

— Vous ne seriez pas orthinologues ? s'enquit l'aubergiste en écarquillant les yeux.

— Eh bien... quelque chose dans le genre.

— Des ornithologues fatigués, qui meurent de froid et de faim, précisa Devon.

— Ma fille suit ce concours avec passion, expliqua l'aubergiste, dont le visage s'était déridé. Nous ne manquons pas un article dans le journal. Elle aussi veut devenir orthinologue plus tard.

— Si vous voulez, je pourrai discuter avec elle, proposa Beth. J'ai une brochure du cursus d'Oxford dans ma sacoche.

— C'est vrai, vous feriez ça ? Même si je n'ai pas de chambre pour vous ?

— Bien entendu. Je suis toujours contente d'aider.

L'aubergiste se mit à réfléchir.

— Hum... Voyons, j'imagine que vous êtes mariés ?

Beth eut un petit rire léger. Devon émit un son plus proche du ricanement.

— Non ! répondirent-ils à l'unisson.

— Ah. Dans ce cas... Je dirige un établissement honnête, vous comprenez.

— Ne vous inquiétez pas pour nous, monsieur, nous nous débrouillerons. À propos, une entrée gratuite pour le Parc d'ornithologie de Londres intéresserait-elle votre fille ? Et je crois que j'ai aussi...

Fouillant dans sa sacoche, Beth en retira une petite plume dorée.

— Oui, voilà. Une plume de sifflemort.

L'aubergiste accepta la plume, la brochure et l'entrée gratuite.

— Merci, dit-il, ravi. Vraiment, quel dommage que vous ne soyez pas mariés...

Il retomba dans un silence éloquent.

Devon regarda Beth en haussant un sourcil. Elle hésita une fraction de seconde... mais elle avait si froid que sa morale en était anesthésiée. Elle donna son accord d'un imperceptible hochement de tête.

— Oh, vous avez dit « mariés » ? fit Devon. J'avais compris : « Est-ce que vous vous êtes *marrés* ? » Et naturellement avec un temps pareil, non, nous n'avons pas du tout rigolé. N'est-ce pas, ma chérie ?

— Effectivement, mon cher... mari.

Il glissa un bras autour de sa taille et l'attira contre lui. Déjà troublée par l'idée de devoir jouer la comédie, Beth le fut plus encore par ce rapprochement physique et s'étonna que sa robe trempée ne dégage pas un nuage de vapeur.

Ses méninges n'étaient pas encore sorties de leur engourdissement quand Devon l'embrassa dans les cheveux.

— Aaaah, voilà ! fit l'aubergiste d'un air réjoui. Vous êtes bien mari et femme. Dans ce cas, il me reste une chambre disponible. Mais je dois vous prévenir, il y a un petit problème de literie...

9

Même l'oiseau le plus terne et banal peut posséder un pouvoir magique.

Des oiseaux à travers un verre de sherry,
H.A. Quirm

— Sept, murmura Devon en regardant l'empilement de lits jetés les uns sur les autres dans la chambre exiguë. Il y a sept lits là-dedans !

— Et à peine assez d'espace pour tenir debout, ajouta Beth en se mordillant le pouce.

Elle avait beau avoir une connaissance limitée du charme féminin, la naturaliste qu'elle était avait forcément conscience des risques qu'il y avait à passer la nuit avec un séducteur. Qui venait de l'embrasser dans les cheveux. En public, par-dessus le marché !

Elle n'aurait guère été surprise que quelqu'un vienne toquer à la porte pour les sommer de se présenter au bureau d'état civil le plus proche.

— Au moins sommes-nous à l'abri de la pluie, dit-elle pour se convaincre qu'elle avait fait le bon choix - du moins le plus rationnel. Et la salle de bains au bout du couloir a l'air fonctionnelle.

Sans cesser de se grignoter le doigt, elle jeta un coup d'œil incertain à Devon.

Celui-ci était en train de trier les provisions qu'on leur avait données.

— Voyons... nous avons des bougies, des serviettes, des draps, du linge de nuit, de quoi manger, et même une bouteille de vin. Vous avez eu raison de graisser la patte de l'aubergiste. Pour peu que nous évitions les Français, les ornithologues fous et les oiseaux mortels, nous devrions passer une bonne nuit.

— Je n'ai pas graissé la patte de l'aubergiste !

— Vous avez proposé de discuter avec sa fille, vous lui avez offert une plume...

— Oui, par gentillesse. Tout le monde n'est pas cynique et égoïste comme vous, monsieur Lockley.

— Je ne suis pas égoïste. La preuve, je vais vous laisser utiliser la salle de bains en premier.

Il lui tendit une serviette et une chemise de nuit, avec un sourire canaille qui aurait pu illustrer parfaitement la définition du mot « filou » dans un dictionnaire.

Beth le gratifia d'un regard sévère.

— Si vous me proposez cela, c'est pour pouvoir manger toute la tarte pendant que j'aurai le dos tourné.

— Qui est cynique maintenant ?

Beth ouvrit la bouche, la referma, l'ouvrit de nouveau. Comme aucun mot ne sortait, elle haussa les épaules, puis tourna les talons et prit la direction de la salle de bains en s'efforçant d'ignorer le regard malicieux qui la poursuivait.

Lorsqu'elle revint quelques minutes plus tard, propre, réchauffée et vêtue d'une chemise en coton blanc, elle découvrit que Devon avait réaménagé la chambre. Pour faire un peu de place, il avait empilé les lits dans un coin et réussi à poser deux matelas côte à côte sur le plancher. Sur la couverture, il avait disposé la nourriture comme pour un pique-nique, allumé des bougies et fait du feu. Dans l'âtre, les flammes orangées semblaient danser au son des notes de piano qui s'échappaient de la salle commune au rez-de-chaussée.

La scène n'aurait pas été plus romantique dans la suite d'hôtel d'un jeune couple en lune de miel.

— Bonté divine..., murmura Beth, sans savoir si elle exprimait juste sa surprise ou si elle s'en remettait à la protection du Seigneur sur la conduite à tenir.

— Certes, il n'y a aucune intimité, admit Lockley, mais n'ayez crainte. Après tout, nous sommes adultes...

Cela semblait justement une excellente raison d'avoir peur.

— ... et raisonnables. Il n'y aura pas de fredaines.

— Si vous croyez que j'ai pensé une seconde à cela... vous vivez au pays des Rêves !

— Oh, je m'y suis souvent rendu, répliqua-t-il avec un sourire provocant.

— Quoi ?

— Je veux parler de l'île Yakushima, bien sûr. Où vivent les roitelets chimères.

Et, muni d'une chemise et d'une serviette, il s'en alla faire sa toilette, laissant Beth ~~tremblante d'appréhension~~ frémissante d'indignation.

*

Une heure plus tard, chacun vêtu d'une ample chemise de nuit en coton, ils se faisaient face, assis en tailleur sur les matelas, devant le feu de cheminée qui leur échauffait les joues – légèrement éméchés, ce qu'aucun n'aurait voulu avouer.

— Vous avez peur, hein ? ricana Devon en prenant la dernière part de tourte à la langue de bœuf.

Dans la lumière rougeoyante des flammes, celle-ci avait l'air presque mangeable. Et de toute façon, il fallait bien avaler quelque chose pour contrebalancer l'aigreur du vin.

— Pas du tout, rétorqua Beth. Il se trouve juste que je n'ai aucun goût pour la bagatelle et les frivolités.

Sans répondre, Devon agita les sourcils dans une mimique moqueuse.

— Bon, très bien, capitula-t-elle dans un soupir irrité. Juste une fois alors. Pour vous faire plaisir.

— Toc-toc.

— Qui est-ce ?

— Marthe.

— Marthe qui ?

— Marthe Impécheur.

Beth cligna des yeux et il mordit dans l'ignoble tourte pour ne pas éclater de rire. Elle était adorable dans la lumière dorée entrecoupée d'ombres, avec ses longs cheveux rassemblés en une natte qui laissait de fascinantes taches d'humidité sur le devant de sa chemise.

Ses mains nues captivaient davantage le jeune homme qu'il ne l'aurait cru possible. On y voyait des taches d'encre presque effacées et des égratignures. Ses ongles courts et rongés lui semblaient bien plus séduisants que toutes les mains manucurées qu'il avait vues par le passé. Mais en vérité, tout l'enchantait chez elle, même son expression excédée.

— Vous trouvez ça drôle ?

— Non, chérie, mais c'est la seule blague de mon répertoire que je puisse raconter à une dame. Vous seriez très offensée si je vous racontais celles qui m'amusent vraiment.

Elle eut un claquement de langue réprobateur. Visiblement, se dit Devon, boire du vin ne l'avait pas aidée à se détendre (même si elle penchait légèrement de côté). S'il se risquait à lui raconter une plaisanterie salace, elle allait le sermonner jusqu'à lui arracher la promesse de devenir un homme meilleur. Impensable. Être un mauvais garçon était pour lui le meilleur moyen de masquer sa vulnérabilité. Il n'avait aucune intention de s'amender, même pour faire plaisir à une ravissante demoiselle.

Il but une gorgée de vin et grimaça quand la piquette lui brûla le gosier.

— Je n'arrive pas à croire que vous ayez donné la plume de sifflemort. Si vous l'aviez vendue, cela nous aurait au moins payé une bonne bouteille de chardonnay, remarqua-t-il.

— Cela m'étonnerait. C'était juste une petite tectrice. De plus, le calamus était...

Elle s'interrompit.

— Désolée.

— Pourquoi ?

— Je parle trop d'oiseaux.

Elle évitait son regard, et il nota qu'elle pliait et dépliait les doigts sous les plis de sa jupe.

— Je suis prof d'ornithologie, je ne pense pas qu'on puisse *trop* parler d'oiseaux. Donc, ce calamus ?

Il sourit pour l'encourager et le doute finit par se dissiper dans les yeux bleus de Beth.

— Il était strié de rainures verticales, débita-t-elle rapidement, comme si les mots avaient trépigné en coulisses avant de se précipiter sur scène. Cela indique que le sifflemort n'était pas vraiment en bonne santé, sauf s'il était en phase de mue. En outre, les plumules étaient jaunes, ce qui suggère qu'il s'agissait d'un jeune spécimen. Bien qu'il soit difficile d'être catégorique, puisque cette espèce conserve sa couverture sus-alaire assez tard dans la transition vers l'âge adulte… Quoi qu'il en soit, la valeur de cette plume trouvée par terre était purement sentimentale. Dans cette aventure, c'est tout ce que j'aurai récolté, acheva-t-elle dans un soupir.

Devon éprouva un drôle de petit pincement au cœur.

— Je ne regrette pas d'avoir volé l'oiseau, mais je suis navré que vous n'ayez pas eu l'occasion de l'étudier. Si cela peut vous consoler, sachez que j'ai mesuré son envergure. Je dirais qu'il était dans sa troisième année.

Beth l'écoutait, les yeux écarquillés. Elle semblait avoir oublié de respirer.

— Avez-vous noté la forme inhabituelle du bec ? demanda-t-il, pour le simple plaisir de voir son regard s'illuminer.

— Oui ! Je l'ai remarquée et…

Elle se tourna soudain pour attraper sa sacoche, dont elle extirpa son journal de bord et ses lunettes. Puis, tenant le carnet à hauteur de ses yeux de manière à en cacher le contenu, elle lut à voix haute ses propres observations concernant le rostre de la mandibule supérieure.

Devon se demanda si elle se méfiait de lui en particulier ou si elle était toujours sur la défensive comme ça. Dans un cas comme dans l'autre, cela n'avait rien de réjouissant.

Il lui arrivait souvent de passer des heures sur une plage balayée par des vents glacés afin d'étudier un goéland requin ou un bécasseau porte-épée. En comparaison, apprivoiser une femme semblait plutôt facile, et il avait très envie d'écouter Beth lui parler d'oiseaux – ou de n'importe quoi d'autre – de sa voix précise aux intonations modulées.

Il énuméra les mesures qu'il avait relevées sur le sifflemort après sa capture. Petit à petit, le carnet descendit. Après avoir rapidement dessiné l'oiseau, Beth inscrivit à côté du schéma les particularités les plus importantes. Son écriture était fine et délicate. Sous la mine de son crayon, les mots de Devon devenaient de ravissants graphismes.

Ses yeux bleus, qui le guettaient au-dessus de la monture des lunettes, étaient des cieux traversés de rêves ailés qu'il aurait pu contempler pendant des heures. Et quand elle mordilla l'extrémité du crayon en l'écoutant décrire l'anatomie d'une patte, il fut obligé de poser un oreiller sur son bas-ventre pour cacher l'effet que cela lui faisait.

Parler d'ornithologie avec cette femme équivalait à de délicieux préliminaires.

Au bout d'un moment, il ne resta plus que des braises dans la cheminée.

— Nous devrions essayer de dormir, déclara Beth en abandonnant son carnet à contrecœur.

Devon éprouva un moment de flottement, comme s'il avait été suspendu à une corde qui venait de se détacher d'une falaise.

Beth porta la main à ses lunettes. Il faillit l'empêcher de les enlever. Elle était si attirante avec... Mais bon, il y avait peu de chances pour qu'elle considère cela comme un argument recevable.

— J'aimerais prendre le train le plus tôt possible demain, dit-elle encore d'une voix redevenue brusque, maintenant qu'ils ne parlaient plus d'oiseaux. J'imagine que Hippolyta a déjà un plan.

— Et vous voulez la rejoindre ?

— Non, je veux la coiffer au poteau. Nous sommes associées depuis deux ans, mais dans cette compétition nous sommes rivales. À dire vrai, je suis plutôt contente d'avoir raté le ferry. Comme ça, je n'ai pas eu à lui dire que je partais de mon côté.

Baissant la tête, elle rangea ses lunettes dans la sacoche. Il comprit qu'elle n'avait pas le courage d'annoncer la nouvelle à Mme Quirm.

— Si c'est elle qui a commandité l'embuscade à Calais, c'est peut-être qu'elle aussi préfère que vos chemins se séparent ?

— Peut-être. Mais pourquoi aurait-elle voulu vous piéger, vous aussi ? Non, cela peut être n'importe qui. Les ornithologues sont impitoyables, vous savez.

— Pour en revenir au train, il y en a un qui part pour Londres à 8 heures demain matin. L'aubergiste a promis de venir toquer à notre porte si nous ne nous réveillons pas à temps.

Un petit silence tendu s'ensuivit.

— J'apprécie beaucoup votre aide, articula Beth, mais nous ne devons pas oublier qu'il n'y aura...

— Qu'un seul gagnant. Oui, j'en suis bien conscient.

La tourte formait une boule compacte dans l'estomac de Devon. Il se leva, débarrassa les assiettes sales et les verres vides, puis longea le matelas pour aller les déposer sur l'étagère près de la cheminée.

Ils avaient suspendu leurs vêtements au cadre d'un lit pour les faire sécher. Une fine vapeur s'en dégageait. Il la respira, et une sensation de chaleur lui envahit les poumons. La spirale infernale du désir montait en lui et la situation devenait franchement inconfortable. Il s'était senti plus à l'aise dans la jungle indienne pendant la mousson.

Percevant un bruit léger, il se tourna. Son cœur manqua un battement. Beth se tenait tout près de lui, le plat vide entre les mains.

— J'espère que la gare n'est pas trop loin, remarqua-t-elle, tandis qu'il se demandait ce qu'il avait le plus envie d'embrasser, sa joue, son cou ou le lobe de son oreille. Mes bottines sont dans un état pitoyable. Pourquoi Mlle Marin a-t-elle confisqué la voiture alors qu'elle aurait pu voyager avec nous ? C'était fort discourtois de sa part.

— Discourtois ? Drôle de façon de décrire quelqu'un qui vous menace d'un revolver !

Il tendit la main vers le plat au moment où Beth se penchait pour le poser sur l'étagère. Ses doigts lui frôlèrent la poitrine et le plat atterrit brutalement sur la planche.

— Pardon.

— Désolée.

— Ce n'est rien, dirent-ils en chœur.

Il voulut la contourner au moment où elle s'effaçait pour le laisser passer… Il changea de direction... en même temps qu'elle. Un rire nerveux leur échappa. Cette chambre était décidément trop petite. Mais Devon commençait à se dire que le monde entier n'était pas assez grand pour lui permettre de respirer normalement maintenant qu'il connaissait l'existence de Beth Pickering.

Sa muraille intérieure se fissura, et un flot d'élans brûlants s'engouffra dans la brèche. Il prit la main de la jeune femme.

Elle lui jeta un regard surpris.

— Avez-vous déjà assisté à la danse céleste du pygargue à tête blanche en Amérique ? lança-t-il. C'est à couper le souffle.

Il fit un pas à gauche en l'entraînant vers la fenêtre. Puis à droite, vers la cheminée.

Dans la salle à manger de l'auberge, le pianiste jouait un morceau qui, le musicien eût-il possédé le moindre talent, aurait pu ressembler à *L'Été* de Vivaldi. Suivant la mélodie, Devon ramena Beth vers la cheminée.

— C'est une parade amoureuse, remarqua-t-elle en fronçant les sourcils.

Pourtant elle posa sa main libre sur son bras. Il en sentit à peine le poids, mais son corps frémit en réaction. Fallait-il y voir un encouragement ? Ou cherchait-elle juste à garder son équilibre ?

En quête d'une réponse, il voulut scruter ses traits, mais elle refusait de croiser son regard.

Avec toute autre femme, il aurait pu arriver à une déduction logique. Mais celle-ci n'était que franchise brutale et coups de griffes, aussi n'était-il sûr de rien.

— Le flamant derviche fait des pirouettes pendant la parade nuptiale, déclara-t-elle. Et grâce à ses pouvoirs, il soulève aussi des rochers. Plus ils sont gros, plus il aura de chances de séduire sa partenaire.

— J'ai soulevé deux lourds matelas.

— Êtes-vous capable d'avoir une conversation normale, sans flirter ? soupira-t-elle.

Un pas à droite, un pas à gauche. Un pas à droite, un pas à gauche. Leurs mains jointes devenaient moites. La chaleur du feu les enveloppait chaque fois qu'ils se rapprochaient de la cheminée.

— C'est vous qui avez parlé de parade nuptiale, mademoiselle Pickering.

Elle renifla d'un air agacé, mais ses oreilles rougirent et la frange de ses cils vint caresser ses pommettes. Il remarqua aussi que la lueur rutilante des flammes se reflétait dans sa chevelure sombre... et soudain tout s'arrêta. Il oublia la danse. Son cœur parut ralentir avant de s'arrêter dans un chuchotement.

Dans l'auberge, des gens montaient l'escalier, se parlaient, ouvraient et fermaient des portes. Mais la chambre aux sept lits semblait s'être détachée du reste du monde pour dériver parmi les étoiles et les rêves insensés...

Bigre ! Deux petits jours passés en compagnie de Beth Pickering, et voilà qu'il devenait poète. Galant. Chevaleresque. À ce rythme, il serait bientôt un homme *honorable*.

Il eut un mouvement de recul. Surprise, Beth fit un faux pas. Il la retint par la taille. En dépit de son génie académique, en cet instant, il ne savait que faire.

Cherchant la réponse dans la profondeur des yeux de sa cavalière, il eut l'impression de s'y noyer...

— Vous êtes un ange, murmura-t-il.

— Pas vraiment.

Était-ce une invite ? Ou était-il juste en train de rêver ? Quoi qu'il en soit, il fut incapable de résister au magnétisme qui les rapprochait l'un de l'autre, lentement, tellement lentement que chacun aurait eu le temps de s'écarter, d'empaqueter ses affaires et de quitter la chambre avant que l'autre parcoure un centimètre.

Mais personne ne s'en alla et la translation magique s'opéra jusqu'à ce que leurs bouches se rencontrent.

*

Ce n'était pas la première fois qu'on embrassait Beth. Non, c'était arrivé à de multiples reprises. Dans ce domaine, elle avait de l'expérience et ne comptait plus les messieurs qui avaient baisé sa main gantée pour la saluer.

Il y avait aussi eu de nombreux villageois qui, reconnaissants qu'elle ait capturé un oiseau dangereux, lui avaient claqué une bise sur les deux joues (des vieilles dames pour la plupart, mais peu importe).

Recevoir un baiser était somme toute très banal. Voir un pétrel charbonneux prendre son envol pour entamer sa migration annuelle vers le sud était un événement bien plus remarquable.

Pourtant, dès que ses lèvres touchèrent celles de Devon, une émotion fulgurante dispersa ses pensées rationnelles. Le pétrel charbonneux ? Elle ne savait même plus ce qu'était un oiseau !

La bouche de Devon frémit contre la sienne, comme une aile caressée par la brise. Beth ferma les yeux pour mieux goûter les sensations. Son cerveau était en train de se dissoudre dans une rêverie piquetée d'étoiles scintillantes. Elle entrouvrit les lèvres pour mieux accueillir le professeur. Aussitôt, il emprisonna sa nuque dans sa main et l'embrassa plus avidement. Les étoiles se mirent à irradier une énergie qui aurait suffi à illuminer une petite ville…

La bouche de Devon était douce comme le duvet d'un vanneau, Beth était aspirée par sa magie dangereuse et sublime. Elle se sentait à la fois euphorique et torturée par une fringale dévorante. Une dizaine de scrupules parfaitement honnêtes prirent feu au moment où elle posa les mains sur le torse de Devon, partant en quête de quelque chose qu'elle n'aurait même pas su nommer…

Tout à coup il recula, le souffle court.

Beth resta immobile, le regard dans le vague.

— Hum…, fit-elle.

— Hum, hum, opina-t-il.

— Alors bonne nuit, dirent-ils sans se regarder.

En silence, ils se glissèrent sous les couvertures, et chacun se retrancha au bord de son matelas en tournant le dos à l'autre.

Le silence envahit la chambre, uniquement troublé par le crépitement de la pluie sur les carreaux.

Miséricorde ! songeait Beth. Ce qu'ils avaient fait ne ressemblait pas du tout à un baisemain ! Cela n'entrait pas dans la même catégorie. Il y avait dans ce baiser-là plus de romance qu'elle n'en avait connu de toute sa vie. C'était proprement scandaleux !

Pourtant, elle n'était pas vraiment choquée.

Son cerveau parachuta alors une lourde pile de souvenirs qui s'éparpillèrent dans tout son système nerveux et la firent grimacer. Inutile de les passer en revue, elle les connaissait par cœur et se les récitait chaque matin : les moqueries dans la cour de récréation ; les silences hostiles quand elle laissait voir son intelligence hors norme en présence de camarades moins doués, quoique plus âgés ; les brimades infligées (répertoriées par tranches de couleurs dans son diagramme mental)... Bref, une litanie de preuves qui démontraient qu'elle n'était pas fréquentable.

Si Devon avait dansé avec elle, c'est qu'il était un peu soûl et n'avait personne d'autre sous la main. Ce baiser ne signifiait rien, il était le produit d'un concours de circonstances. Elle ne devait surtout pas se bercer d'illusions. Après tout, il n'arrêtait pas de lever les yeux au ciel en la regardant. S'il l'appelait « mon ange », c'est qu'il n'arrivait pas à se rappeler son nom. Et en ce moment même, il était couché au bord de son matelas pour mettre la plus grande distance possible entre eux. La conclusion s'imposait : il n'éprouvait pour elle que de la répulsion.

C'était bien pour ça qu'elle évitait les relations sociales, ou ne les affrontait que caparaçonnée de formules de politesse : pour déplaire le moins possible.

Ce soir, elle avait baissé la garde. L'instant avait été charmant, ô combien. Mais ça avait été une erreur.

Ramenant la couverture sur sa tête, elle ferma les yeux de toutes ses forces pour qu'aucune larme ne puisse s'échapper.

Et quand elle se réveilla le lendemain matin, elle ne fut nullement étonnée de constater que Devon était parti.

10

N'oubliez jamais que pour chaque oiseau capturé,
il y en a peut-être deux cachés dans les buissons
prêts à se jeter sur vous.

Des oiseaux à travers un verre de sherry,
H.A. QUIRM

Beth s'habilla en toute hâte. Les gens finissaient toujours par lui tourner le dos. L'abandon de Devon n'était donc pas une surprise, et la douleur qu'elle ressentait était d'ordre physiologique (certainement cette tourte à la langue de bœuf de la veille).

La bonne nouvelle, c'est qu'elle avait retrouvé son bon sens.

Je dois agir de manière stratégique, se dit-elle en enfilant ses vêtements secs.

Il n'a jamais été plus crucial d'agir avec discernement, songea-t-elle en s'attachant les cheveux.

Il ne faut pas perdre une minute, décida-t-elle en pliant draps et couvertures en une pile bien nette.

Dorénavant, elle privilégierait son intérêt. Seul le concours importait. Pas ces sensations bizarres ni ces idées mièvres qui frisaient le ridicule.

♥ Une chaire ! ♥

— Je serai impitoyable ! se promit-elle à voix haute. Quand j'aurai descendu la vaisselle sale à la cuisine et parlé avec la fille de l'aubergiste, je me précipiterai à la gare et personne ne devra plus se dresser sur ma route ! Surtout pas ce dépravé de Devon Lockley. J'espère bien ne jamais le revoir !

Elle attrapa sa sacoche et, drapée dans sa dignité, ouvrit la porte de la chambre.

Au même instant, la porte au fond du couloir s'ouvrit. Devon émergea de la salle de bains, habillé de pied en cap. À l'aide de sa serviette, il essuyait ses joues fraîchement rasées.

Tous deux s'arrêtèrent dans leur élan et le cœur de Beth fit des pirouettes aériennes, tel un pygargue à tête blanche en pleine parade nuptiale.

Au bout d'une éternité, Devon cligna des yeux.

— Je venais vous réveiller, dit-il.

— Je descendais prendre le petit déjeuner.

Ils se dévisagèrent, et leurs traits se crispèrent légèrement tandis que chacun se demandait si l'autre mentait.

— Descendons ensemble, proposa-t-il en jetant d'un geste sa serviette dans la salle de bains.

— D'accord.

Beth s'interdit d'aller ramasser la serviette pour la suspendre sur l'étendoir. Cette négligence intolérable lui rappelait à quel point cet homme était dépravé. Mais comment aurait-elle pu l'oublier ? Ses propres lèvres étaient encore gonflées par ses baisers et des pensées choquantes tournaient en boucle dans sa tête.

Cette mèche brune rebelle qui lui retombait sur l'œil était une preuve supplémentaire de sa turpitude. Avec son sourire arrogant, il espérait sûrement qu'elle allait tendre la main pour la lisser sur son front. *Vaurien !*

Un vaurien qui, finalement, ne l'avait pas abandonnée.

— Mademoiselle Pickering ? Après vous, dit-il en désignant l'escalier.

Tête haute et l'air digne – mais à force, elle commençait à avoir des crampes dans le cou –, Beth descendit deux marches...

... puis s'arrêta net.

Des voix familières montaient du rez-de-chaussée.

— J'espère qu'il s'agit bien d'eux et que la bonne ne s'est pas trompée. Cette fois, il faut une exécution simple.

— Je suis sûre que tout cela va se terminer par un grand boum !

Beth écarquilla les yeux. *Schreib et Cholmbaumgh !* Ils avaient retrouvé leur trace et les avaient pistés jusqu'à l'auberge !

Elle n'eut pas le temps de se tourner vers Devon. Les deux scélérats venaient d'apparaître dans la cage d'escalier. Sans réfléchir, elle leur balança la vaisselle sale à la figure.

Il y eut des cris et un bruit de porcelaine brisée. Mais Beth et Devon avaient déjà rebroussé chemin pour courir s'enfermer dans la chambre aux sept lits.

Devon donna un tour de clé et ils se plaquèrent contre le battant.

Quelques secondes plus tard, une pluie de coups s'abattit contre la porte.

— Laissez-nous entrer !

— Nous voulons juste vous parler !

— Vous me prenez pour un idiot ou quoi ? grogna Devon.

— En même temps, vous avez eu votre doctorat à Yale, railla Beth avant de s'excuser dans la foulée : Pardon. C'est sorti tout seul. Vos sarcasmes m'ont contaminée.

— Mes *sarcasmes* ?

— Disons... votre ironie ?

— Vous voulez parler de mon humour, peut-être ?

Boum ! La porte vibra. Beth s'en aperçut à peine. Elle cherchait une repartie spirituelle, mais son cerveau refusait de coopérer, trop occupé à chercher des métaphores poétiques pour décrire les yeux veloutés de Devon.

Boum ! Boum !

— La serrure ne va pas tenir longtemps. Il va falloir sortir par la fenêtre.

Le jeune homme entraîna Beth et, avec l'agilité propre aux ornithologues de terrain, ils escaladèrent deux sommiers posés l'un sur l'autre.

Devon ouvrit la croisée, puis se mit de côté.

— Après vous.

Beth se pencha pour jeter un coup d'œil au-dehors. La chambre, située au deuxième étage, donnait sur une cour au sol caillouteux.

Ils pouvaient s'accrocher à la gouttière, mais vu son état de délabrement, leur aventure risquait fort de se transformer en tragédie.

— Pardon, dit Beth, mais je ne trouve pas très galant de m'envoyer la première au casse-pipe.

— Au contraire, c'était pour ne pas être tenté de regarder sous vos jupes.

Boum ! Boum ! Boum ! Apparemment, Schreib et Cholmbaumgh se jetaient alternativement contre la porte.

— Je suppose que, dans ces circonstances un peu particulières, l'étiquette peut être assouplie.

En outre, vous avez déjà vu mon jupon, il a séché toute la soirée devant la cheminée.

Elle se pencha de nouveau par la fenêtre. Une flaque d'eau qui reflétait la clarté matinale parut lui faire un clin d'œil.

Boum ! Boum ! Boum !

— Je suis plus lourd que vous, objecta Devon. Au cas où la gouttière s'écroulerait sous mon poids, vous tomberiez de moins haut si vous passez la première.

— Oh, très bien ! capitula Beth en soulevant ses jupes pour enjamber la fenêtre. Mais c'est encore un mauvais point pour vous.

— Je suis flatté que vous en teniez le compte.

Il l'attrapa par le bras pour la stabiliser pendant qu'elle s'agrippait à la gouttière.

— Inutile de me serrer si fort !

— C'est juste par mesure de précaution. Faites attention, recommanda-t-il alors qu'elle se dégageait pour entamer la descente.

— Mes gants seront bons à jeter, maugréa-t-elle.

Un brusque fracas annonça que leurs ennemis venaient d'enfoncer la porte.

Devon attrapa à son tour la gouttière et s'y suspendit. Trois secondes plus tard, Schreib et Cholmbaumgh apparaissaient dans l'encadrement de la fenêtre.

— Arrêtez ! crièrent-ils en brandissant le poing.

— Bien que ce soit une requête raisonnable, je crains que nous ne puissions y accéder, leur cria Devon.

— Désolée ! ajouta Beth.

Les deux hommes jurèrent puis disparurent à l'intérieur de la chambre.

— Dépêchons-nous avant qu'ils dévalent l'escalier !

— Dites donc, je vais aussi vite que je...

À cet instant, la fenêtre du premier étage s'ouvrit et une jeune fille pointa la tête. Surprise, Beth faillit dégringoler.

— Eh, qui êtes-vous ? lança la jeune fille.

— Professeure Pickering. Pardonnez-moi de ne pas vous serrer la main.

— Seriez-vous l'ornithologue dont mon père m'a parlé hier ? La dame qui m'a offert cette plume ?

— En effet, c'est moi.

— S'agit-il d'une vraie plume de sifflemort ? demanda la jeune fille en s'accoudant à l'appui.

— Bien sûr. Une tectrice. Ce sont les plumes qui recouvrent la base des rémiges et...

— Pardonnez-moi, dit Devon d'une voix crispée, votre pédagogie est admirable, mais je ne pense pas que le moment soit bien choisi.

— Oui, en fait... vous avez raison. Pardon, dit Beth à la jeune fille. Je vous écrirai une lettre sur le sujet dès que j'en aurai la liberté.

— Participez-vous au concours ? demanda encore la jeune fille alors que Beth reprenait la descente.

— Bien sûr.

— Bonne chance, alors !

Elle agita joyeusement la main. Puis, alors que Devon passait à sa hauteur, ses yeux s'écarquillèrent comme ceux d'une chouette yéti de Sibérie.

— Oh, Seigneur ! Êtes-vous ornithologue vous aussi, monsieur ?

— En effet.

— Aurai-je un professeur aussi beau que vous si je vais étudier à la faculté ?

Devon se mit à rire. Beth, qui venait de sauter sur la terre ferme, leva la tête en fronçant les sourcils.

— J'espère bien que non, mademoiselle ! Vous apprendrez que les hommes séduisants sont trop souvent des fripouilles.

— Vous me trouvez séduisant, mademoiselle Pickering ?

Pour une fois, Beth avait une réplique aussi cinglante que spirituelle sur le bout de la langue. Hélas, elle aperçut Schreib et Cholmbaumgh à travers la vitre de la salle à manger.

La seconde suivante, Devon atterrit à côté d'elle. Il lui prit la main et l'entraîna à toute allure en direction du portail.

— Êtes-vous obligé de me remorquer comme cela ? se plaignit Beth.

— Je ne vous remorque pas, je... je m'appuie sur vous pour ne pas tomber.

Néanmoins, il desserra les doigts pour qu'elle puisse se dégager si elle le souhaitait. Beth réfléchit et se dit qu'elle avait elle aussi besoin d'un appui. Elle ne retira pas sa main et ils débouchèrent dans la rue...

... pour tomber presque nez à nez avec les pêcheurs français qui, deux mètres plus loin, consultaient une carte de la région.

— Et zut, grommela Devon.

Sans prévenir, il partit dans la direction opposée. Beth crut qu'il lui avait déboîté l'épaule. Elle fut surtout outrée qu'il ignore aussi grossièrement leurs amis français.

— Vous ici ? Quelle surprise ! Comment allez-vous ? cria-t-elle en agitant sa main libre, déterminée à ne pas omettre la plus élémentaire des politesses.

Les pêcheurs relevèrent la tête et se figèrent de surprise. Puis, voyant que Devon entraînait sans ménagement leur protégée, ils s'élancèrent à leurs trousses en poussant des clameurs furieuses.

C'est le moment que choisirent Schreib et Cholmbaumgh pour jaillir par le portail. Ils percutèrent les Français et une rixe éclata.

— Arrêtez-vous ! Il faut que nous allions prêter main-forte à nos amis, protesta Beth.

— Non merci ! Nous aurons de la chance si nous échappons à tous ces enragés.

C'est alors que la charrette du laitier passa devant la mêlée. Le regard de Devon s'éclaira soudain. Beth eut juste le temps de comprendre ce qu'il avait en tête avant qu'il aille se planter au milieu de la chaussée.

— Oh non ! Vous n'allez pas recommencer ?

— Voulez-vous que nous attrapions le train, oui ou non ?

Il tira un revolver de sous son manteau. Beth écarquilla les yeux.

— Mais... je croyais que vous l'aviez remis à Mlle Marin hier ?

— Je ne serais pas un ornithologue digne de ce nom si je n'avais pas une arme cachée sur moi.

Il braqua le canon sur le laitier, qui poussa un cri et tira sur les rênes pour stopper ses bêtes.

— Il nous faut votre charrette !

— Mille excuses, monsieur.

Ils grimpèrent sur le siège, obligeant le pauvre laitier à se pousser tout au bout. Devon lui confisqua les guides et les fit claquer sur le dos des chevaux.

— *Yaaaaah !*

La charrette s'ébranla et les bêtes partirent au galop sur la route. Les bidons s'entrechoquèrent dans leurs caisses.

— Arrêtez ! Vous allez tout renverser ! protesta le laitier.

— Dois-je lui dire que ça lui fera du beurre à mettre dans ses épinards ? demanda Devon avec un clin d'œil à Beth.

— Je vous en prie, épargnez-moi votre humour déplorable.

— Pas la peine d'en faire un fromage, mademoiselle Pickering.

Elle ravala un rire. Décidément, cet homme était en train de la pervertir. Sous son regard malicieux, elle sentit une bouffée de chaleur l'envahir. Ses lèvres se mirent à la picoter et elle rougit comme une idiote. Puis, baissant la tête, elle cacha son sourire tandis que la charrette les emportait vers la gare.

*

— C'est le moment de se dire au revoir...

Beth fixait le billet de train dans sa main. Elle n'avait presque plus d'argent, mais ce n'était pas grave. Dès son arrivée à Londres, elle se rendrait à la banque et pourrait alors s'acheter une robe et des bottines neuves. Peut-être un nouveau journal de bord, tant qu'elle y était, et...

— Mademoiselle Pickering ? fit Devon pour la deuxième fois.

Elle prit une profonde inspiration, puis releva la tête, souriante. Lui aussi souriait, avec sa désinvolture habituelle. Leur séparation imminente ne semblait pas du tout l'affecter.

Le cœur lourd, elle ravala un soupir. Elle n'avait aucune estime pour cet homme, et elle n'éprouvait aucun regret à l'idée que plus jamais ils ne parleraient ornithologie, plus jamais il ne l'embrasserait dans une chambre minuscule pendant que la tempête faisait rage au-dehors...

Oh, mais quelle vilaine menteuse elle faisait !

— Le train ne part que dans un quart d'heure. Nous pouvons peut-être patienter ensemble ? proposa-t-il. Pour des raisons purement pratiques, vous comprenez. Au cas où nos poursuivants nous rattraperaient.

— D'accord, acquiesça-t-elle avant même qu'il ait fini de parler.

— Voyons, où pouvons-nous nous asseoir ?

Beth feignit de réfléchir posément, comme si l'idée de s'asseoir à ses côtés ne la troublait pas autant que le souvenir de leur danse devant la cheminée.

La gare se résumait à une sorte d'arche qui enjambait la voie ferrée. Le quai sur lequel ils se tenaient grouillait de voyageurs qui se rendaient à Londres. Mais celui d'en face était désert.

Parmi la foule, Beth repéra M. Chevrolet et Mlle Eliza Wolfe. Le premier était installé devant une table en fer forgé recouverte d'une nappe blanche. Un minuscule bouquet en occupait le centre. La seconde était gracieusement assise sur sa malle, protégée du soleil par l'ombrelle qu'un valet tenait au-dessus de sa tête.

M. Chevrolet et Mlle Wolfe se jetaient des regards dédaigneux pendant que leurs domestiques apportaient du thé, surveillaient les bagages et, dans le cas de M. Chevrolet, pratiquaient une manucure d'urgence.

Beth se demandait comment ils pourraient gagner le quai d'en face sans se faire remarquer quand Devon lui frôla le dos.

— Voulez-vous que nous trouvions un endroit plus tranquille pour...

— *Aaaaaaahhhhhh !!!*

Un cri de terreur leur glaça le sang. Aussitôt Devon se positionna devant Beth, dans un réflexe ~~délicieusement protecteur~~ terriblement agaçant. En plus, il lui bouchait la vue et elle ne voyait pas ce qui se passait.

D'autres cris retentirent et les gens se mirent à courir.

Beth s'écarta pour tenter de localiser la cause de cette panique générale.

Elle faillit avoir une attaque en voyant fondre sur eux, dans un flamboiement de longues plumes blanc argenté, un cryo-killer qui projetait dans son sillage un nuage de cristaux mortels, promesse d'un carnage imminent.

11

Une ornithologue est forcément une héroïne.

Des oiseaux à travers un verre de sherry,
H.A. QUIRM

Dans la nomenclature scientifique, le cryo-killer apparaissait sous le nom d'*Ardea ignis*, en raison de ses émanations glaciales capables de congeler instantanément les muscles et les os de tout être vivant, bien qu'au Groenland, il soit mieux connu sous le nom de...

— Courez !!!

La voix de Devon fit voler en éclats les pensées de Beth quand il la poussa vers la salle d'attente de la gare.

Autour d'eux, c'était le chaos.

Plus grand que son cousin le flambeur de Kiev – et bien plus dangereux –, le cryo-killer survolait la foule en panique. Son souffle à haute pression balaya une rangée de valises qui explosèrent dans une gerbe d'éclats givrés blanc et bleu.

Les gens se poussaient, se cognant les uns dans les autres en tentant désespérément de se mettre à l'abri.

Juste devant Beth et Devon, une femme tomba à genoux. Ils s'arrêtèrent pour l'aider à se relever.

— Je vous en prie ! cria-t-elle en se cramponnant à eux. Mon Louis… J'ai perdu mon Louis !

— À quoi ressemble-t-il ? Quel âge a-t-il ? demanda Beth.

— Il n'a pas encore deux ans ! sanglota la femme. Il est vert et jaune et…

— Pardon ?

— Vous parlez de ses vêtements ?

— Non ! Je parle de mon sac. Mon Louis Vuitton. Il vaut une fortune !

Beth serra les dents, et Devon soupira, consterné. Ils entraînèrent la femme vers la salle d'attente, puis coururent s'accroupir derrière un chariot débordant de bagages.

— Le cryo-killer n'est pas agressif en temps normal, remarqua Beth. Il n'attaque pas par méchanceté. Celui-ci a peur de quelque chose. Ce qui signifie qu'il ne se posera pas.

— Je suis d'accord. Et l'arrivée du train va sans doute le chasser en ville.

Ils échangèrent un regard sombre à la pensée d'un tel désastre. Beth ouvrit sa sacoche et en fouilla le contenu pendant que Devon risquait un œil entre deux valises pour essayer de localiser l'oiseau.

Son vol circulaire au-dessus des quais le rapprochait petit à petit du toit de la gare.

— Fascinant, murmura Devon.

Il reporta son attention sur Beth et sursauta en voyant l'objet qu'elle tenait en main.

— Qu'est-ce que c'est ?

— Un truc que j'ai inventé durant mes heures de loisir.

Il s'agissait d'un fin tube métallique articulé, enveloppé dans un entrelacs de ficelle. Beth débloqua deux charnières, donna un petit coup de poignet, et l'objet se transforma en un filet à long manche télescopique.

— Malin, commenta Devon. Quel est votre plan ?

— Il me faut un appât.

Elle le regarda avec insistance et il eut un mouvement de recul.

À cet instant, une voix s'éleva quelque part sur le quai.

— Mademoiselle Pickering ? Êtes-vous là ?

— Mademoiselle Wolfe ? cria Beth en reconnaissant son accent américain distingué. Êtes-vous en sécurité ?

— Oui. Si vous voulez capturer l'oiseau, j'ai une écharpe rouge dont je consens à faire don en échange d'un partage équitable de la récompense.

— Encore quelqu'un qui a un dictionnaire défectueux, marmonna Devon.

— Oh, merci ! s'écria Beth. Ce sera l'appât parfait. Si nous...

Whiiiiiz ! Elle fut interrompue par le cryokiller qui passait au-dessus de leurs têtes dans un étrange crépitement d'énergie glaciale. De minuscules stalactites se formèrent dans les cheveux de Beth. Saisie d'effroi – et vaguement émerveillée –, elle vit l'oiseau ressortir du bâtiment et glisser dans le ciel, son plumage d'albâtre étincelant dans les rayons du soleil. Les plumes de sa longue queue se déployèrent dans son sillage et, l'espace d'un instant, Beth crut qu'il allait s'en aller. Mais il s'éleva encore pour aller se percher sur la tour de l'aiguilleur.

— Maintenant ! souffla Devon. Pendant qu'il...

— Excusez-moi, dit poliment une voix masculine.

Un jeune homme vêtu d'un costume bon marché venait de s'agenouiller près d'eux, un carnet et un crayon en main.

— Vous êtes bien orthogoles, n'est-ce pas ? demanda-t-il avec un sourire engageant.

— Que faites-vous là ? C'est dangereux ! Allez vite vous mettre à l'abri !

— Je m'appelle Spencer, je travaille pour le *Canterbury Times*. Je me trouvais sur place par le plus grand des hasards, et j'aimerais vous poser quelques questions.

Beth et Devon lui jetèrent un regard incrédule, mais il continua à sourire comme un ~~déséquilibré~~ journaliste de la presse à sensation sur le point de décrocher un scoop.

— Participez-vous au concours de la SIO ? Avez-vous une stratégie pour devancer vos adversaires ? Et cet oiseau, que pouvez-vous me dire à son sujet ? Quelqu'un me l'a décrit comme « fœtal », mais je n'ai pas vu...

— « Létal », rectifia Devon. Cela veut dire qu'il vous tuera quand je vous jetterai en pâture à ses pieds ! À moins que vous ne filiez dans la salle d'attente en refermant la porte derrière vous. Tout de suite !

Le journaliste eut une moue boudeuse.

— Vous n'êtes pas très coopératif...

L'expression de Devon s'assombrit, et M. Spencer s'empressa de déguerpir.

Beth et Devon se relevèrent doucement.

— Je vais chercher l'écharpe de Mlle Wolfe, dit Devon.

— Je me tiens prête avec le filet.

Sur un hochement de tête, il sprinta vers Mlle Wolfe, qui s'était cachée derrière un banc. Le claquement de ses bottes sur le quai suivait le rythme des battements du cœur de Beth. Elle tourna la tête pour voir si le cryo-killer réagissait. C'était une si belle créature ! (L'oiseau, pas M. Lockley. Quoique.) Beth n'en avait vu que dans les manuels jusque-là, car cette espèce vivait dans des zones reculées proches du cercle polaire et se tenait à l'écart des humains. Ce spécimen n'avait certainement pas migré de sa propre volonté en Angleterre au milieu de l'été. Pourtant, Beth avait du mal à concevoir que l'un de ses collègues ait pu libérer un oiseau aussi dangereux pour éliminer ses concurrents. Même si une chaire était en jeu.

Dans sa tête, une petite voix évoqua un lointain souvenir. Mais peine perdue, celui-ci s'obstinait à fuir sa mémoire. Et Beth n'avait pas le temps d'approfondir la question.

Elle ôta son manteau, le posa sur le filet et le fixa en nouant les manches autour de la poignée.

Sous son chemisier en coton, ses bras se couvrirent de chair de poule, sensation troublante mais pas vraiment désagréable et qui n'était pas due uniquement à la magie glaciale qui flottait dans l'air.

Observer un oiseau fabuleux était si exaltant ! Franchement, il n'y avait qu'un seul plaisir au monde équivalent (c'était, bien sûr, de se rendre compte que son thé était encore chaud après qu'on avait oublié sa tasse quelque part).

— Prête, mademoiselle Pickering ?

Devon revenait, l'écharpe rouge en main. Sous ses semelles, la couche de glace qui recouvrait le quai craquait, se lézardait. Son long manteau noir était parsemé d'étoiles de givre. La mine déterminée, il avait les yeux fixés sur le cryo-killer.

Il avait l'air si fort, si sûr de lui, que l'estomac de Beth fit un petit saut périlleux à l'idée qu'un tel homme l'avait tenue dans ses bras et embrassée.

Mais après tout, elle aussi était forte et compétente. Elle n'était peut-être pas douée pour les relations sociales, mais c'était une experte reconnue dans le domaine de l'ornithologie.

Après avoir tiré sur les manches de son manteau pour s'assurer que le nœud tenait bien, elle sortit de sa cachette.

Devon s'arrêta un peu plus loin sur le quai et brandit l'écharpe, l'agitant lentement au-dessus de sa tête.

Sur son perchoir, le cryo-killer s'ébroua et poussa son cri lancinant.

— Dès qu'il aura décollé, lâchez l'écharpe et courez ! intima Beth.

Devon ne répondit pas et, déconcertée, elle se demanda s'il l'avait entendue. Mais il était trop tard pour le vérifier : le cryo-killer déployait ses ailes et, dans une pluie de cristaux, il prit son envol pour attaquer.

Face à l'oiseau qui lui fonçait dessus, Devon demeura parfaitement immobile. L'air se mit à vibrer et des échardes de givre commencèrent à pleuvoir sur le quai…

Beth s'élança.

L'oiseau souffla une bouffée de magie glaciale en direction de Devon, qui ne cilla pas.

Alors, tenant son filet le plus haut possible, Beth sauta sur une valise égarée qui lui servit de tremplin. À moins d'un mètre du visage de Devon, le filet se congela instantanément, cueillant l'oiseau au vol.

Crac !

Arrêté net, le cryo-killer tomba par terre dans une pluie de tessons glacés.

Dans la seconde, Beth lâcha le manche et s'agenouilla près de l'oiseau. De sa main gantée, elle palpa doucement son long cou à la recherche d'un signe vital. Une faible pulsation la rassura. Quelques vérifications supplémentaires lui confirmèrent que le cryo-killer n'était pas blessé, simplement sonné.

Elle poussa un soupir de soulagement.

Devon s'accroupit près d'elle.

— Bien joué ! la félicita-t-il.

Mais elle n'était pas d'humeur à recevoir des compliments.

— Pourquoi êtes-vous resté figé sur place ? demanda-t-elle de son ton le plus sévère. Vous auriez pu vous faire tuer !

Il haussa les épaules.

— Je vous ai fait confiance. Je savais que vous interviendriez à temps. Et je voulais le voir voler. À ce propos, je trouve qu'il se sert de son empennage d'une manière très particulière.

La colère de Beth retomba. Finalement, les compliments ne faisaient pas de mal. Et en plus elle était d'accord avec ce maudit bonhomme.

— Moi aussi, je l'ai remarqué, dit-elle en le regardant immobiliser les ailes du cryo-killer à l'aide de l'écharpe de Mlle Wolfe. On aurait presque dit qu'il allait contre son instinct naturel.

Devon la considéra d'un air pensif, et une bibliothèque entière de théories ornithologiques emplit le silence. De nouveau, Beth sentit qu'un souvenir confus tapait à la porte de sa conscience. Cela concernait le cryo-killer...

Sur ce, les voyageurs commencèrent à sortir de leurs abris en jacassant comme un troupeau d'oies. Beth se releva pour maintenir la foule à distance de l'oiseau.

Elle fut presque renversée par M. Chevrolet qui se précipitait vers eux, talonné par Mlle Wolfe. Cette dernière apportait une cage qui se balançait au bout de son bras et elle heurta le Français à plusieurs reprises. (Coïncidence ? Sans doute pas.)

Beth sentit soudain la présence virile de Devon à ses côtés. Sa chaleur corporelle l'enveloppa alors qu'il se dressait face à leurs collègues, les bras croisés sur la poitrine.

— Je vous déconseille de marcher sur les pieds de cette dame si vous ne voulez pas que je vous pète les rotules, gronda-t-il.

— Tout va bien, professeur, intervint Beth. Mlle Wolfe a apporté une cage pour le cryo-killer. Nous devrions la remercier.

Devon ouvrit la bouche – et ce n'était sans doute pas pour dire une amabilité. Mais sur ces entrefaites, une femme en manteau, jupe et chapeau de tweed fit son apparition.

— SIO, annonça-t-elle en brandissant un badge argenté sur lequel Beth eut le temps d'apercevoir un phénix gravé avant que la femme le rempoche.

— Mme Hassan, division du Kent. Je me trouvais dans les parages par le plus grand des hasards. Lequel d'entre vous a capturé cet oiseau ?

— C'est grâce à mon écharpe ! cria Mlle Wolfe.

— Bravo ! Bravo ! crièrent les voyageurs attroupés autour d'eux.

Radieuse, Mlle Wolfe les salua de la main.

— J'ai supervisé la sécurité, sans quoi l'opération n'aurait pu aboutir, affirma M. Chevrolet, qui récolta lui aussi des acclamations, ainsi que quelques sifflets admiratifs pour sa moustache et ses cuisses fuselées.

Mme Hassan se tourna vers Beth.

— Et vous ? s'enquit-elle d'un ton qui indiquait qu'elle avait été témoin de toute la scène. Peut-être avez-vous synchronisé vos compétences avec celles du jeune et beau Pr Lockley ici présent, ce qui vous a permis de capturer cet oiseau mortel et de sauver la ville d'une apocalypse aviaire ?

— *Ooooooh*..., fit la foule.

Beth jeta un regard angoissé à Devon. Mais lui aussi semblait dépassé par les événements.

— *Beau ?* C'est un peu exagéré, objecta M. Chevrolet, la mine boudeuse.

— Comment se fait-il que vous connaissiez son nom ? s'enquit Mlle Wolfe en plissant les yeux d'un air suspicieux.

— Il n'est pas si jeune que cela, reprit M. Chevrolet. Et il a obtenu ses diplômes en Amérique...

— Veuillez m'excuser, murmura Beth.

Elle s'empressa de filer avant que quiconque puisse lui imposer une conversation. Mais elle ne s'était pas éloignée de dix pas que Devon se matérialisait à ses côtés.

— Vous avez bien raison de déguerpir, chuchota-t-il. Celui qui revendiquera la capture du cryo-killer devra l'acheminer dans un refuge et, de fait, abandonner la compétition.

— Je me demande si ce n'était pas le but caché de tout cela. Quelqu'un aura voulu éliminer des concurrents. Sinon, pourquoi prendre le risque de lâcher un cryo-killer dans la nature ?

— Chut !

Devon jeta un regard autour d'eux avant de la prendre par le bras pour l'entraîner à l'écart. Beth envisagea de protester contre ses manières autoritaires, mais se ravisa de peur qu'il rompe le contact.

— Je suis d'accord avec vous, chuchota-t-il. Et je pense aussi que le vanneau de Paris était dressé. Comment expliquer sinon que nous ayons tous survécu, y compris celui ou celle qui l'a volé ensuite aux jumelles Fotheringham ?

— Hein ? Le vanneau a été volé ?

— Oui, il...

Devon s'interrompit brusquement en marmonnant un juron. Beth suivit la direction de son regard. Un groupe de quatre hommes venait d'apparaître sur le quai.

— Oh, regardez ! Ce sont nos amis français !

Devon souffla bruyamment par le nez, s'attirant une réprimande de Beth.

— Oh, voyons, ce sont de très braves gens !

— Vous dites ça de tout le monde.

— Non, pas du tout.

— Vraiment ? Qui a volé votre proverbiale bienveillance, mademoiselle Pickering ?

— *Vous !*

Beth se détourna pour dissimuler le rire qui lui montait dans la gorge. Puis elle agita la main en direction des pêcheurs.

— *Bonjour, bonjour* !*

À leur vue, les Français s'agitèrent.

— *Merde alors ! C'est ce salaud qui brutalise la gentille dame* !*

— Oh, bonté divine, murmura Beth en les voyant se précipiter dans leur direction en poussant des clameurs menaçantes.

De nouveau, Devon s'interposa. Les pêcheurs se plantèrent devant lui et, poings brandis, l'invectivèrent en lui postillonnant à la figure. Beth voulut intervenir pour calmer le jeu, mais Devon tendit le bras pour l'empêcher de passer.

— Voyons, tout cela est idiot, dit-elle à l'intention des Français. Je vais vous expliquer...

Mais peine perdue. Personne ne l'écoutait. Elle aurait tout aussi bien pu ne pas exister.

Elle était sur le point d'aller chercher un coin tranquille pour lire en attendant le train quand une voix retentit derrière elle.

— *Hello !*

Le silence retomba et tout le monde se tourna vers M. Spencer, le jeune reporter du *Canterbury Times*, qui s'approchait, carnet et crayon en main.

— Mon français est un peu rouillé, dit-il à Devon, mais je crois que ces gens vous accusent de molester cette demoiselle. Avez-vous un commentaire à faire ? Peut-être avez-vous agi sous l'effet du stress, avec cette compétition qui fait rage ?

Il pivota vers Beth et lui agita son crayon sous le nez.

— Mademoiselle, avez-vous des hématomes ? Des séquelles psychologiques ? Les lecteurs veulent savoir.

— Des hématomes ? C'est loufoque ! se récria Devon.

— Fock ? Fock ? rugit un pêcheur furibond.

Il se jeta sur le professeur. Devon fit un bond en arrière, renversant presque Beth, ce qui décupla l'ire des Français.

— Enfin, le Pr Lockley ne m'a jamais molestée ! protesta Beth.

Le journaliste s'empressa d'écrire dans son calepin.

— Dans ce cas, puis-je vous suggérer de fournir une preuve de votre bonne entente ? Peut-être par un rapprochement physique plus explicite qu'une déclaration verbale, si vous voyez ce que je veux dire ?

Il fit un clin d'œil appuyé à Beth.

Devon se tourna vers elle. Il l'enveloppa d'un regard si intense qu'elle se sentit fondre avant que son cœur oublie de s'évanouir et enfile prestement un justaucorps à sequins pour exécuter une série de pirouettes.

— Qu'en pensez-vous, mademoiselle Pickering ? Devons-nous prouver notre bonne entente ?

Beth se ressaisit. Après tout, la veille, ils avaient prétendu être mari et femme pour obtenir une chambre à l'auberge. S'il fallait cette fois en passer par une embrassade conjugale pour dissiper ce malentendu, ce n'était pas si grave.

— Très bien.

Devon l'enlaça et elle se prépara mentalement à une brève accolade ponctuée d'un baiser sur le front.

Mais il la fit ployer en arrière et le monde bascula. Le ciel ensoleillé emplit le champ de vision de Beth. Puis son regard s'arrima à celui de Devon. Il haussa les sourcils, une question dans ses yeux bruns.

Comprenant son intention, elle songea à refuser. Mais tous les mots susceptibles d'exprimer la négation avaient disparu de son vocabulaire. Elle hocha la tête.

Devon sourit.

Puis il se pencha et l'embrassa.

— *Ooooooh !* s'exclamèrent les pêcheurs et le journaliste.

Beth ne les entendit pas. Le monde entier aurait pu pousser les hauts cris, s'agripper à son mouchoir puis tomber en pâmoison qu'elle ne s'en serait pas rendu compte.

Devon l'embrassait avec une ardeur qui percutait tous ses sens. Elle essaya de se rappeler qu'il était un gredin, qu'il la trouvait répugnante... mais l'ivresse balaya ces pensées. Elle avait envie de rire, envie de grimper dans ce baiser pour s'y faire une cabane et s'y réveiller chaque matin au son du chant des oiseaux tout en regardant pousser son potager...

Puis le baiser prit fin, aussi brutalement qu'il avait commencé. Devon se redressa. Beth tituba et il la retint contre lui pour assurer son équilibre.

Les pêcheurs se mirent à rire. Ils claquèrent l'épaule de Devon, serrèrent la main de Beth avec une affection rustique. Des « pardon, pardon » furent échangés en français et en anglais, tandis que le reporter noircissait fébrilement les pages de son carnet en demandant l'identité de chacun.

Plus loin, la foule de voyageurs les acclamait et sifflait joyeusement. Mais Mme Hassan tapotait son badge contre sa joue en les fixant entre ses paupières plissées.

Beth frissonna soudain. Le bien le plus précieux d'une femme était sa réputation. Et à coup sûr, la SIO la condamnerait sévèrement pour avoir osé embrasser un homme en public. Son inconduite allait jeter le discrédit sur toute la profession !

Soudain, un coup de sifflet impérieux retentit. Le train entrait en gare. Aussitôt, tout le monde s'affaira. Sur un dernier adieu, les pêcheurs s'en allèrent. Le journaliste courut interviewer Mme Hassan et Beth se retrouva seule avec Devon, dans un silence tendu.

Il avait laissé son bras sur ses épaules et elle s'écarta légèrement pour se dégager. Puis elle ajusta la bandoulière de sa sacoche tout en examinant entre ses pieds une plaque de béton particulièrement intéressante.

— C'est le moment de se dire au revoir, murmura-t-elle, comme elle l'avait fait un peu plus tôt, juste avant que le monde ne se remplisse de fleurs de givre et de baisers.

Cette plaque de béton était décidément fascinante.

— Mademoiselle Pickering...

Il glissa un doigt sous son menton pour l'obliger à relever la tête. Elle essaya bien de ne pas croiser son regard, mais comment échapper à l'éclat velouté de ses prunelles sombres ?

— Nous prenons le même train, lui rappela-t-il.

— Oui, mais... nous ne voyageons pas ensemble.

C'était bien joli, tous ces baisers, mais ils ne procuraient qu'une euphorie éphémère, tandis qu'une chaire était attribuée à vie.

Beth n'avait pas d'autres amis que les oiseaux. Les gens venaient vers elle seulement quand ils voulaient obtenir une faveur. Oh, elle ne se faisait pas d'illusions, l'intérêt de Devon pour elle s'évaporerait dès qu'ils auraient trouvé le caladrius. Et elle n'aurait alors plus que d'amers regrets à ranger dans son sac à souvenirs.

Elle recula en le saluant d'un hochement de tête confraternel.

Lui, l'observait en silence. Le soleil auréolait sa silhouette de rayons cuivrés et dessinait de petits arcs-en-ciel dans ses cheveux bruns parsemés d'éclats de givre tandis que ses yeux débordaient d'une émotion bien trop humaine pour que Beth puisse l'identifier.

Un peu plus loin sur le quai, un groupe de musiciens de rue se mit à jouer, et la mélodie s'éleva à travers le brouhaha ambiant.

Si quelqu'un avait eu l'idée d'immortaliser la scène par une rafale de photos qu'on aurait ensuite projetées sur grand écran, les gens auraient sans doute payé pour le spectacle et versé une petite larme.

Mais Beth ne pleura pas. Elle tourna les talons et se dirigea vers le train d'un pas rapide, sans un regard en arrière. Seule. Impitoyable.

12

La réputation d'une ornithologue est encore plus fragile quand elle voyage seule. Il lui incombe donc de se munir en toutes circonstances d'un petit revolver, de sa réserve personnelle de sachets de thé et d'une fausse licence de mariage au cas où cela se révélerait nécessaire.

Des oiseaux à travers un verre de sherry,
H.A. QUIRM

Vint ensuite ce qui ressemblait tant à de la déprime que Beth ne tenta même pas de lire son journal de bord.

Assise entre la fenêtre et une vieille dame occupée à faire des mots croisés, elle ne sortit de sa morosité que pour aller aux toilettes et acheter du thé et des sandwichs au wagon-restaurant.

Elle se rejouait la scène du baiser dans un long monologue angoissé et sursautait chaque fois que quelqu'un passait dans le couloir. Au cas où ce quelqu'un aurait été Devon.

Elle en vint même à *ôter son gant* pour se ronger l'ongle du pouce, ce qui lui valut un regard réprobateur de la vieille dame.

— Toutes mes excuses, dit-elle. Je suis un peu nerveuse parce que je participe à un concours.

— Oh ! J'ai lu dans le journal d'hier que la SIO avait organisé une compétition. Seriez-vous ornithologue ?

Beth acquiesça prudemment.

— Oh, c'est merveilleux !

La vieille dame abandonna illico ses mots croisés et se pencha pour saisir le bras de Beth dans un geste qui aurait dû tomber sous le coup de la loi.

— Il est à Ipswich, vous savez ! Le caladrius ! C'est mon grand-père qui me l'a dit hier soir !

— Votre... grand-père ?

— Oui, durant notre séance hebdomadaire de spiritisme. Nous avons agréablement conversé à travers le voile céleste. Il m'a dit... (la dame marqua une pause, toussota, puis déclara d'une voix spectrale :) « Gladys, le caladrius se trouve à Ipswich et il te guérira de ton arthrose ! »

— Ah, eh bien..., je prends note de cette information. Merci, fit Beth avec un sourire poli.

Puis elle tourna la tête vers la fenêtre et retomba dans ses pensées maussades.

Évidemment, il était possible que le caladrius soit à Ipswich. Ou n'importe où ailleurs. Pour ce qu'elle en savait...

La raison lui dictait de retourner à Oxford. À la pension de famille où elle vivait, dans le calme de sa chambre bien rangée, elle pourrait se recentrer, préparer un plan. Elle irait se documenter dans l'un des lieux qu'elle préférait au monde, la bibliothèque Bodléienne, et y dénicherait peut-être de précieux indices afin d'orienter ses recherches.

Cependant, après ces deux journées mouvementées, la perspective de se retrouver dans un endroit paisible et ordonné noyait son cœur de grisaille.

S'asseoir seule dans sa chambre... ou seule dans la bibliothèque... – cette pensée lui était insupportable.

Non, mieux valait faire de Londres son point de départ. Même si elle n'avait personne à qui parler, elle serait au moins au cœur d'une grande ville, civilisée et pleine d'énergie.

Descendue à la gare de Paddington, elle resta un moment sur le quai à réfléchir à la direction à prendre – et pas du tout à chercher Devon parmi la foule de voyageurs. D'ailleurs, il demeura invisible.

Était-il descendu à une autre gare ? Peut-être avait-il décidé de ne pas se rendre à Londres, finalement ? En réalité, il pouvait être n'importe où. Elle ne le reverrait sans doute jamais. Ce dont elle se moquait bien.

— Est-ce que tout va bien, ma chère ? s'inquiéta une dame près d'elle. Vous venez de pousser un énorme soupir...

Rougissante, Beth présenta ses excuses, sourit, puis s'empressa de quitter la gare pour semer ses émotions.

Tout d'abord elle se rendit à la banque où elle retira de l'argent sur ses économies, afin de pouvoir poursuivre la compétition – tirant par là même un trait sur son rêve de se rendre en Nouvelle-Zélande observer le moa géant carnivore.

Le reste de la journée, elle déambula en ville, acheta des cartes du pays, un filet, une cage pliante qu'elle pouvait transporter dans sa valise, des vêtements neufs et un nouveau canotier.

Ce fut une épreuve encore plus épuisante que de pourchasser les canards Satan sur les rivages grecs. Au bout de quelques heures, les pieds en feu, elle se força à continuer, impitoyable avec elle-même, comme se devait de l'être n'importe quel ornithologue.

À sa grande surprise, où qu'elle aille, elle entendait parler du caladrius.

— Ma sœur mangeait des frites sur la plage de Brighton et le caladrius les lui a volées ! affirmait une femme dans le grand magasin où Beth achetait une paire de bas.

— D'après mon mari, il est faux de dire qu'il est capable de guérir les maladies. C'est une fable que colportent les conservateurs pour faire oublier leur gestion désastreuse en matière de santé publique, clamait une cliente de la boutique où Beth achetait des gants.

— SIO, en réalité, ça veut dire « Syndicat des intrigants occultes », prétendait un homme dans le tram. Ils complotent pour dominer le monde grâce à la magie aviaire. Je vous fiche mon billet que bientôt nous volerons tous dans des machines à plumes au lieu de prendre le tram !

Heureusement, Beth était trop bien élevée pour éclater de rire en entendant ces bêtises. La SIO, une organisation occulte poursuivant un but secret ? Ridicule ! (Seigneur, ce gentleman qui lui tournait le dos, à l'arrière du tram, ressemblait vraiment à M. Cholmbaumgh. Elle devait être épuisée, elle avait des hallucinations.)

En milieu d'après-midi, elle fit une pause dans un petit salon de thé et parcourut un journal abandonné sur la table.

Lorsqu'elle tourna la deuxième page, elle faillit cracher son mini-sandwich au concombre. Là, sous ses yeux, se trouvait un article de plusieurs paragraphes qui, dans un style racoleur, relatait la capture du vanneau à Paris.

Beth fut stupéfaite d'y apprendre que le Pr Devon Lockley avait, sans l'aide de personne, maîtrisé l'oiseau féroce, sauvant d'une mort atroce deux vieilles dames et une belle demoiselle.

— Pardon ?! lâcha-t-elle, indignée.

Elle dut avaler tout le contenu de la théière pour s'en remettre, caressa l'idée d'écrire un droit de réponse au rédacteur en chef, puis décida finalement de continuer ses courses.

Le soir venu, elle était si harassée qu'elle croyait voir Cholmbaumgh partout où elle allait.

Elle se réfugia au Club Minerve, l'adresse la plus sélecte de Londres pour les universitaires. Ce magnifique bâtiment sur Cromwell Road appartenait à une mystérieuse personnalité qui, disait-on, était le rejeton d'un contrebandier (ou d'un duc royal). En dépit de ce lourd atavisme, l'homme était un philanthrope : quiconque possédait un doctorat et un penchant pour les échanges intellectuels ne payait qu'un demi-souverain de cotisation annuelle.

La plupart des universitaires étant sans le sou, cette générosité était fort appréciée parmi eux et incitait les plus aisés à contribuer, afin que leurs pairs moins fortunés puissent eux aussi trouver l'inspiration dans l'atmosphère feutrée du club – avec l'aide des grands crus sortis de la cave.

Beth adorait cet endroit. Il y flottait une plaisante odeur de vieux livres, les lits étaient confortables, et personne ne vous regardait de travers quand vous longiez les couloirs en parlant tout seul.

Elle n'y était pas venue depuis longtemps, car Hippolyta n'en était pas membre. Mais lorsqu'elle pénétra dans le hall à l'atmosphère surannée, elle eut l'impression de rentrer chez elle.

Du salon Platon, qui accueillait les débats philosophiques, s'échappait un bourdonnement de voix, troublé de temps à autre par les échanges plus explosifs en provenance du salon Paracelse. Quelqu'un y exposait avec animation les bénéfices de la nitroglycérine, d'une voix détonante qui fit vibrer le plancher sous les pieds de Beth alors qu'elle se dirigeait vers le bureau de la réception.

Après avoir enduré la gastronomie française, elle rêvait de pouvoir enfin manger une bonne saucisse-purée et un pudding aux raisins secs.

— Giggleswick, dit l'employée en lui tendant la clé de sa chambre.

— Pardon ? fit Beth, distraite par des visions de crème anglaise.

— C'est là-bas que vous trouverez le caladrius. Giggleswick, dans le nord du Yorkshire. À cause des terres calcaires qui ont des propriétés curatives. Cela va forcément attirer l'oiseau.

— Oh, je vois.

Beth ne se rappelait pas avoir mentionné sa profession. Sans doute l'avait-elle fait machinalement ? Impatiente de s'installer dans sa chambre et de dîner, elle ramassa sa valise, tourna les talons...

— Quelle chance de pouvoir discuter avec une si célèbre ornithologue ! ajouta la réceptionniste.

Finalement, Beth se dit qu'elle pouvait bien patienter une minute ou deux. Elle pivota, un sourire aux lèvres.

— Je n'ai pas pu m'empêcher de crier quand j'ai lu dans le journal que vous aviez embrassé votre collègue sur le quai de la gare de Canterbury !

Le sourire de Beth s'évanouit.

— Comment ?

— Et la photo est vraiment ressemblante !

Devant Beth bouche bée, l'employée sortit un journal de sous le bureau et le feuilleta avec tant d'enthousiasme qu'elle faillit gifler Beth.

— C'est l'*Evening Standard* d'aujourd'hui. Vous voulez bien me le signer ?

— Une photo ? Je suis en photo dans le journal ? *En train d'embrasser un homme ?*

Beth était devenue aussi blanche que le plumage du caladrius. Saisissant le journal, elle baissa des yeux horrifiés sur la manchette :

CONCOURS D'ORNITHOLOGIE :
L'AMOUR PREND SON ENVOL !

Dans l'article qui suivait, on relatait la capture du cryo-killer et le fameux baiser. Le nom de Beth était même cité. Sans doute avait-il été fourni par l'un de ses collègues. Heureusement, il avait été mal orthographié : Peckerine. Mais c'était une piètre consolation, car toute la profession saurait qu'il s'agissait d'elle.

Tout cela était la faute de cette crapule de voleur d'oiseau ! Cette brute de Lockley !

Certes, elle avait consenti à ce baiser tout en sachant qu'il y avait un journaliste sur place, mais là n'était pas la question ! La question était que sa fureur grandissait de seconde en seconde.

Ayant demandé que son dîner lui soit monté dans sa chambre, elle gagna l'étage avec une hâte motivée par : a) la colère, b) la peur de croiser une connaissance qui aurait lu le funeste article, et c) *aaaaaarggghhhh !*

Parvenue dans la chambre Hypatie, elle donna un tour de clé, s'adossa au mur lambrissé et, yeux clos, s'efforça de se calmer en imaginant une scène agréable :

~~Désignée Ornithologue de l'année, elle acceptait le prix et prononçait son discours de remerciements.~~

Elle étranglait Devon Lockley à mains nues.

*

De son côté, Devon n'accordait pas une pensée à Mlle Pickering. Il ne rêvassait pas à la douceur de ses yeux bleus. Il ne s'extasiait pas au souvenir de son intelligence percutante, qui n'enflammait nullement les parties intimes de son anatomie.

Pas une seconde il ne songeait à la retrouver pour pouvoir la prendre dans ses bras et l'embrasser jusqu'à lui faire oublier qu'il était un voyou. Non, pas du tout. Pour preuve, il avait passé la journée à faire des emplettes et s'était acheté toutes les fournitures nécessaires à la capture de la belle… enfin, du caladrius.

En fin d'après-midi, il se rendit à Kensington pour assister à une conférence de géographie, où il retrouva son cousin, le Pr Gabriel Tarrant. Ce dernier écoutait religieusement le vieux conférencier qui évoquait un lointain village, célèbre pour ses alluvions calcaires. L'arrivée de Devon le laissa de marbre, et une fois la conférence terminée, il refusa d'abord de repartir avec lui.

Devon eut beau plaider la loyauté familiale et user de son sourire le plus charmeur, rien n'y fit. Finalement il eut recours au chantage, menaçant d'aller se plaindre à leur grand-mère d'un comportement si grossier. À contrecœur, Gabriel accepta de l'accompagner au Club Minerve.

Dans le salon Shakespeare, qui était imprégné d'une odeur du cigare, les deux hommes s'installèrent dans des fauteuils en cuir plus vieux qu'eux, devant des rayonnages débordant de livres, parmi la fine fleur des grands esprits britanniques.

Devon reprit aussitôt les tractations.

— J'ai besoin de ton aide pour le concours, Gabriel.

— Non.

— Si tu...

— Non.

Devon ravala un juron qui devenait décidément familier. Son cousin aurait pu être son reflet dans le miroir, sauf qu'il était objectivement plus beau, plus maniaque, et sans doute plus intelligent que lui – même si personne ne comprenait rien quand il parlait de géographie thaumaturgique.

Toutefois, ils avaient des caractères opposés. Le pôle Nord et le pôle Sud n'auraient pas pu être davantage aux antipodes l'un de l'autre.

Sous son masque impassible, dans les profondeurs de ses yeux aussi sombres que la nuit, Gabriel cachait *peut-être* un brin de fantaisie. Quoi qu'il en soit, il ne l'avait jamais dévoilé. Un jour, un camarade de classe avait osé l'appeler Gabi. Gabriel lui avait répondu par un long silence en le regardant droit dans les yeux. À la suite de quoi le camarade en question avait préféré changer d'école. Depuis, plus personne n'avait commis l'erreur de se montrer familier avec lui. Sauf Devon, bien sûr. Mais Devon aimait le risque, comme d'autres aiment se glisser dans un bon lit chaud le soir.

Gabriel étant son aîné d'un an, on avait toujours prédit à Devon qu'il suivrait ses traces – parfois il s'agissait d'un encouragement, parfois d'une mise en garde. Cependant, on pouvait en douter quand on voyait Gabriel essuyer le bord de son verre pour la énième fois à l'aide de sa serviette alors que Devon avait déjà bu la moitié du sien.

— Je demanderais volontiers à quelqu'un d'autre, mais tu es le seul géographe thaumaturgique que je connaisse.

Devon n'avait pas besoin de lui rappeler qu'ils avaient été les meilleurs amis du monde jusqu'à ce que lui-même soit expédié en Amérique. Tous deux le savaient et auraient été très gênés que quiconque y fasse allusion. Pour cela au moins, ils étaient d'accord. Ce qui se passait dans le cœur restait dans le cœur, caché derrière plusieurs barricades et portes soigneusement cadenassées.

— J'ai besoin d'une liste de régions où la magie est particulièrement concentrée, insista Devon. Ces lieux attirent les oiseaux fabuleux, et comme le caladrius vit près de l'eau, je m'intéresse en priorité aux lacs et aux rivières.

— Ces informations sont confidentielles, objecta Gabriel.

— C'est bien pour ça que je te le demande sous le sceau du secret.

Son cousin lui jeta un regard où on lisait autant d'irritation que de perplexité.

— Ce n'est pas ce que je voulais dire, Devon.

— Je sais. Mais je vais jouer sur les mots aussi longtemps qu'il le faudra pour obtenir ce que je veux. Tu ferais mieux de me renseigner tout de suite, ça nous ferait gagner du temps. J'ai tout un tas de moyens de pression à ma disposition.

Par exemple, le jour où tu as cassé le vase préféré de tante...

— Je m'en souviens.

Renfrogné, Gabriel fixait son verre de vin.

— Très bien. J'accepte, décréta-t-il.

Devon eut un large sourire.

— Bravo, cousin ! C'est toi le meilleur. Est-ce que tu es descendu au Minerve pour la durée du congrès ?

— Hum.

— Parfait. Commence à rédiger la liste, et je t'invite à dîner. Cela fait des mois qu'on ne s'est pas vus. Nous allons pouvoir bavarder.

— Bavarder ? Tu me demandes de te donner des informations confidentielles, et en plus tu veux *bavarder* ? Je te préviens, il va me falloir plus de vin.

*

Après avoir lu l'article de l'*Evening Standard*, Beth dut boire trois tasses de thé pour retrouver un semblant de sérénité.

Au bout de la quatrième tasse, la théière était vide, et Beth s'était recentrée sur la compétition – et surtout, elle en avait assez de faire toutes ces allées et venues aux toilettes, situées au bout du couloir.

Assise en tailleur sur le lit, elle se mit à étudier les cartes et les guides dont elle venait de faire l'acquisition, lut plusieurs théories sur le mode de vie du caladrius et prit des notes.

C'était un travail de titan, mais elle n'était pas la plus jeune professeure d'Angleterre pour rien.

— Rien ne m'arrêtera jusqu'à la victoire ! déclara-t-elle en brandissant son stylo comme une épée. Je serai *impitoyable* !

« Mais vous êtes un ange », chuchota la voix de Devon dans sa tête.

Clac !

Beth cligna des yeux en voyant le stylo heurter le mur. Elle n'avait pas eu conscience de le jeter. Elle se hâta d'aller vérifier que la tapisserie n'avait pas été abîmée, ramassa le stylo, revint vers le lit...

... et s'immobilisa.

Avec un drôle de pincement au cœur, elle regarda la chambre spacieuse aux meubles élégants et le lit si vaste qu'elle aurait pu y dormir à son aise sans se donner le mal de ranger les livres éparpillés sur la courtepointe.

Sa situation était bien plus confortable que la veille, à l'auberge Chaucer, où elle avait partagé cette chambre minuscule avec Devon. Ce soir, elle ne serait pas obligée d'emprunter une chemise de nuit, ni de dormir par terre sur un matelas défoncé.

Mais il n'y avait personne pour lui parler d'oiseaux, la faire danser ou l'embrasser dans la lueur dansante des flammes.

La tristesse fondit sur elle aussi vivement qu'une chouette sur un mulot. La douleur familière fleurit dans sa poitrine, ce sentiment de solitude intense qui obscurcissait déjà sa vie avant que ses parents meurent du choléra et que la compagnie turbulente de Hippolyta n'avait pas réussi à dissiper.

Il me manque. Nous ne sommes séparés que depuis quelques heures, et il me manque affreusement. C'est un gredin, il perturbe ma sérénité, il me déstabilise… et pourtant tout me manque, ses pitreries, nos galères, ces aventures si amusantes… La femme que je suis avec lui me manque.

Elle se laissa glisser le long du mur, s'assit par terre, les yeux rivés au lit. Celui-ci n'était qu'à quelques mètres, et pourtant elle n'avait pas le courage de franchir cette distance, comme si marcher sur le tapis lui demandait la même énergie que franchir un gouffre.

Et cependant il le fallait. Il n'y avait rien d'autre dans son existence que sa carrière et les cieux striés d'oiseaux.

Pour la première fois, cela lui semblait insuffisant.

Soudain, elle entendit un bruit léger à travers la cloison. Puis un autre. Et encore un autre, comme si l'occupant de la chambre voisine était juste à côté d'elle. Fermant les yeux, elle prêta l'oreille, comme apaisée par cette présence proche. Et finalement elle se ressaisit.

Devon Lockley avait des manières épouvantables, un humour déplorable, et une tendance exaspérante à lui imposer la direction dans laquelle elle devait marcher. Elle avait bien de la chance d'être débarrassée de lui ! Elle était tellement, tellement ~~seule~~ mieux sans lui !

Avec un soupir, elle posa son front sur ses genoux. Mais l'univers ne comprit pas le message, et le Pr Lockley ne fit pas irruption dans sa chambre avec un bouquet et des chocolats.

Aussi se traîna-t-elle jusqu'au lit pour continuer à travailler.

*

Dans la chambre Margaret Lucas Cavendish, duchesse de Newcastle-upon-Tyne, Devon, assis par terre, le dos calé contre le mur, écoutait les bruits dans la chambre voisine, aussi ténus que son propre souffle quand il pensait à Beth Pickering.

Mais non, il ne pensait pas à elle. Absolument pas ! Il était trop concentré sur la meilleure façon de gagner le concours.

Il lut et relut la liste de Gabriel, traça des cercles sur une carte, nota sur son carnet toutes les théories qui lui venaient à l'esprit.

Puis il se traîna jusqu'à son lit et s'endormit aux alentours de minuit, rêvant de Beth (ce qui n'était pas du tout pareil que *penser* à elle), pour s'éveiller au matin dans un tel état d'épuisement mental que le monde lui parut englouti de ténèbres... jusqu'à ce qu'il se rende compte que son carnet ouvert reposait sur son visage.

Il s'en saisit, relut d'un œil ensommeillé la liste des zones qu'il avait sélectionnées. Neuf, réparties un peu partout en Angleterre, pouvaient présenter un attrait pour un oiseau fabuleux. Il lui faudrait des mois pour toutes les explorer. Et encore, rien ne disait qu'il était sur la bonne piste.

Le caladrius pouvait être n'importe où.

Sauf que...

Il se redressa et écarta les cheveux qui lui tombaient dans la figure. L'oiseau était bien quelque part, sinon il n'y aurait pas eu de concours.

Cette idée le fit changer radicalement de perspective et il comprit aussitôt quelle devait être l'étape suivante. Qui ne l'amènerait pas forcément là où il avait envie d'être, mais... eh bien, de toute façon il ne pensait pas à elle, n'est-ce pas ?

*

Beth se réveilla le visage collé à la carte de l'Angleterre. Elle redressa la tête et, lorsqu'elle put faire le point, vit le cercle qu'elle avait tracé la veille et la phrase griffonnée en dessous :

Les ornithologues osent tout !

L'esprit encore embrumé de sommeil, elle fit glisser son doigt le long de la ligne. De toutes les théories et les affirmations qu'elle avait passées en revue durant la nuit, c'était bien la seule dont elle était sûre à cent pour cent.

Et c'était sans doute la clé de tout.

Elle se leva, fit sa toilette, puis enfila rapidement une robe achetée la veille (en mousseline et dentelle blanche, imprimée de petites fleurs mauves, aussi utile à une éminente scientifique qu'une gazette à ragots, mais idéale au cas où elle ~~croiserait Devon~~ devrait voyager par forte chaleur).

Après avoir relevé ses cheveux et fixé son canotier, elle jeta un coup d'œil par la fenêtre au ciel qui s'éclaircissait. Des moineaux picoraient sur les toits, des pigeons se perchaient sur les cheminées… et quelque part dans le pays, attendant qu'on le trouve, il y avait un caladrius.

Dans une cage.

Ce n'était pas possible autrement.

La SIO n'aurait jamais organisé ce concours sur la base d'une simple rumeur, d'un vague espoir ou d'une chimère ailée.

Après mûre réflexion, Beth était maintenant persuadée que la SIO détenait l'oiseau et que tout avait été orchestré pour que celui-ci soit

« découvert » par l'ornithologue ayant la préférence des membres du comité et qui serait désigné comme le « gagnant ».

Mais elle avait bien l'intention de se montrer plus maligne et de décrocher le trophée au nez et à la barbe des autres !

Certes, elle partait avec un désavantage. Elle ne comprenait pas les gens, sans parler de leurs motivations, ce qui n'aidait pas quand on voulait déjouer leurs plans. Mais elle était toujours prête à apprendre et à s'améliorer. Et de toute façon, ce serait toujours plus facile que de déambuler au hasard à travers le pays avec ses jumelles et son filet.

Elle n'avait pas besoin de trouver le caladrius. Elle devait juste trouver la personne qui lui révélerait l'endroit où il était caché.

Et elle savait exactement par où commencer.

Il était temps qu'elle rentre à Oxford.

13

Le moineau domestique est aussi beau que le cygne (mais pas aussi délicieux rôti à la broche).

Des oiseaux à travers un verre de sherry,
H.A. QUIRM

Dans un salon de thé proche de Paddington, MM. Flogg et Fettick buvaient leur troisième tasse de café noir en observant les voyageurs qui affluaient vers la gare.

— Je suis dépité, monsieur Flogg. Quand nous avons envoyé Schreib et Cholmbaumgh effrayer nos deux professeurs à l'auberge Chaucer, c'était pour les obliger à rester ensemble. Et maintenant les journaux titrent : « Les tourtereaux se séparent ! »

— Tout va bien, objecta M. Flogg d'une voix apaisante. Dans toute histoire, il faut des obstacles et des conflits. Croyez-moi, nos professeurs se retrouveront, aussi fougueux qu'avant. Après tout, nous les gardons à l'œil.

— Ça n'est pas certain. Et les articles sont déjà sortis. S'ils se rabibochent, il va falloir publier un démenti.

À cette pensée, les deux hommes frémirent.

— Tout va bien, répéta M. Flogg d'un ton ferme. Je suis sûr qu'une nuit de séparation aura exacerbé leurs sentiments. Fions-nous à la nature humaine. Il ne nous reste plus qu'à paver leur route vers la victoire. Mais pas trop vite, surtout. La SIO et l'Office du tourisme veulent d'abord récolter le fruit de leurs efforts.

— Pas trop lentement non plus. Si vous voulez promouvoir les études universitaires, il ne faut pas qu'ils passent pour des benêts.

— Vous avez raison. Cette opération est un vrai défi, admit M. Flogg avec un soupir. Mettons-nous un instant à la place de deux experts en ornithologie. Où irions-nous pour commencer ?

M. Fettick hésita, bien conscient que son diplôme en histoire de France ne l'aidait guère à raisonner comme un scientifique.

— Personnellement, j'irais me renseigner auprès du président de la SIO, le Pr Gladstone. Mais je dis cela parce que je sais qu'il est dans le coup. Ne vous inquiétez pas, cela ne leur viendra pas à l'idée.

Le front de M. Flogg se plissa sous son chapeau melon.

— Ce sont des génies, murmura-t-il, songeur. Bien sûr qu'ils vont y penser ! Bon sang... Il faut leur préparer une petite surprise à Oxford, au cas où ils s'y rendraient. Quelque chose qui les ralentirait un peu.

— Quel genre de surprise ?

Avec un sourire diabolique, M. Flogg agita les sourcils.

— Aaah, *ce type* de surprise ! s'exclama M. Fettick, tout réjoui.

M. Flogg reposa bruyamment sa tasse dans la soucoupe et se leva d'une manière théâtrale – quelque peu gâchée par le fait qu'il était un vilain petit bonhomme à la moustache ridicule.

— Vite ! Au bureau des télégrammes ! lança-t-il.

*

Après un rapide petit déjeuner dans la salle à manger Hildegarde de Bingen, Beth prit un fiacre pour se rendre à Paddington.

À son entrée dans la gare, elle scruta la foule à la recherche de ~~Devon Lockley~~ Cholmbaumgh. La veille, elle avait eu l'impression d'être suivie toute la journée. Il n'y avait rien de notable aux alentours (hormis quelques pigeons et un assez joli spécimen de *Parus major*), toutefois cela ne calma pas sa nervosité.

Elle acheta son billet, se dirigea vers le quai et... de nouveau eut la sensation étrange que quelqu'un l'épiait.

— Mademoiselle Pickering !

Le pouls de Beth s'accéléra au son de cette voix familière.

Elle se tourna, un sourire poli aux lèvres.

— Bonjour, Hippolyta.

Cette dernière arrivait d'un pas vif qui faisait tressauter ses anglaises et ses volants. Derrière venaient les valets, à peine visibles sous un monceau de bagages.

— Oh, Dieu merci vous êtes saine et sauve, Elizabeth ! Je me suis fait un sang d'encre !

Beth se retrouva avec une paire de gants en cuir jaune dans la main.

— Vous savez que je suis nulle en travaux d'aiguille. Ce sont mes gants préférés et la couture commence à lâcher. Vous qui êtes si intelligente, je suis sûre que vous allez m'arranger ça en deux temps trois mouvements !

— Eh bien...

Beth n'eut pas le loisir de répondre. Hippolyta l'entraînait déjà vers le train.

Elle la poussa à bord dans un tourbillon de paroles, et Beth se demanda si elle n'avait pas imaginé les quelques jours qui venaient de s'écouler.

— Oberhufter est parti vers l'est, cet imbécile ! ricana Hippolyta quand elles furent installées dans un compartiment de première classe. Alors que le caladrius se trouve dans les Cotswolds ! Tous les indices concordent !

— Personnellement...

— Je me ferai un plaisir de lui rire au nez quand j'aurai remporté le concours. Je ne connais personne de plus horripilant que ce type !

— Vous...

— Comment se fait-il que le steward ne soit pas déjà là pour s'assurer que nous ne manquons de rien ? Vraiment, le service est déplorable !

Jetant un regard courroucé en direction du couloir, Hippolyta se renversa contre le dossier de la banquette tandis qu'un valet drapait une couverture sur ses genoux. Puis elle se pencha en avant pour qu'un autre puisse lui glisser un coussin dans le dos.

— Elizabeth, soyez un ange, allez commander du thé et des biscuits au wagon-restaurant, voulez-vous ?

— Bien sûr.

Beth se leva, retrouvant ses vieux réflexes.

— Dites au steward de se dépêcher. Ah, et de raser cette moustache affreuse. Cela me rappelle feu mon mari et c'est fort désagréable.

Un peu anxieuse, Beth passa dans le couloir, qui était bondé. Les gens s'agitaient, l'air était saturé d'odeurs entêtantes : cigares, parfums...

— Désolée... pardon... veuillez m'excuser... pardon, pardon, murmura-t-elle en se frayant un passage parmi la cohue.

Dans le brouhaha ambiant, personne ne semblait l'entendre, ni même la voir. On lui donnait des coups de coude, on la bousculait, on lui marchait sur les pieds. Elle se retint de grimacer quand une valise lui heurta la cheville. Pourquoi les gens ? (Oui, cette phrase est complète. Les introvertis comprendront.)

À mi-chemin du wagon-restaurant, elle marqua une pause, s'adossa à la cloison d'un compartiment pour reprendre ses esprits. Si cela continuait, elle allait avoir des pulsions meurtrières. (Enfin, non. Après tout, assassiner quelqu'un dans un train avait des conséquences désagréables : taches de sang, retard sur l'horaire prévu et intrigues idiotes dans les romans à quatre sous).

— Je vous l'avais dit ! déclara une voix qui sortait du compartiment le plus proche. Que dites-vous de ça : « *Des ornithologues dans l'express pour Oxford !* » ?

— Vous m'impressionnez. Votre instinct est plus affûté que les griffes d'un vanneau !

La curiosité innée de Beth la poussa à glisser un coup d'œil par la porte restée ouverte.

Elle aperçut deux hommes moustachus en costume sombre et chapeau melon, qui avaient chacun une sacoche sur les genoux.

En dépit de leurs propos, ils ne ressemblaient pas à des ornithologues, mais plutôt à des représentants de commerce spécialisés en lingerie.

— Et si elle se laissait influencer par cette horrible bonne femme ?

— Alors nous nous chargerons de...

L'homme s'interrompit. Voyant deux têtes moustachues pivoter vers elle, Beth s'empressa de détourner le regard. La seconde suivante, la porte du compartiment se referma dans un claquement.

Zut ! Juste quand la conversation devenait intéressante...

Beth n'avait aucun scrupule à écouter aux portes, pratique courante chez les scientifiques. Hélas, elle ne pouvait pas tirer de conclusions fiables des brèves paroles qu'elle venait de surprendre. Peut-être que si elle se penchait un peu...

— Hello, mademoiselle *Peckerine*, fit une voix amusée.

Beth tressaillit en voyant Devon passer devant elle.

« Il est ici ! » cria son cœur, ivre de joie. « Il est ici », ronchonna son cerveau.

Au passage, Devon l'enveloppa d'un regard brûlant qui alluma un feu dans son ventre. Paniquée, elle dit la première chose qui lui passait par la tête :

— Voyou !

Il s'arrêta.

Oh, Seigneur !

Le cœur de Beth s'emballa alors que Devon reculait de trois pas pour revenir à sa hauteur.

Il portait une gabardine noire, une chemise grise, un pantalon noir et – soupir – ses bottes en vieux cuir patiné, comme s'il était en route pour aller observer un oiseau de nuit ou faire palpiter le cœur d'une dame. Et toujours pas de cravate, ni de gilet, ni même de chapeau – ce que requérait *a minima* la dignité masculine.

Gênés dans leur progression, des voyageurs se faufilèrent entre eux en pestant. Beth ne s'en aperçut pas. Elle ne voyait que ses yeux sombres dans lesquels dansait une lueur ~~troublante~~ irritante.

Appuyé d'une main contre la cloison, il la dévisagea sans mot dire pendant quelques décennies. Puis son regard glissa sur sa bouche, puis encore plus bas...

— Jolie robe, commenta-t-il.

Beth fondait de l'intérieur à une telle allure qu'elle dut presser ses jambes l'une contre l'autre pour ne pas chanceler.

— Que faites-vous ici, monsieur Lockley ?

Le regard de Devon revint se river au sien, et elle eut l'impression de rentrer chez elle. Ce qui était grotesque. Elle le connaissait depuis très peu de temps, il lui était tout sauf familier. Au contraire, il était comme un territoire non cartographié ou... ou un graphique sans légende.

Elle avait eu bien raison de se séparer de lui à Canterbury ! Dieu merci, il était là et... euh, elle allait pouvoir lui tourner le dos une nouvelle fois. D'ici une seconde, elle allait le pousser et s'en aller dignement au wagon-restaurant.

Bon, peut-être pas *une* seconde, mais très bientôt en tout cas.

— Ce que je fais ? Je chasse le caladrius, comme vous.

— Oh. Alors vous aussi vous allez dans les Cotswolds ?

Le bobard était sorti avec une belle fluidité. Beth se sentit fière d'elle.

— Ah, je retrouve mon impitoyable collègue, dit-il en souriant.

— Je ne vois pas ce que vous voulez dire.

— Non ? Pour changer complètement de sujet, j'ai appris aujourd'hui qu'il suffit d'un shilling pour qu'un guichetier vous renseigne sur la destination d'un voyageur.

— Oh... Tricheur !

— Menteuse.

Ils se défièrent du regard, et la seule chose qui empêcha une scène choquante incluant baiser avec la langue et corsage arraché fut la présence dans le couloir de nombreux voyageurs.

Devon inclina la tête.

— Le premier qui arrive à l'université d'Oxford a gagné, lui chuchota-t-il à l'oreille.

Beth gonfla d'air ses poumons, prête à rétorquer qu'elle ne se rendait pas à la faculté, ni d'ailleurs à Oxford, ni même dans l'Oxfordshire, figurez-vous, et je vous prie de ne pas me serrer de si près...

Mais il était déjà parti.

Très bien. Il allait voir à quel point elle était impitoyable !

Oubliant thé et biscuits, elle rebroussa chemin dans le couloir (« Pardon, mille excuses, navrée... ») pendant que dans leur compartiment deux chargés de communication ravis se congratulaient mutuellement.

De retour à sa place, elle découvrit que le steward l'y avait précédée avec une théière en argent. Il était en train de remplir une tasse sous le regard vigilant de Hippolyta – qui craignait sans doute qu'un poil de moustache y tombe.

— Où étiez-vous passée ? demanda cette dernière en apercevant Beth. Ce n'est pas prudent de déambuler dans un train. Vous pourriez vous faire piétiner.

— Pardon.

Beth se laissa tomber sur la banquette et prit une serviette sur la table. Elle la pressa contre son visage.

— Quelle chaleur ! se plaignit-elle.

— Buvez donc une tasse de thé.

Le steward lui tendit une tasse pleine. Beth le remercia et resta un moment à fixer la vapeur qui montait en spirale du liquide brûlant. Elle retrouvait son « réservoir de tranquillité ». Pourtant, celui-ci semblait bien peu approprié à sa situation. Elle aurait mieux fait de boire un verre de vin. Ou de vodka.

— Vous n'avez pas l'air dans votre assiette, Elizabeth. Buvez, vous dis-je. C'est important de prendre soin de soi.

— Vous avez raison.

Beth avait répondu de manière automatique. En réalité, aucune Anglaise digne de ce nom n'aurait « pris soin » d'elle quand elle avait pour option de fixer sa tasse de thé d'un air morose en soupirant à intervalles réguliers.

— Vous allez m'écouter, j'espère ?

— Bien sûr que je vous écoute, Hippolyta. Et je crois...

— Non, très chère, je voulais dire : m'écouter répéter mon discours pour la remise du prix.

— Oh, je vois...

Le cerveau de Beth était déjà en train de préparer péniblement sa réponse habituelle : « Oui, naturellement, Hippolyta » quand...

— Non, s'entendit-elle répondre.

Hippolyta cilla.

— Je vous demande pardon ?

Beth posa sa tasse et redressa le buste. Elle était furieuse contre elle-même de s'être montrée si docile face à l'autoritaire Hippolyta, et elle profita de l'énergie de sa colère pour la transformer son courage.

— Je vais aller m'asseoir ailleurs et poursuivre la compétition seule de mon côté, annonça-t-elle en se levant.

— Mais... mais...

— Je suis navrée, Hippolyta. J'ai été ravie de collaborer avec vous.

Tandis que Hippolyta postillonnait, Beth se hissa sur la pointe des pieds pour attraper sa valise dans le filet à bagages.

Par mégarde, elle heurta la table. La porcelaine tintinnabula, sa tasse se renversa, et le thé se répandit sur une serviette en lin, laquelle se mit à fumer, puis à noircir.

Beth l'observa un moment avant de tourner un regard impavide vers Hippolyta.

Celle-ci haussa les épaules.

— Vous m'auriez remerciée quand vous vous seriez réveillée à l'hôpital. Rivaliser avec moi vous aurait causé trop d'angoisse. D'autant plus qu'au bout du compte, c'est moi qui vais gagner.

Beth ravala un rire.

— Au revoir, Hippolyta.

Elle se détourna, puis s'immobilisa, le cœur battant...

Cette femme avait été pour elle ce qui s'approchait le plus d'une amie. Des souvenirs se réveillaient : le jour où elles s'étaient promenées sur une plage italienne en sirotant un thé glacé, alors qu'elles pourchassaient un cormoran double-bec… Ce moment où Beth avait escaladé une falaise sous une pluie battante pendant que Hippolyta, bien au sec sous son parapluie, lui donnait des ordres… avant qu'elles se rendent compte que le nid de pingouin arc-en-ciel qu'elles avaient cru voir n'était en fait qu'une illusion d'optique…

— À propos, dit-elle sans tourner la tête, je ne m'appelle pas Elizabeth, mais Beth.

Puis elle referma la porte derrière elle.

*

Devon claqua la porte de son compartiment et se jeta sur la banquette en poussant un soupir sonore. Gabriel leva les yeux pour l'observer par-dessus la monture de ses lunettes de lecture.

— Ça va ?

Devon se renfrogna. S'il avait su que son cousin poserait des questions aussi intrusives, il ne lui aurait pas demandé de l'accompagner.

— Oui, ça va.

Gabriel l'enveloppa d'un regard vaguement soucieux, et surtout agacé, avant de replonger le nez dans son journal. Devon en fut soulagé. Il ne souhaitait pas parler de ce qui venait de se passer dans le couloir.

— Je crois que je me suis comporté en voyou, fit-il.

— Encore ?

Gabriel tourna une page du *Times*.

— Je suppose que cela a un rapport avec cette femme dont tu refuses de parler. Celle avec qui tu t'es mal conduit à Canterbury, si j'en crois l'article que j'ai sous le nez.

Devon se renfrogna davantage. Gabriel tourna une autre page.

— Bon, d'accord. C'est peut-être la même femme, admit Devon. Elle est ma rivale dans cette compétition, mais je ne sais pas pourquoi, je finis toujours par flirter avec elle.

Il cala ses pieds sur la banquette d'en face. Gabriel s'écarta en fronçant les sourcils.

— Pour un prétendu génie, je te trouve singulièrement obtus. Tu n'as pas eu l'idée d'adopter une conduite décente avec elle ?

— Et toi, tu n'as pas eu l'idée d'aller voir ta femme ? riposta Devon.

L'expression qui s'inscrivit sur les traits de Gabriel était si meurtrière qu'elle aurait pu servir d'arme de destruction massive dans les armées de Sa Majesté.

— Oublie ça, reprit Devon (le code universel masculin pour dire : « Je te présente mes excuses, mais je suis trop fier pour le dire à voix haute »). Je suis content que tu sois venu. Nous aurions dû emmener Amélia aussi. Partir à l'aventure entre cousins, comme au bon vieux temps.

— Quelle idée effroyable, murmura Gabriel.

Enfant, déjà, il trouvait que « deux » équivalait à une foule et que « trois » s'apparentait à l'enfer.

Il replia son journal d'un geste brusque et expéditif.

— J'ai accepté d'user de mon autorité de professeur à Oxford pour te faire entrer dans les bureaux du département d'ornithologie sans éveiller les soupçons, mais il n'est pas question que je parte *à l'aventure.*

— Allons, ce sera amusant ! Toi et moi, nous savons très bien que je t'ai empêché de périr d'ennui à cette conférence sur le phénomène Foreskin[1].

— « Le phénomène Fordwich et l'érosion thaumaturgique, illustrés par le cas de la roche sédimentaire calcaire de St Augustine ».

— Je crois que je suis un peu mort rien qu'en entendant l'intitulé.

Gabriel ne daigna pas répondre. Il posa son journal sur la table, selon un angle de quatre-vingt-neuf degrés, puis lui donna une petite chiquenaude pour le positionner à la perfection.

Devon ravala un soupir.

Il ne s'était pas attendu à revoir Beth. Pourtant, à son arrivée à la gare, elle était là, en train d'acheter un billet, l'air aussi épuisé que lui, mais sublime.

Sublime. Comment avait-il pu la trouver seulement jolie ? Rossetti l'aurait suppliée à genoux pour avoir l'honneur de peindre son portrait (enfin, si le maître avait été encore en vie. Devon avait l'esprit trop cartésien pour croire au concept de résurrection).

Que pouvait faire un humble scientifique face à une telle créature ?

La suivre, apparemment.

Il grimaça. À présent, ses frasques de canaille ne lui semblaient plus aussi drôles.

Soudain il se leva.

— Je vais me promener.

— Te promener ? Dans un train ? Oh, je vois. Tu vas espionner cette femme ? fit Gabriel, amusé.

— Pas du tout.

Qui était l'idiot qui avait proposé à son cousin de venir ? Ah oui, ce même idiot qui avait

1. En anglais, « *foreskin* » signifie « prépuce ».

l'intention de rôder dans le couloir pour épier Beth Pickering. Parce que son visage lui manquait, parce qu'il avait envie de l'apercevoir se mordiller le pouce et de contempler son regard s'illuminer quand il serait question d'oiseaux.

Avec un grognement, Devon s'affala contre la porte.

— Dis-moi de ne pas le faire.

— Ne le fais pas.

— Tu le penses vraiment ?

— Tu veux *vraiment* connaître mon avis ?

— Oui.

— Je pense que le phénomène Fordwich est un parfait exemple de…

Clac. La porte se referma sur le reste de la phrase.

Devon s'engagea dans le couloir en se promettant qu'après un bref regard jeté à Beth il redeviendrait un adulte intelligent et retournerait s'asseoir. Il ne pouvait plus permettre à ses émotions de gouverner…

Son cœur se mit à tambouriner dans sa poitrine.

Elle était là, au bout du couloir, en train de s'entretenir avec un steward.

Le soleil auréolait son profil comme l'auraient fait les ailes lumineuses d'un phénix et jetait des reflets roux dans sa chevelure.

« Ange » était un mot bien trop pâle pour la décrire. Elle était le jardin d'Éden incarné dans un corps féminin. Elle était chaque superlatif du dictionnaire à l'eau de rose imprimé en secret dans le cœur des hommes. Il voulait la rejoindre, la prendre dans ses bras pour qu'elle transforme en or la poussière de son passé…

Mais il était pétrifié. Le temps s'était arrêté, comme sa respiration. Hypnotisé, il la fixait, priant pour qu'elle tourne la tête et lui sourie.

Elle tourna la tête et...

Pris de panique, il ouvrit la porte la plus proche et fit irruption dans un compartiment occupé par quatre personnes.

— Seigneur tout-puissant ! s'écrièrent les deux vieilles dames assises côte à côte.

Leurs mains s'agitèrent, et leurs chapeaux à plumes menacèrent de s'envoler.

— Hum, hum ! firent les deux messieurs assis face aux dames.

Des moustaches se hérissèrent sous les chapeaux melon et des doigts pianotèrent sur des sacoches en cuir.

Devon présenta ses excuses et voulut battre en retraite, mais les dames, détaillant son physique derrière leurs lorgnons, commencèrent à l'assaillir verbalement :

— Asseyez-vous ! Asseyez-vous immédiatement, jeune homme ! Reposez donc ces longues jambes musclées. Il ne faut pas être timide, c'est un compartiment public !

— En réalité nous l'avons réservé, comme nous venons de vous le signifier, rétorqua l'un des deux hommes.

En vain. Les dames agrippèrent Devon et il fut obligé de s'asseoir entre elles.

— On dirait que vous venez de voir un fantôme, mon pauvre, dit celle de gauche en lui tapotant le genou.

Il sourit.

— Plutôt une créature céleste, madame. Magnifique, avec des yeux bleus comme le ciel.

— Oooh, ce garçon est amoureux ! roucoula celle de droite. Mais alors pourquoi n'êtes-vous pas avec elle ?

« Parce que vous venez littéralement de me kidnapper », eut-il envie de répondre. Mais il intensifia le rayonnement de son sourire, ce qui acheva de les charmer.

— Nous participons à un concours et nous sommes rivaux.

Les dames poussèrent un petit cri ravi. Les messieurs s'agitèrent sur leur banquette et échangèrent un regard dans un silence tendu.

— Seriez-vous orthologue ? demanda la dame de droite.

— Oui, je suis...

— Cockermouth ! s'exclama la dame de gauche.

— Je vous demande pardon ?

— Le caladrius se trouve à Cockermouth ! Une ville du comté de Cumbria. Wordsworth est né là-bas, et vous savez bien qu'il a beaucoup écrit sur les oiseaux.

— Eh bien...

Devon n'était pas amateur de poésie et ne voyait pas de quelle manière des poèmes auraient pu influencer le caladrius. À moins que l'oiseau n'ait considérablement évolué depuis les dernières observations.

— Billevesées ! s'écria la dame de droite. Le caladrius est en Écosse ! Tout le monde sait qu'il aime le froid. Jeune homme, vous devriez emmener votre créature céleste à Gretna Green[1], près

1. Petite ville écossaise à la frontière de l'Angleterre où l'on célébrait des mariages même si les fiancés n'avaient pas l'autorisation de leurs parents – chose impossible en Angleterre à l'époque.

de la frontière. Comme ça, vous pourrez l'épouser dès que vous aurez mis la main sur le caladrius.

Devon manqua de s'étrangler.

— Comment vous appelez-vous ? s'enquit la dame de gauche, qui lui palpait maintenant le biceps.

— Devon Lockley.

— Oooh, le jeune prodige dont on parle dans le journal !

Les deux dames levèrent chacune leur lorgnon pour l'inspecter plus attentivement. Devon jeta un coup d'œil mélancolique en direction du couloir, comme un archéologue qui aurait regardé la porte du tombeau d'un pharaon se refermer.

— Si vous avez embrassé cette fille, vous êtes *obligé* de l'épouser ! commença la dame de gauche.

— Comment dire…

— Et vous ne pouvez pas vous enfuir à Gretna Green. Si vous êtes célèbre, vous devez vous marier dans une cathédrale.

— Eh bien…

— Le peuple l'exigera !

— Il faudra des fleurs blanches, en hommage au caladrius.

— Et vous avez besoin d'une bonne coupe de cheveux.

Les deux gentlemen semblaient de plus en plus agités. Devon lui-même sentait poindre une migraine. Il promit aux dames de réfléchir à leurs suggestions, signa leurs mouchoirs en dentelle et réussit enfin à s'échapper.

Beth n'était plus dans le couloir.

Avec un soupir chagrin, il retourna dans son compartiment.

Levant le nez de son manuel de géographie, Gabriel haussa les sourcils à sa vue.

— Que t'arrive-t-il ?

— Des admiratrices, articula Devon, qui se laissa tomber sur la banquette avec un soupir. Pourquoi les gens sont-ils… les gens ?

— Je n'en sais fichtre rien.

Sur un haussement d'épaules, Gabriel reprit sa lecture. Dieu merci.

Tournant son regard vers la fenêtre, Devon imagina qu'il ~~retrouvait Beth~~ capturait le caladrius, ~~embrassait Beth~~ présentait l'oiseau au comité de la SIO, ~~plongeait dans sa chaleur intime pour l'emmener voler au paradis~~ se voyait décerner le titre d'Ornithologue de l'année avant de recevoir la récompense ultime, ~~l'amour de Beth~~ une chaire à Cambridge.

14

Un oiseau mâle qui veut séduire sa femelle
est souvent aussi dénué de scrupules
qu'un certain ornithologue allemand dont je tairai
le nom pour des raisons juridiques,
mais que chacun reconnaîtra à ses manières
vulgaires et à son eau de Cologne infecte.

Des oiseaux à travers un verre de sherry,
H.A. QUIRM

Beth descendit du train à la gare d'Oxford, encombrée d'un pesant fardeau – sa valise, qu'elle confiait d'habitude aux valets de Hippolyta.

Décidée à prendre Devon de vitesse, elle attrapa son bagage à deux mains et se précipita sur le quai, si pressée que plusieurs voyageurs récriminèrent sur son passage.

— Encore une féministe !

Si elle se dépêchait autant, c'est aussi parce qu'en précédant Devon à la faculté, elle était à peu près sûre de le revoir. À ce stade, elle aurait zigzagué entre dix caladrius s'ils avaient eu l'idée de se mettre sur son chemin.

Un bas-bleu comme elle avait peu de chances de gagner le cœur d'un homme tel que Devon Lockley. Certes. Mais ce n'était pas en baissant les bras face à l'adversité qu'elle était devenue docteure en ornithologie, la professeure la plus jeune d'Angleterre et l'élève la plus méritante de l'école primaire de Huntingdon (année 1873).

En outre, elle n'avait pas la présomption de viser son cœur, seulement son sourire, et peut-être un baiser ou deux ? Et si jamais le destin s'ingéniait à les coincer de nouveau dans une chambre d'hôtel, eh bien... cela ne la dérangerait pas.

Elle passa à la pension de famille de St Aldate's pour déposer sa valise, se lamenta brièvement sur la poussière qui s'était accumulée en son absence dans sa chambre, récupéra sa bicyclette puis partit pour le muséum d'Histoire naturelle où siégeait la faculté d'ornithologie d'Oxford.

À deux reprises, des étudiants la reconnurent et lui firent signe de la main. Elle se sentit obligée de prendre de leurs nouvelles, les encouragea dans leurs lectures d'été et leur demanda s'ils avaient pu observer des oiseaux intéressants durant les vacances.

En conséquence, elle n'atteignit le bureau du Pr Gladstone que vingt minutes plus tard.

Parvenue devant la porte, elle perdit un peu de son assurance face à la très officielle plaque en laiton, que quelqu'un avait sabotée selon la bonne vieille tradition estudiantine et qui affichait dorénavant « Pr Gastro ».

— Je fais cela au nom de la science, affirma-t-elle en ôtant son épingle à chapeau pour l'insérer dans la serrure.

Néanmoins elle retint son souffle. La secrétaire de Gladstone l'avait informée que le professeur était parti pour le Peak District, comme chaque année, mais dans l'ivresse de la compétition, Beth l'avait oublié.

C'était une bonne nouvelle, car pendant qu'il était à Pétaouchnok, elle pourrait tranquillement fouiller son bureau en quête d'indices. Mais d'un autre côté, comme elle était professeure, elle s'attendait toujours au pire...

Elle se glissa dans la pièce désordonnée à l'atmosphère feutrée, referma la porte, pivota vers le grand bureau en acajou et...

... oublia de respirer.

Devon était assis dans le fauteuil, jambes croisées, un coude calé sur l'accoudoir, le menton entre le pouce et l'index, dans l'attitude typique de l'enseignant qui accorde trois minutes à un étudiant pour justifier son absence à un examen.

Mais son sourire faraud disait clairement : « Ah, ah, preums ! »

Le cœur de Beth s'envola joyeusement, tel un pygargue à tête blanche dans le ciel américain, alors que son cerveau fermait les yeux, conscient que la chute serait fatale.

*

Devon avait à peine mis un pied dans le bureau de Gladstone qu'il avait eu envie d'en ressortir illico à la recherche du whisky le plus fort qu'il pourrait trouver en ville.

La pièce était tellement encombrée de piles de livres, de cartes, de documents et de volatiles empaillés qu'on se demandait comment le temps parvenait à s'y infiltrer.

Une odeur de pipe imprégnait l'atmosphère. Un portrait du roi George III trônait au mur, tout près d'un dodo empaillé – fallait-il y voir un clin d'œil ?

Lorsqu'il était étudiant à Yale, Devon avait maintes fois été convoqué dans des bureaux similaires où des professeurs guindés l'avaient sommé d'expliquer pourquoi il avait de si bonnes notes et un comportement si inqualifiable.

En comparaison, son propre bureau à Cambridge était minuscule. On y trouvait seulement une table, un bon fauteuil et un bocal de bonbons à la menthe qu'il offrait aux étudiants angoissés.

Il était prêt à parier que dans ce bazar de vieilleries se cachaient des indices qui l'aideraient à localiser le caladrius. Et surtout, il priait pour que Beth ne tarde pas trop.

Il s'était installé au bureau pour l'attendre, telle une paruline gobe-chat d'Alaska guettant sa proie.

Puis elle était arrivée, si douce et fraîche dans sa robe à fleurs que les ombres grises s'étaient dissipées dans la pièce et dans son cœur.

Il eut l'impression d'être rentré au port, et un soupir silencieux lui échappa. Ce qui était ridicule, étant donné qu'il connaissait à peine cette femme. Sans qu'il puisse savoir comment, Beth Pickering était devenue son havre et son refuge.

— Que faites-vous ici ? demanda-t-elle d'un air sévère.

— Du travail de terrain, comme vous.

Dans une attitude délibérément provocante, il se carra contre le dossier et posa ses bottes sur le bureau, enchanté de la voir froncer encore plus les sourcils. Il adorait ça.

Il avait envie de la pousser contre les étagères et de l'embrasser partout où cela serait nécessaire pour que le plaisir dissolve cette mimique réprobatrice. Mais il voulait encore plus devenir le genre d'homme qui pourrait plaire à cette ravissante érudite. Aussi refréna-t-il ses bas instincts.

Ce qui ne parut pas abuser Beth.

— Voyou ! fit-elle.

— Ornithologue ! riposta-t-il. Je suis d'ailleurs surpris que nous soyons seuls ici. Au minimum, je pensais que vous seriez accompagnée de Mme Quirm.

— Je l'ai laissée dans le train qui partait pour les Cotswolds.

— Vous êtes décidément impitoyable, dit-il en souriant.

— Assez en tout cas pour appeler un vigile qui vous fichera dehors et vous fera arrêter pour intrusion et... et espionnage universitaire !

Elle mentait. Incroyable. Elle flirtait avec lui. Pouvait-il en conclure qu'il lui plaisait ? Cela n'avait guère d'importance puisqu'elle le rejetterait dès qu'elle connaîtrait sa tare. Néanmoins, la question se posait.

Et s'il lui plaisait bel et bien, que pouvait-il faire pour qu'elle l'aime encore plus ? (Et quand donc allait-il se rappeler comment on faisait pour respirer ? se demanda-t-il encore. Mais son cerveau balaya cette question superflue.)

Il la considéra en silence. D'abord parce que ça lui donnait l'air mystérieux et ténébreux, et aussi parce que son corps avait une réaction emphatique à la présence de Beth et qu'il avait besoin d'un peu de temps pour reprendre le contrôle.

Pour la première fois, il se félicita d'avoir été envoyé si jeune dans un pays étranger. Cela lui avait appris à masquer ses émotions.

Enfin, il se leva et contourna le bureau.

Beth ne bougea pas, mais à en croire l'orage qui assombrissait ses yeux, elle aussi était en proie à une tempête émotionnelle.

Il s'approcha si près que leurs bras se frôlèrent presque. Presque. Il perçut sa réaction épidermique... et se détourna avec nonchalance pour se diriger vers les étagères pleines de livres, bibelots et tabatières qu'il feignit d'inspecter.

— Je ne suis pas venu faire de l'espionnage universitaire. Gladstone est le président de la SIO.

— Et ?

— Et vous savez comme moi que quelque chose cloche dans ce concours. Un vanneau viandard, puis un pyro-pinson, puis un cryo-killer... On nous a jeté dans les pattes trois oiseaux fabuleux manifestement dressés. Le vanneau est apparu à Paris le jour même de l'annonce du concours. Cela incrimine les personnes qui détenaient l'information en amont et qui ont accès aux espèces rares. Autrement dit, des membres de la SIO, et par association Gladstone. Allez-vous prétendre que vos brillantes méninges n'étaient pas parvenues à cette conclusion ?

— Mais ces oiseaux sont dangereux. Pourquoi la SIO ferait-elle une chose pareille ?

La question était purement rhétorique. Il se doutait qu'elle avait déjà son propre avis et souhaitait seulement obtenir une réponse de sa part. Très bien. Elle voulait jouer à la maîtresse d'école ? Ça ne lui déplaisait pas.

Se retournant vers elle, il prépara une manœuvre d'approche. Mais Beth s'éloigna aussitôt pour passer derrière le bureau. Elle mit ses lunettes, examina quelques documents sur le plateau, ouvrit des tiroirs…

Il la regarda faire, hypnotisé, et son cerveau mit quelques secondes à redevenir opérationnel.

— Peut-être veulent-ils dramatiser le concours ? Ou donner du fil à retordre aux ornithologues ?

— La difficulté est déjà corsée, puisque personne ne sait vers où diriger les recherches.

— Et vous, qu'en pensez-vous, mademoiselle Pickering ?

— Je ne pense pas que le caladrius se balade dans la nature au gré de sa fantaisie. Il est caché quelque part.

Elle avait parlé d'un ton détaché, comme si elle n'était pas en train de mettre le doigt sur un point crucial. Devon fut stupéfait de l'entendre ainsi révéler son hypothèse. À sa place, Hippolyta Quirm ou Herr Oberhufter auraient sans doute assommé Devon avec le dodo empaillé avant de l'abandonner là, sans oublier de lui voler son portefeuille.

Beth prit un carnet et le feuilleta. Le souffle court, Devon attendit qu'elle reprenne la parole, comme si de l'or allait couler de sa bouche.

— Si la SIO a voulu organiser ce concours, c'est qu'elle espère en récolter certains bénéfices. Or chercher un petit oiseau blanc sur tout le territoire anglais, c'est un peu comme chercher une aiguille dans un nid de *Philetairus socius*. Cela suggère que la SIO a déjà le caladrius en sa possession et entend tirer les ficelles. Je suis venue ici afin de soumettre cette théorie au Pr Gladstone.

Il n'est pas là, mais il a peut-être laissé quelques informations utiles dans son bureau.

— Comme c'est angélique de votre part de raconter tout cela à un rival.

Beth posa le carnet et haussa les épaules.

— Je ne vois pas l'utilité de finasser, étant donné que nous sommes tous deux arrivés à la même conclusion. N'est-ce pas ?

Leurs regards se croisèrent et il s'établit entre eux une telle connivence que Devon dut très vite penser douches glacées et tempêtes de neige.

Il s'obligea à rompre cet échange muet et promena les yeux sur la pièce en désordre.

— Nous aurons bien de la chance si nous parvenons à trouver quoi que ce soit d'intéressant là-dedans, dit-il dans un soupir.

— Comme, par exemple... une lettre du secrétaire de la SIO au Pr Gladstone... qui révélerait la machination ? rétorqua nonchalamment Beth en prenant une feuille de papier sur le bureau.

— Quoi ? Sérieusement, il y a une lettre ?

— Comment ? Oh, ça ? Non, c'est une banale liste de courses, répondit-elle d'un air innocent. Je voulais juste dire que ce serait la preuve idéale.

Devon éclata de rire.

— Bon sang, je vous ado...

— Mais oui, c'est ça ! s'exclama-t-elle soudain en claquant des doigts.

Le professeur sentit ses joues s'échauffer. Heureusement, elle n'avait pas fait attention à ce qu'il avait failli dire. Elle ne le regardait même pas, préoccupée par tout autre chose.

Gêné, il commença à se dandiner d'un pied sur l'autre. Puis, comme elle se dirigeait vers la porte, il la suivit sans réfléchir.

— Où allons-nous ?

— Dans mon bureau.

Il faillit trébucher. Pénétrer dans le bureau de Beth Pickering l'excitait davantage que d'être invité dans la chambre de n'importe quelle femme.

Elle parcourut le couloir, s'arrêta devant une porte, prit la clé dans sa sacoche et entra. Il n'aurait pas été surpris qu'elle lui claque la porte au nez et fut ravi qu'elle n'en fasse rien. Il entra à son tour et, mine de rien, jeta des regards furtifs de tous côtés pour enregistrer un maximum de détails.

La pièce était exactement comme il l'avait imaginée : impitoyablement rangée.

Des aquarelles représentant des oiseaux étaient accrochées au mur en une rangée parfaitement rectiligne. Les étagères regorgeaient de livres (classés par ordre alphabétique, il en aurait mis sa main au feu). Mais dans un coin, une corbeille débordait de boules de papier froissé – l'équivalent bureautique des ongles mordillés, sans doute.

Beth s'approcha de sa table de travail d'un pas saccadé. Il devina à sa posture rigide que le laisser envahir ainsi son espace professionnel la troublait. Il en fut touché et ne l'en aima que plus, avec une intensité déraisonnable pour quelqu'un qui était passé maître dans l'art de fuir les sentiments.

En temps ordinaire, à ce stade d'une relation, il aurait suggéré différentes façons de mettre la pagaille sur le bureau. Mais là, il avait presque envie d'attraper un chiffon, un pot de cire d'abeille, et d'astiquer le mobilier pour elle (et pas au figuré).

Les mains dans les poches, il la regarda ôter son chapeau, comme à la maison, et lisser sur son front quelques fines mèches brunes qui s'étaient collées à ses pommettes ciselées et à sa bouche charnue.

Il serra les poings dans ses poches.

Comme elle se mettait en devoir d'ouvrir les tiroirs et de les fouiller les uns après les autres, il se força à détourner les yeux, reportant son attention sur les diplômes encadrés au mur.

Il y avait de quoi impressionner les étudiants. Cette femme était surqualifiée. Mais il la suspectait d'afficher ses compétences par simple prévenance, pour rassurer les gens sur ses capacités, parce qu'elle était foncièrement gentille (et qu'elle ne connaissait rien à la psychologie humaine).

— Voilà ! s'exclama-t-elle en montrant triomphalement un classeur à anneaux.

— Une preuve ?

— Disons plutôt des indices de poids. Au cours du dernier trimestre, le Pr Gladstone m'a demandé de répertorier tous les spécimens d'oiseaux fabuleux conservés à la faculté et dans les refuges impliqués dans son programme de recherche T-2. J'avais le vague souvenir d'avoir récemment vu une mention du cryo-killer, et… le voici, dit-elle en tapotant un feuillet. Ainsi que le vanneau viandard et le pyro-pinson, parmi d'autres.

— Hummm. Intéressant. Mais si je peux me permettre…

— Oui ?

— Pourquoi Gladstone vous a-t-il demandé de faire cet inventaire ? C'est le travail d'une secrétaire, pas d'une professeure.

Beth cligna des yeux et rougit, regarda un peu partout sauf dans la direction de Devon, puis marmonna quelques mots. Il crut distinguer « implication », « contente d'aider » et peut-être aussi « toujours mieux que de faire la vaisselle ».

Il eut pitié d'elle, et de lui aussi, car il sentait que, s'il s'attardait sur le sujet, il finirait probablement en prison pour avoir frappé Gladstone en pleine figure.

— Quel est ce programme T-2 ?

— Je n'en sais rien. Le Pr Gladstone le garde secret. Néanmoins, après nos récentes péripéties, je le soupçonne de dresser des oiseaux fabuleux afin d'utiliser leurs pouvoirs.

Un lourd silence s'installa.

— Mais je dois me tromper, murmura Beth au bout d'un moment. Comment croire qu'il ferait une chose pareille ? C'est un vieux réactionnaire misogyne, dur avec ses étudiants, qui enseigne une science dépassée et ne laisse son sachet de thé que deux secondes dans sa tasse... Mais rogner les ailes d'un oiseau ? Exploiter sa magie et pervertir ses instincts naturels ? Ce serait complètement immoral, surtout pour un ornithologue de cette réputation.

Devon était bien plus cynique, mais il la sentait tellement bouleversée par cette théorie qui heurtait sa bienveillance naturelle qu'il hocha la tête en souriant.

— Notons toutes les possibilités sur un diagramme, cela nous aidera à réfléchir, proposa-t-il.

Le visage de Beth s'éclaira et elle referma le classeur dans un petit claquement.

— Quel genre de diagramme ?

— Un diagramme en étoile ? murmura-t-il d'une voix veloutée.

Elle poussa un petit soupir béat. Encouragé, il fit un pas vers elle. Elle était toujours derrière le bureau et, avec les ombres qui se profilaient sur le mur, il avait un aperçu fascinant de ce à quoi elle devait ressembler sur l'estrade d'un amphithéâtre.

— Je dois préciser une chose, dit-elle en regardant Devon dans les yeux. J'ai l'intention de remporter ce concours. Vous pouvez user de tous vos artifices masculins, cela n'y changera rien.

— Vraiment ?

Il posa les mains sur le bureau tandis qu'elle poursuivait :

— Nous pouvons faire un diagramme et réfléchir ensemble, mais au bout du compte il n'y aura...

— Qu'un seul gagnant, acheva-t-il en même temps qu'elle.

Il se pencha au-dessus du meuble.

— J'ai un algorithme très intéressant à vous montrer, professeure Pickering.

Sans le quitter des yeux, elle se pencha à son tour vers lui dans un mouvement totalement inattendu, jusqu'à ce que son visage soit à quelques centimètres du sien.

Pris à son propre jeu, il s'enflamma.

— Je sais tracer une courbe, monsieur Lockley. Je ne lis pas que des guides de terrain, vous savez.

— Vous sentez la lavande...

— Cela apaise les oiseaux.

Sur lui, cela produisait l'effet inverse. Il faisait des efforts pour se contrôler et se conduire correctement, mais... oh, elle était trop délicieuse !

— Je vais vous embrasser, prévint-il.

Elle s'empourpra et il lut sur ses traits un désir égal au sien.

Il inclina la tête.

Leurs bouches s'entrouvrirent, leurs souffles se mêlèrent...

— *Hiiiiiiiiiiii !*

Quelqu'un avait crié dans la cour du muséum. Beth se redressa dans un sursaut et, frustré, Devon laissa retomber sa tête.

— Oh, ces étudiants ! pesta-t-elle en retirant ses lunettes.

— Je...

Quels mots auraient suivi s'il avait eu le loisir de finir sa phrase ? *Je vous désire ? Je suis amoureux de vous ? Je suis épaté que vous ayez gagné trois années de suite le prix Audubon de l'excellence académique ?*

Nul ne le saurait jamais, car un autre cri retentit et leur glaça le sang.

Ce n'était pas un cri humain.

Ils échangèrent un regard horrifié, alors que l'air se mettait soudain à vibrer sous l'effet d'une onde sonore à la magie percussive.

— Un cygne Larsen ! s'écrièrent-ils d'une même voix.

Puis ils se mirent à courir.

15

Un lâche a autant de chances de séduire
le cœur d'une femme que de capturer
un oiseau fabuleux.

Des oiseaux à travers un verre de sherry,
H.A. QUIRM

Ils dévalèrent l'escalier et traversèrent la salle des oiseaux arctiques. Le claquement de leurs semelles résonnait sur les dalles de pierre et Beth perdit son chapeau sans même s'en apercevoir.

Les visiteurs du muséum s'égaillaient en poussant des cris offensés. « Bonté divine ! » « Quelle grossièreté ! » « Miséricorde, Agnès, avez-vous vu les cuisses de ce jeune gaillard ? »

Dans la cour extérieure, les deux ornithologues découvrirent plusieurs personnes recroquevillées dans l'herbe, pleurant et gémissant. D'autres titubaient en se bouchant les oreilles.

Une vibration résiduelle de magie aviaire persistait dans l'air, mais il n'y avait nul cygne en vue.

— De quel côté ? cria Devon à une femme.

Hagarde, elle le regarda sans répondre. Des larmes de sang lui striaient les joues.

— Au nord ! fit un gentleman à moustache en costume sombre qui agitait son chapeau melon.

— Le parc ! s'exclama Beth.

Elle visualisa mentalement les vastes pelouses noyées de soleil et les sentiers tranquilles bordés d'arbres où se croisaient à cette heure des dizaines de promeneurs...

Devon et elle remontèrent l'allée, remarquant à peine les passants cachés sous des portes cochères ou derrière des troncs d'arbres. Au loin, on entendait des cris affolés.

Très vite, ils aperçurent un énorme cygne noir qui tournoyait dans le ciel. Par intermittence, il poussait son cri strident, insupportable, qui donnait l'impression que tous les percussionnistes d'un orchestre s'étaient entassés dans une boîte de conserve.

Des gens venus pique-niquer s'étaient recroquevillés sous leurs parasols ou leurs nappes, se cramponnant à des coussins ou à des paniers en osier, incapables de fuir sous peine d'être attaqués sur-le-champ.

— *Major cygnus malleus*, murmura Beth en s'arrêtant sous un orme.

— Celui-ci, il ne faut surtout pas le toucher. Sa magie vous briserait les os.

Beth faillit lever les yeux au ciel, mais elle n'en avait pas le temps. Plus tard, éventuellement, elle commanderait un badge affichant ses qualifications, et ses collègues arrêteraient peut-être de vouloir lui apprendre le b.a.-ba du métier.

— Si nous arrivons à faire en sorte qu'il se pose, nous pourrons peut-être l'immobiliser avec un parasol ? suggéra-t-elle.

— Le cygne Larsen est attiré par les objets métalliques et tout ce qui brille.

Devon jeta un regard autour d'eux, comme s'il espérait voir se matérialiser un camelot vendeur de bijouterie fantaisie.

— Hummm. Peut-être que si nous...

— NE CRAIGNEZ RIEN, BRAVES GENS, JE VAIS VOUS SAUVER !

Un jeune homme aux cheveux longs, vêtu d'un grand manteau noir informe, venait de surgir d'un bosquet et arrivait en courant et en agitant les mains.

Dans le ciel, le cygne noir émit un sifflement furieux.

— Qui c'est, celui-là ? s'exclama Devon, éberlué.

Avant que Beth puisse répondre qu'elle n'en savait rien, le jeune homme brandit un fouet en cuir tressé et fit claquer la lanière d'un rapide mouvement du poignet.

Puis, pivotant face au cygne dans un mouvement théâtral, il siffla à trois reprises.

— Mon Dieu ! souffla Beth.

— Doux Jésus ! murmura Devon.

— *Ssssssssshhhhhh !* fit le cygne, dans un état d'esprit beaucoup moins chrétien.

— NE BOUGEZ PAS, BRAVES GENS ! cria le jeune homme aux pique-niqueurs – qui avaient déjà mis cette consigne en pratique depuis un bon moment. SOUS VOS YEUX ÉBAHIS, JE VAIS CAPTURER L'OISEAU !

Il siffla de nouveau et le cygne trompeta de colère avant de prendre de la hauteur, puis, les ailes déployées, d'entamer un virage dans le ciel...

— Il va attaquer ! prévinrent Beth et Devon d'une même voix.

Shlak ! Le jeune homme fit claquer son fouet.

BOUM ! La magie détonante du cygne venait de répondre.

L'onde thaumaturgique se propagea dans l'air, projetant un déluge d'échardes sonores discordantes. Beth et Devon se bouchèrent les oreilles, en vain. Le choc se répercuta dans leur corps, de cellule en cellule, et les fit tituber de douleur.

On entendit des hurlements. Dans les arbres, des feuilles explosèrent dans les rayons du soleil.

Le cygne Larsen replia ses ailes et plongea en piqué...

Le jeune homme voulut siffler encore, mais sa tentative se perdit dans les vibrations térébrantes de la magie. Son expression arrogante s'évanouit, et une tragédie en trois actes se joua alors sur ses traits : incrédulité, horreur, terreur.

Lâchant son fouet, il tomba à genoux, les bras repliés sur la tête.

Le cygne le rasa, puis reprit de la hauteur dans un battement d'ailes bien plus régulier que les battements cardiaques de Beth.

Elle échangea un regard professionnel avec Devon. Celui-ci eut un bref hochement de tête avant de s'élancer vers le groupe de pique-niqueurs le plus proche.

De son côté, Beth se précipita vers le jeune homme.

— Pardon, puis-je me permettre ? lança-t-elle, haletante, en ramassant le fouet.

— *Aaaah !* répondit-il sans changer de position.

Elle prit cela pour une permission et noua rapidement la lanière en cuir pour confectionner un lasso. Puis, le bras levé, elle fit tournoyer la boucle au-dessus de sa tête, de plus en plus vite.

BOUM ! Le cygne émit un son semblable à un coup de tonnerre avant de virer dans le ciel, prêt à attaquer.

Anticipant sa trajectoire, Beth ajusta sa position pour se synchroniser à la magie aviaire. Du coin de l'œil, elle vit Devon revenir vers elle en courant, un parasol sur l'épaule.

Une vague d'excitation monta en elle et s'intensifia jusqu'à ce qu'elle se sente presque surhumaine.

Dans son champ de vision, il n'y avait plus que l'azur du ciel, le soleil et des ailes noires...

Beth projeta le lasso et la boucle accrocha le cou du cygne. Elle tira d'un coup sec pour resserrer le nœud coulant. Déséquilibré, l'oiseau chuta pesamment, et la magie se dispersa dans un *couac* discordant.

Au même instant, Devon balança le parasol avec une force et une dextérité confondantes (et follement sexy). Il cueillit le cygne juste avant que celui-ci ne s'écrase au sol et, dans la foulée, retourna prestement le parasol. D'un coup de botte, il en brisa le manche et appuya sur la toile rayée pour enfoncer la pointe des baleines dans la terre, emprisonnant l'animal en dessous.

Puis il se redressa et, écartant les cheveux qui lui tombaient sur la figure, regarda Beth en agitant les sourcils.

— Excellent ! le complimenta-t-elle. Finalement, on vous a appris certaines choses utiles à Yale.

— Décidément, mademoiselle Pickering, plus ça va et plus vous perdez votre flegme oxfordien !

Beth pinça les lèvres d'un air offensé, mais aucune réplique spirituelle ne lui vint à l'esprit. De son côté le jeune homme redressa la tête. Il saignait du nez, mais par ailleurs ne semblait pas blessé.

— C'était... époustouflant ! bredouilla-t-il. Comment avez-vous réussi un tel exploit ? Et du premier coup, en plus !

— L'expertise, répondit Beth.

— C'est ça, être un ORNLITHOGUE DE FORMATION UNIVERSITAIRE ! clama le jeune homme d'une voix de stentor qui résonna dans tout le parc.

— Euh... est-ce que vous vous sentez bien ?

— Maintenant, oui !

Il se remit sur pied et commença à claquer dans ses mains, lentement, invitant les témoins de la scène à applaudir les héros du jour.

— Vous m'avez SAUVÉ LA VIE ! On se souviendra de ce jour jusqu'à LA FIN DES TEMPS ! HOURRA POUR LES ORNLITHOGUES !

Devon et Beth échangèrent un regard déconcerté. Peu à peu, les pique-niqueurs sortaient de derrière les fourrés ou pointaient la tête derrière leurs parasols retournés. Le jeune homme applaudit de plus belle et, au bout d'un moment, tous l'imitèrent.

— Qui êtes-vous ? demanda Devon avec méfiance.

— Je m'appelle Laz Brady, cher monsieur.

Du poignet, le jeune homme essuya le filet de sang qui coulait de sa narine avant de tendre la main à Devon qui n'esquissa pas un geste pour s'en saisir. Brady laissa promptement retomber son bras.

— Je ne suis qu'un humble lycéen qui RÊVE de devenir ornlithogue. Je croyais qu'il suffisait d'apprendre quelques chants d'oiseau et de savoir faire la différence entre un merle et un étorneau...

— Étourneau.

— ... mais à l'évidence, si je veux DEVENIR UN VRAI HÉROS et SAUVER DES VIES, je dois SUIVRE UNE FORMATION DE QUALITÉ dans une université prestigieuse comme OXFORD, CAMBRIDGE OU LA BORSONE...

— La Sorbonne.

— ... et obtenir un DIPLÔME EN ORNLITHOLOGIE !!!

Devon et Beth échangèrent un regard ahuri.

— Hein ? firent-ils en même temps.

— Et maintenant, dites-moi, qu'allez-vous faire du cygne ? poursuivit Laz Brady, tout excité.

— Eh bien, nous allons l'emmener au refuge de la faculté, répondit Beth.

Les mains sur les hanches, elle baissa les yeux sur le parasol, sous lequel le cygne trompetait misérablement.

— Sans cage, ça ne sera pas facile, murmura-t-elle. Il nous faudrait au minimum un linge pour l'aveugler.

— Quelque chose comme ça ? s'enquit Laz en sortant de sa poche un petit pochon en tissu noir.

— Vous vous promenez souvent avec ce genre de chose sur vous ?

— Bien sûr. Quand un homme ASPIRE À DEVENIR LE PLUS BRILLANT...

— Bon, peu importe, coupa Devon en lui arrachant le sac. Ne bougez pas. Et plus un bruit.

Laz hocha la tête sans pouvoir s'empêcher de sautiller sur place.

Beth et Devon procédèrent avec célérité et précision pour encapuchonner la tête du cygne, prévenant ainsi toute velléité de magie sonore. Ils venaient de terminer quand une poignée de curieux s'approchèrent, encore un peu pâles et fébriles.

— Soyez bénis ! s'exclama une femme aux yeux injectés de sang. J'ai cru que ce bruit infernal allait me faire éclater la tête !

— Vous êtes des héros ! affirma un vieil homme.

— Puis-je avoir un autographe ? s'enquit une jeune fille en tendant son mouchoir et un stylo.

Beth s'affola. D'ordinaire, c'était Hippolyta qui gérait les « relations publiques » après la capture d'un oiseau. Pour sa part, elle aurait préféré affronter dix cygnes Larsen plutôt que de communiquer avec ces gens.

— Nous avons simplement fait notre travail, intervint Devon avec juste le degré d'humilité requis, qui signifiait : « Vous venez d'assister à une démonstration d'excellence professionnelle. »

— Eh, ce sont les othilogues amoureux dont on parle dans le journal ! s'écria une femme en les montrant du doigt.

— *Ooooooh !* fit la foule.

— Êtes-vous fiancés ? demanda le vieil homme.

— Allez-vous capturer le caladrius ensemble ? Il est à Cardiff, vous savez ?

— Embrassez-vous ! Embrassez-vous ! cria la jeune fille en agitant son mouchoir.

— Oui. Un baiser ! Un baiser ! s'écria Laz Brady.

— Un baiser ! Un baiser ! scandèrent les curieux, qui se mirent à applaudir, siffler et taper du pied.

— Bonté divine, murmura Beth.

Dans son cerveau, son sens des convenances se prépara à affronter une armée de nerfs surexcités. Beth ne doutait pas de la victoire du premier... jusqu'à ce que Devon lui adresse un sourire canaille. La bienséance rendit alors les armes sous l'assaut d'une escouade de désirs qui attaquaient en rappel, protégés par leurs armures rose bonbon.

— Mademoiselle Pickering ? fit le professeur avec cette désinvolture si typiquement américaine que Beth crut voir des bannières étoilées.

Elle se mit littéralement à brûler de passion.

— Très bien, dit-elle d'un ton agacé.

Elle lissa ses cheveux, renversa légèrement la tête en arrière et attendit, bouche offerte.

Mais Devon la prit par le poignet et tira sur son gant, un doigt après l'autre, jusqu'à libérer sa main.

La foule se déchaîna.

Le système nerveux de Beth en fit autant. Elle s'était mentalement préparée à un baiser, qui aurait somme toute un goût de déjà-vu. Mais là... le degré d'érotisme venait de grimper d'un cran.

Comme Devon glissait le gant dans la poche de son pantalon, elle comprit soudain qu'un danger bien réel la guettait, auquel elle n'avait pas vraiment envie d'échapper.

Il n'eut qu'à caresser du pouce ses phalanges dénudées, et aussitôt le désir la terrassa. La lubricité envahit son cœur.

Plongeant son regard dans celui de Devon, elle fut éblouie par les paillettes cuivrées qui scintillaient dans ses profondeurs obscures.

Il s'inclina avec une lenteur diabolique, pour les maintenir, elle et la foule, dans un suspense torturant...

Puis il lui fit un baisemain.

— *Aaaaaaah*, soupirèrent les badauds et le cœur de Beth à l'unisson.

Ce fut un baiser d'une incroyable légèreté qui l'atteignit pourtant au plus profond d'elle-même, caressa certains de ses nerfs délicieusement sensibles et illumina son obscurité personnelle d'une clarté semblable à celle émise par cet oiseau fabuleux dont elle avait oublié le nom... D'ailleurs, à ce propos, comment s'appelait-elle ?

La foule les acclamait, mais Beth n'entendait qu'un vague brouhaha, comme si des moineaux avaient pépié dans les arbres.

Devon ferma les yeux et elle sentit son haleine lui brûler la peau juste avant qu'il n'embrasse de nouveau sa main, cette fois avec une insistance passionnée, comme s'il sombrait dans un rêve.

— Hum..., murmura la foule, embarrassée.

Dans l'esprit de Beth jaillit une pensée si spontanée qu'elle ne la vit même pas arriver : *J'ai tellement envie de lui !*

Elle devait absolument dégager sa main et se barricader derrière la décence...

À cet instant, Devon se redressa avec un petit sourire fat qui était sa barricade à lui.

Mais dans le regard qu'ils échangèrent flottait la vérité, vulnérable et quelque peu sur le qui-vive.

Devon plaça la main de Beth sur sa poitrine et la retint contre son cœur pour qu'elle en perçoive les palpitations silencieuses.

Il l'avait attrapée, arrachée à son été vide et douloureux pour lui offrir un sanctuaire au cœur de sa propre nuit. La bienséance, meurtrie, exsangue, supplia Beth de s'écarter. Mais elle en était incapable, aussi incapable que d'accepter une nouvelle théorie sans preuve scientifique formelle.

Les yeux dans les yeux, ils se regardaient, seuls au monde, à des années-lumière de la foule et du cygne Larsen.

Plusieurs personnes se raclèrent la gorge. Certains commençaient à danser d'un pied sur l'autre.

Ils ne flirtaient plus, là. Ils étaient en train de tomber amoureux, s'alarma Beth.

— L'AMOUR : UNE RAISON DE PLUS D'ÉTUDIER L'ORNLITHOLOGIE !

La voix de Laz Brady fit sursauter les deux professeurs. Ils s'écartèrent en clignant des yeux, un peu étourdis...

C'est alors que Beth aperçut, un peu plus loin dans le parc, deux silhouettes masculines tapies derrière un orme.

Son instinct se réveilla.

— Il faut partir ! chuchota-t-elle.

Devon décela l'urgence dans sa voix. Apparemment, il se fiait à son jugement car, sans poser de question, il lui rendit son gant, puis se baissa pour prendre le cygne.

Sa main libre posée dans le dos de Beth, il l'incita à se diriger vers les grilles du parc. Au passage, il jeta un coup d'œil sévère à Laz Brady – l'équivalent d'une mauvaise note.

— Ne vous approchez plus du moindre oiseau fabuleux avant d'avoir suivi une formation correcte ! intima-t-il.

— Oui, monsieur ! Je vais m'inspirer de votre glorieux exemple et m'inscrire de ce pas à la FACULTÉ D'ORN...

Beth et Devon n'attendirent pas la suite. Ils s'éloignèrent rapidement, laissant derrière eux une dizaine de badauds émoustillés (ainsi que deux chargés de communication qui jubilaient).

16

Une hirondelle ne fait pas le printemps
– sauf s'il s'agit d'une hirondelle héliotrope
et que votre volière est fleurie.

Des oiseaux à travers un verre de sherry,
H.A. Quirm

Beth et Devon revenaient vers le muséum.

— Après ce qui vient de se passer, une conclusion s'impose, dit-elle en enfilant son gant.

— Je suis bien d'accord, acquiesça Devon.

— Quelqu'un essaie de nous aider.

— Quelqu'un essaie de nous tuer, fit-il au même moment.

Ils s'arrêtèrent net, se dévisagèrent.

— Quoi ?

— Hein ?

Secouant la tête, Beth se remit en marche. Devon cala le cygne contre sa poitrine et se hâta de la rattraper.

— Voilà typiquement le genre de raisonnement erroné que j'attends d'un professeur de Cambridge.

— Et vous, vous raisonnez comme quelqu'un qui confond les strix démoniaques avec de gentilles peluches.

— Je n'ai jamais dit cela !

— Vous les trouvez adorables, avouez-le.

— C'est possible, mais je ne vois pas le rapport.

— Je vous promets que dès que ce concours sera terminé, je cours vous acheter un dictionnaire.

Beth lui jeta un regard dédaigneux, mais ravala un sourire.

— Vous êtes un gredin.

— Et vous, un ange.

Ils échangèrent un sourire complice qui fit rougir Beth. Devon baissa la tête et se mit à examiner ses bottes, comme s'il avait tout à coup du mal à se rappeler comment on mettait un pied devant l'autre.

Après le déchaînement de magie aviaire, la cour du muséum était déserte et étrangement silencieuse, comme frappée de stupeur. Des sacs, des livres et des sandwichs à moitié mangés gisaient dans l'herbe, abandonnés.

Au-dessus du bâtiment en pierre dorée, le ciel semblait pétrifié. Beth ne put s'empêcher de frissonner. Devon s'en aperçut et se rapprocha d'elle dans un mouvement protecteur. Son ombre qui se profilait à côté de la sienne semblait promettre à la jeune femme qu'elle serait toujours en sécurité avec lui.

« Oh, quel ramassis d'âneries machistes ! » ricana une voix dans sa tête, se moquant de son cœur défaillant de bonheur dans sa poitrine.

Sa main la picotait là où Devon avait posé la bouche quelques minutes plus tôt. Elle mourait d'envie de sentir ses lèvres douces ailleurs sur son corps... sur son front... sa joue... et à d'autres endroits qu'elle n'osait même pas nommer.

(« Une chaire ! » brailla son cerveau sans parvenir à se faire entendre tant ces endroits innommables palpitaient fort.)

— Une fois que nous aurons mis le cygne en sûreté, voulez-vous que nous allions boire un café pour comparer nos points de vue ? proposa Devon.

— *Annnnttuuuuhh,* crut répondre Beth sous le coup de l'émotion.

Heureusement, sa bouche avait distinctement prononcé : « Entendu. » Elle détestait le café, mais peu importait.

Son excitation retomba quand ils pénétrèrent dans la sinistre salle carrelée qui jouxtait la volière de la faculté d'ornithologie.

— Le Pr Gladstone ne voulait pas de cet oiseau, finalement ? s'étonna la soigneuse quand ils lui présentèrent le cygne.

— Vous devez vous tromper, répliqua Beth. Le professeur se trouve dans le Peak District.

Avec un haussement d'épaules, la soigneuse cala le cygne contre sa plantureuse poitrine, comme s'il s'agissait d'un nourrisson en pleurs et non d'un oiseau fabuleux au cri létal.

Derrière elle, à travers la crasseuse cloison vitrée, on apercevait divers volatiles qui sautillaient, s'envolaient et se pourchassaient à travers la végétation. On entendait leurs chants et leurs piaillements étouffés. Le cerveau de Beth les identifiait par réflexe tout en se demandant si Gladstone était encore à Oxford finalement, si c'était lui qui avait lâché le cygne Larsen dans la nature, et si elle commanderait un gâteau avec son café pendant son rendez-vous professionnel avec Devon.

— Il a pourtant signé le bordereau, objecta la soigneuse qui berçait doucement le cygne contre son sein. Les deux hommes m'ont dit qu'il en avait besoin pour un cours pratique. Tenez, regardez…

De sa main libre, elle fouilla dans une pile de papiers sur le bureau jusqu'à trouver celui qu'elle cherchait. Elle le tendit à Beth, qui mit ses lunettes et le parcourut rapidement.

— Ce formulaire date de plusieurs semaines, remarqua-t-elle.

— Comment le savez-vous ?

— Les lettres sont penchées et la signature, bien qu'authentique, a un tracé plus rigide que d'habitude. Le Pr Gladstone s'est foulé le poignet à la fin du trimestre dernier, et cela a temporairement affecté son écriture.

La soigneuse resta bouche bée face à un tel esprit de déduction.

— En outre, le formulaire est daté du 13 juin, ajouta Beth en remettant le papier dans la pile, à la place exacte où la soigneuse l'avait trouvé. À l'évidence, le Pr Gladstone l'a préparé avant son départ et l'a donné à quelqu'un pour que cette personne s'en serve ultérieurement.

Elle aligna les papiers afin que la pile soit bien nette.

— Qui étaient ces hommes qui sont venus chercher l'oiseau ? demanda Devon.

— Ils n'ont pas décliné leur identité, mais c'étaient des messieurs d'allure distinguée, très bien habillés.

— Schreib et Cholmbaumgh, marmonna Devon.

— Peut-être, fit Beth. Mais il y avait aussi deux hommes en costume noir qui nous observaient dans le parc, tout à l'heure. Je jurerais les avoir vus à bord du train.

Devon haussa les sourcils.

— Moustaches, chapeaux melon et sacoches noires ?

— Exactement, répondirent Beth et la soigneuse d'une même voix.

— Moi aussi, je les ai remarqués dans le train. Et je suis presque sûr que l'un d'eux était dans le hall de l'hôtel Chauvesouris quand nous sommes partis prendre le ferry.

— Il semblerait que je me sois trompée quand j'ai dit que quelqu'un essayait de nous aider...

— Avant de donner mon avis sur le sujet, il me faudrait quelque chose de plus fort que le café que je vous ai promis. De toute façon, il vaut mieux que j'oublie ça et que je saute sans attendre dans un train pour le Peak District. Manifestement, c'est Gladstone qui détient la clé du mystère.

À ces mots, Beth eut le cœur serré, mais elle s'efforça de se rappeler avec fermeté à quel point elle désirait obtenir une chaire.

— Bonne idée. Je vais peut-être faire pareil.

— Ou nous pourrions y aller ensemble.

Le cœur de Beth se dénoua d'un coup.

— Nous sommes toujours rivaux, bien sûr, mais il serait plus raisonnable d'unir nos forces tant que nous ne savons pas qui manipule ces oiseaux et pourquoi, argumenta encore Devon d'un ton détaché, comme s'il lui proposait juste de traverser la rue avec elle.

— Oui, ce serait plus raisonnable.

Il lui sourit et son regard noir pétilla.

— En outre, ce sera plus agréable, ajouta-t-il.

Vouf ! Le cœur de Beth se pâma avant de s'abandonner à une rêverie pleine de paillettes.

Elle sourit elle aussi spontanément et, en réaction, les pupilles de Devon se dilatèrent. *C'est moi qui lui fais cet effet-là*, s'enchanta-t-elle. Son sourire s'incurva tel le cou d'une aigrette Dalila en pleine parade nuptiale, et elle fut bien obligée d'admettre qu'elle était en train de jouer de ses charmes féminins.

Stupéfaite, elle retint son souffle au moment précis où Devon soupirait doucement. C'était comme s'ils échangeaient la douce promesse d'un baiser et...

— Hum, hum, fit la soigneuse.

Beth s'arracha à sa transe. Il lui fallut quelques secondes pour recouvrer l'usage de la parole.

— Bonne journée, madame Daughty. Merci de votre aide, dit-elle enfin.

La soigneuse la dévisagea avec attention.

— Vous avez bien changé depuis notre dernière rencontre, professeure Pickering.

— Vraiment ?

— Oui. Vous avez l'air presque... heureuse. Je ne vous avais pas vue comme ça depuis... En fait, je ne vous avais jamais vue comme ça.

Beth se détourna avec un rire gêné et ôta ses lunettes.

— Il faut que je passe chez moi chercher ma valise, dit-elle à son partenaire. Retrouvons-nous à la gare.

Une ombre passa dans les yeux de Devon.

— Vous n'allez pas me faire faux bond, n'est-ce pas ?

Elle secoua la tête, puis s'empressa de quitter la volière, plus vite qu'un chat pourchassé par une paruline gobe-chat d'Alaska, avant que ses artifices féminins aient le temps de se déchaîner.

*

— Ma foi, cela n'aurait pas pu mieux se passer, dit M. Fettick à M. Flogg.

Ils grignotaient des scones beurrés au Jabbercoffee, un petit établissement un peu de guingois situé face au Lamb & Flag Passage qu'ils avaient emprunté après avoir quitté le parc du muséum.

— Nos deux professeurs ont réagi exactement comme nous l'avions prévu. Les héros roucoulent après leur exploit !

— Personnellement, j'ai trouvé l'épisode un peu trop explicite, objecta M. Flogg, l'air pincé.

— Vous vouliez de la romance, oui ou non ?

— Certes, mais je n'aime pas quand cela tombe dans le graveleux.

— Sapristi, il n'a fait que lui baiser la main !

— À deux reprises. Après lui avoir ôté son gant. Et je ne vous parle pas de tous ces regards torrides...

Les deux hommes s'empourprèrent. M. Flogg avala son thé d'une gorgée convulsive et M. Fettick entreprit de tartiner de la marmelade sur la base de son scone.

Finalement, après un long silence embarrassé, le premier s'éclaircit sèchement la voix.

— Quoi qu'il en soit, nous pouvons nous féliciter. L'épisode du cygne Larsen a superbement dramatisé cette journée qui s'annonçait un peu plate.

— Oui. Le jeune Lazarus Brady fait un excellent comédien. Son jeu est tout en nuances. Nous pourrons refaire appel à lui.

Ils eurent le sourire satisfait de tout commanditaire qui a payé en dessous du minimum syndical pour un résultat optimal.

— En outre, reprit M. Flogg, nous avons réussi à ralentir la progression de nos deux professeurs. Après une expérience aussi traumatisante, ils vont vouloir se reposer...

— Vous appelez ça « se reposer » ? ricana M. Fettick, ce qui lui valut un froncement de sourcils de son acolyte.

— Par ailleurs, le caladrius est en sûreté, les manuels d'ornithologie se vendent comme des petits pains, les librairies universitaires sont dévalisées et les agences de tourisme annoncent être assiégées de demandes de renseignements.

Gling-gling.

La clochette en cuivre tinta au-dessus de la porte du café. M. Cholmbaumgh fit son entrée et s'arrêta un instant en apercevant son reflet dans le miroir sculpté accroché face à l'entrée. Celui-ci lui renvoyait l'image d'un homme aux yeux cernés, mal rasé et vêtu d'une veste toute chiffonnée.

Il s'approcha et se laissa tomber sur une chaise à côté de M. Flogg.

— Je suis épuisé ! avoua-t-il. J'ai suivi Mlle Pickering, qui s'est rendue à vélo à la faculté, puis est retournée chez elle avant de repartir à la gare. Je suis pour que les femmes avancent dans la société, mais doivent-elles vraiment le faire en pédalant ?

— Mais... quelles sont ces calembredaines ? s'exclama M. Fettick, alarmé. Voyons, à ce stade du récit, Mlle Pickering est censée s'isoler avec M. Lockley afin de partager un moment d'intimité dont nous n'avons nul besoin de connaître les détails salaces. Tout a été soigneusement planifié. Chaque hôtel d'Oxford n'a plus qu'une seule chambre disponible. Et je vous prie de croire que ça nous a coûté bonbon !

— Je n'ai pas compris la moitié de ce que vous venez de dire, admit M. Cholmbaumgh, mais à moins que vous ayez prévu que Mlle Pickering saute dans le train il y a de ça vingt minutes, votre plan a échoué.

— Miséricorde !

M. Fettick lâcha son scone et la marmelade éclaboussa l'assiette. M. Flogg agrippa son chapeau melon d'un geste fébrile.

— La rumeur dit vrai ! Les ornithologues sont des gens impitoyables ! gémit le premier. Comment a-t-elle pu l'abandonner après la scène si romantique qui vient de se dérouler dans le parc ?

— Nous aurions dû écouter les mises en garde de M. Badeau. Je ne m'attendais pas à ce qu'une jolie fille comme ça prenne des initiatives !

— Et Lockley ? Où est-il ?

— Dans le train, dit une voix.

Schreib venait d'arriver.

— Je l'ai suivi jusqu'à la gare et je l'ai vu monter dans le train il y a quelques instants. Il a acheté un billet pour Hathersage.

— C'est là-bas que se rend Mlle Pickering, annonça Cholmbaumgh. Oh, excellente nouvelle ! Ils sont restés ensemble, finalement.

M. Fettick secoua la tête.

— Non, ce n'est pas une bonne nouvelle. La maison de campagne du Pr Gladstone se trouve aux abords de Hathersage.

— Saperlipopette ! s'écria M. Flogg. Qui aurait cru qu'ils nous doubleraient comme ça !

Personne ne répondit, mais dans le silence qui suivit flottèrent les noms d'une longue liste d'enseignants, membres de jury de thèse, étudiants et simples observateurs perspicaces, qui auraient tous pu souffler à M. Flogg qu'il y avait une forte probabilité pour que Beth et Devon soient d'une intelligence au-dessus de la moyenne.

M. Fettick soupira bruyamment.

— Et nous qui pensions les avoir ralentis ! Ils n'étaient pas censés aller tout de suite à Hathersage. Nous avions prévu au moins une semaine de pérégrinations à travers le pays, ponctuées d'aventures rocambolesques et de scènes romantiques !

— Et cette fois, plus question de saboter les rails. Apparemment, c'était un tantinet excessif et cela pose un problème de sécurité publique, dit M. Flogg en levant les yeux au ciel.

— Pourquoi ne pas leur envoyer un autre oiseau magique ? proposa Schreib.

— Non. Si cela devient trop répétitif, les gens vont se lasser. D'ailleurs, je commence à en avoir assez de recevoir des coups de bec, d'avoir les doigts congelés et de manger des plumes. Après l'épisode du vanneau viandard, je ne pourrai plus jamais acheter une bougie parfumée à la vanille. Et c'étaient mes préférées.

— Et si nous leur disions la vérité ? Ils accepteraient peut-être de jouer le jeu ?

— Non. Ce sont des scientifiques. Le risque est trop élevé qu'ils trouvent que l'opération manque d'éthique.

Un silence consterné retomba, seulement troublé par le crissement que faisait M. Flogg en se grattant la moustache.

Soudain, il se redressa.

— J'ai une idée !

À la vue de son sourire rusé, le visage de M. Fettick s'éclaira.

— Oh, je vois les rouages de votre cerveau se mettre en branle, Otis !

— Non, ils valsent, Chester. Ils valsent ! Approchez-vous tous, je vais vous expliquer mon plan. Un vent nouveau va souffler pour les tourtereaux ! Voyons, il va nous falloir...

Il se mit à compter sur ses doigts.

— ... des billets de train, les coordonnées de tous les hôtels de Hathersage, l'adresse du bureau des télégrammes, une information qui nous permettra de faire chanter le policier local, des graines pour oiseaux...

17

Il n'y a pas que les oiseaux qui dansent
pour séduire leur partenaire.

Des oiseaux à travers un verre de sherry,
H.A. QUIRM

Devon avait vu juste en disant que le voyage serait agréable.

À peine furent-ils installés dans le compartiment qu'il ferma le rideau, enleva son manteau, puis s'installa pour faire une sieste. Ravie, Beth eut tout loisir de lire le dernier numéro du magazine *Ibis*.

Une fois le jeune homme réveillé, ils se rendirent dans le wagon-restaurant pour déguster un assortiment de petits fours, des coquilles Saint-Jacques et un filet de cabillaud, le tout agrémenté d'une bonne bouteille de vin.

Quand Beth entreprit de résumer les articles les plus intéressants qu'elle venait de lire dans la revue d'ornithologie, Devon l'écouta avec une extrême concentration.

Un sourire aux lèvres, il ne la quittait pas des yeux. Il semblait même boire ses paroles, et elle finit par se dire qu'en dépit des apparences il était un scientifique sérieux et très impliqué dans sa discipline.

Il n'était cependant guère prudent de s'attarder sur lesdites apparences. Car comment ne pas remarquer la douceur de ses paupières encore lourdes de sommeil, sa bouche humide et rosie par le vin qui brillait dans la lumière des lampes, et cet index qui glissait lentement contre le verre en cristal ?

Cette vision éveilla de drôles de papillons en Beth, si bien qu'elle commença à douter de la fraîcheur des coquilles Saint-Jacques.

Quel effet cela ferait-il de sentir ce doigt caresser l'endroit de son corps où siégeaient ces palpitations ? Aurait-elle le courage de lui proposer de tenter l'expérience ? Et le cas échéant, accepterait-il ?

Il but une gorgée de vin et son sourire dispersa l'intellect de Beth aux quatre vents.

— Oui, dit-il.

— Je... je vous demande pardon ?

— Quelle que soit la question qui flotte dans vos yeux, la réponse est « oui ».

— Mais... vous ne savez pas à quoi je pense.

Posant son verre, il se pencha vers elle.

— Je vous dirai toujours oui, mademoiselle Pickering.

Le cerveau et le cœur en ébullition, Beth tenta en vain de retrouver un peu de raison, jusqu'à ce qu'elle en ait le vertige.

Mais elle avait survécu à deux soutenances de thèse et réussit à puiser en elle la force de répondre :

— Tant mieux, parce que je veux le dernier petit four.

— Je vous en prie, dit-il en souriant.

Un peu plus tard, ils descendirent dans une gare du Suffolk pour prendre une correspondance, et chacun acheta un exemplaire du journal du soir.

Une fois installés dans le train, ils se plongèrent dans leur lecture en espérant échapper aux banalités de la conversation. Mais cette crainte les abandonna dès qu'ils découvrirent le titre qui figurait à la une :

Encore un exploit des deux inséparables !

Dans les deux premiers paragraphes, l'article retranscrivait la capture du cygne Larsen. Les cinq suivants étaient consacrés à l'analyse poussée du baisemain.

On précisait aussi leurs profils. La professeure Beth Pickering était décrite comme « la femme la plus intelligente d'Angleterre », qui rentrait d'un périple au fin fond de l'Europe durant lequel elle avait traqué les oiseaux les plus dangereux.

Quant au Pr Devon Lockley, il était dépeint comme « le beau gosse de l'ornithologie », qui faisait chavirer les cœurs des deux côtés de l'Atlantique.

Beth commença à hyperventiler. Par réflexe, elle chercha du regard une théière. Mais comme cette fois son nom était correctement orthographié et que l'article comportait une illustration montrant Devon en train de lui baiser la main, elle aurait surtout eu besoin de chloroforme.

Face à elle, Devon se mordait la lèvre et faisait de gros efforts pour ne pas rire. Elle songea à l'abandonner là pour aller s'asseoir ailleurs. Malheureusement, le train était bondé.

Elle envisagea alors de le réprimander, mais il aurait fallu parler de l'article, et l'idée d'avoir une discussion si intime dans un espace confiné la terrifiait. Elle aurait presque préféré l'embrasser.

Elle risqua un coup d'œil dans sa direction et, à l'intensité de son regard, devina qu'il était à peu près dans les mêmes dispositions.

Aussitôt elle se retrancha derrière son journal et passa la demi-heure suivante à faire semblant de lire pendant que son cerveau rêvassait aux baisers du beau gosse de l'ornithologie. Bientôt, sa respiration se fit aussi saccadée que le bruit du train.

Ils atteignirent le pittoresque village de Hathersage en fin d'après-midi. Sur le quai, leurs valises à leurs pieds, ils contemplèrent en silence les lueurs rougeoyantes du couchant qui caressaient les collines et chassaient les ombres fantomatiques sous les grands frênes, faisant miroiter çà et là dans la campagne les vitres d'une habitation isolée.

Après ces longues heures de voyage, des parfums d'herbe, de pierre chauffée au soleil et de poussière réveillèrent leurs sens.

— Magnifique ! souffla Beth.

— Superbe, acquiesça Devon.

— Il doit avoir une envergure de plus d'un mètre quatre-vingts, si nous pouvons le voir à cette distance.

Devon plissa les yeux pour mieux voir l'énorme busard qui survolait le paysage bucolique.

— *Buteo colossæus*, murmura-t-il. Capable de tuer une vache d'un seul coup de serres.

Ils exhalèrent un soupir béat. Beth avait des démangeaisons dans la main tant elle avait envie de dessiner l'oiseau, et Devon remuait inconsciemment les doigts en s'imaginant en train d'étudier une longue plume brune.

Un mètre les séparait, mais ils frissonnèrent comme si leurs mains s'étaient frôlées.

— Les gens du coin l'appellent Petit Jean. C'est le seul survivant de son espèce. Il est trop vieux maintenant pour représenter un quelconque danger pour le bétail. Le Pr Gladstone paie les fermiers pour qu'ils ne lui tirent pas dessus, et chaque été il vient poursuivre son étude longitudinale du spécimen.

— Où habite-t-il ? s'enquit Devon d'un ton naturel alors que son regard disait : « Je veux effectuer une étude longitudinale de votre corps. »

Beth déglutit avec difficulté.

— À environ huit cents mètres à l'ouest du village.

— Huit cents mètres ? Avec ces chaussures ? protesta-t-il en baissant les yeux sur ses bottes à semelles épaisses, avec lesquelles il avait écumé une bonne partie du continent américain.

— De mon côté, j'ai perdu mon chapeau en capturant le cygne Larsen et je vais attraper un terrible coup de soleil, se lamenta Beth.

Ils échangèrent un regard.

Dix minutes plus tard, ils entraient, haletants, dans la taverne de Hathersage, le George, après avoir presque couru jusqu'à l'établissement.

La patronne consulta son registre.

— Naturellement, nous pouvons vous recevoir. Un télégramme est arrivé cet après-midi pour réserver la plupart de nos chambres, mais heureusement il nous en reste une ! Elle dispose d'une excellente vue sur le ciel, au cas où un oiseau intéressant passerait par là.

Beth se mordit la lèvre et Devon soupira.

— Vous savez qui nous sommes ? demanda-t-il d'un ton las.

— Oui ! Vous êtes les orthonilogues dont parlait le journal de ce matin. Vous étiez rivaux jusqu'à ce que vos yeux se croisent dans un musée au-dessus d'une vitrine qui exposait les ossements d'un dodo !

— D'accooord..., murmura Devon.

— Si nous vous racontons comment cela s'est vraiment passé, y aura-t-il une autre chambre disponible ? hasarda Beth.

L'aubergiste éclata d'un rire saccadé semblable au cri du kookaburra d'Australie marquant son territoire – ce qui éradiqua tout espoir d'avoir une conversation rationnelle.

Ils la suivirent dans l'escalier.

— Et voilà ! dit l'aubergiste en ouvrant une porte.

Du seuil, Beth et Devon jetèrent un coup d'œil à l'intérieur.

Au milieu de la vaste chambre illuminée de chandelles trônait un grand lit recouvert d'une courtepointe blanche parsemée de pétales de rose. Leur parfum ne « flottait » pas dans l'air, mais s'exhalait avec une force d'au moins 7 sur l'échelle de Beaufort.

— Par le plus grand des hasards, notre seule chambre disponible est la suite nuptiale, précisa l'aubergiste d'un air complice. La bouteille de champagne sur la table de chevet est offerte par la maison, et je vais vous faire monter un bon dîner. Vous pouvez signer des autographes sur tout ce que vous voulez.

Elle s'éloigna d'un pas alerte, laissant Beth et Devon décontenancés.

— Pourquoi ai-je le pressentiment qu'elle sera ce soir de l'autre côté de la porte, l'oreille collée à un verre ? fit Devon d'un ton sec.

Beth rougit violemment.

Il soupira.

— Je vous demande pard...

— Chuuut !

Il se rendit compte qu'elle regardait ailleurs, à l'autre bout du couloir. D'un geste vif, elle le saisit par la manche et le tira derrière la porte.

Il jeta un coup d'œil prudent au ras du battant.

Un gentleman était en train de sortir à reculons de la chambre la plus éloignée, vêtu d'une courte robe de chambre en soie qui révélait ses jambes poilues.

— Un peu de patience, ma douce *Liebling*, dit-il à une personne qui se trouvait à l'intérieur. Je vais juste nous chercher une autre bouteille de vin.

— Oberhufter ! souffla Devon, stupéfait.

— Sapristi, oubliez le vin et revenez au lit, bougre d'imbécile ! Je n'en ai pas fini avec vous ! clama une voix féminine.

Beth pâlit. « Hippolyta ! » voulut-elle crier, mais sa voix semblait s'être cachée sous une couverture et refusait d'en sortir.

— *Mein Gott*, quelle insatiable créature !

Dénouant la ceinture de sa robe de chambre, Oberhufter retourna dans la chambre. La porte claqua.

Devon demeura coi, l'esprit sans doute assailli d'images atroces. Beth se frotta le front, comme si cela pouvait l'aider à dompter sa propre imagination.

— Hippolyta m'avait dit qu'elle allait dans les Cotswolds...

— Donc, elle a menti.

— Mais... que font-ils ici ?

— Ça me paraît évident. Ils sont venus faire la même chose que nous.

— Oh ! Comment osez-vous...

— Je veux dire : rendre visite à Gladstone, ajouta le jeune homme, malicieux.

— Ah. Oui, bien sûr. Et il faut absolument que nous arrivions là-bas avant eux.

Il y eut quelques secondes de silence.

— Demain matin ? À la première heure ? suggéra Devon.

Beth comprit que ce n'était pas la vraie question. Après tout, elle n'était pas stupide. Et elle répondit sans hésiter :

— Oui.

Un rire gras s'échappa alors de la chambre au bout du couloir. Beth fit la grimace.

— En revanche, nous n'allons pas pouvoir rester ici. Désolée, dit-elle.

— Je suis d'accord.

Sans attendre, Devon attrapa leurs valises, prit Beth par la main et l'entraîna dans l'escalier. Ils passèrent devant l'aubergiste ahurie, puis se retrouvèrent dehors, dans la fraîcheur du soir.

Beth se demanda si Devon était aussi dirigiste dans tous les types de situations et, dans une bouffée de vice, se surprit à regretter le grand lit de la suite nuptiale.

— Par ici, dit-il en tournant dans une rue sur leur droite.

Puis, un quart d'heure plus tard :

— Par là.

Mais c'était peine perdue. Ils ne trouvèrent que deux autres auberges, dont toutes les chambres avaient été réservées par télégramme dans l'après-midi.

Enfin, ils furent dirigés vers une pension de famille, où la logeuse se laissa amadouer par leurs mines déconfites (et la promesse de payer double).

— Nous sommes complets, annonça-t-elle en les faisant entrer dans un vestibule lambrissé de bois sombre. Néanmoins, il me reste une pièce. Malheureusement, il y a un problème de lit…

*

— Zéro. Pas même un lit.

Devon secouait la tête face à ce qui semblait être un bureau inutilisé, qui contenait juste une robuste table en chêne et une commode.

— Mais nous avons des coussins, lui rappela Beth, qui en avait plein les bras. Ainsi qu'une couverture. Nous pouvons…

— Ça ne conviendra pas pour cette nuit.

Il la transperça d'un regard si torride qu'il aurait pu faire fondre des rails aussi efficacement qu'un pyro-pinson. Beth chercha désespérément une repartie spirituelle dans son catalogue personnel, mais ne trouva que les vestiges poussiéreux d'une blague qu'elle avait osé raconter en 1887.

Son regard devait être plus éloquent. Accédant à sa requête muette, Devon s'approcha et prit son visage entre ses mains. Elle lâcha les coussins et, prenant de vitesse la narration qui préparait ses métaphores, ils s'embrassèrent.

La bienséance fut sur-le-champ immolée. Beth eut un élan instinctif vers Devon, comme si elle retrouvait sa maison. Elle le saisit par les revers de son manteau pour attirer sur son cœur sa fougue et sa force virile.

Il l'enlaça, et ce fut comme s'il embrassait sa timidité, ses doutes, ses désirs, et les quelques notions théoriques qu'elle avait sur la manière dont un homme est censé faire sa cour.

Tandis que leurs langues se caressaient dans une secrète obscurité, Beth eut l'impression que son squelette se dissolvait en une substance semblable à de l'or liquide. Sa passion décupla et elle sut qu'un siècle de cette incroyable magie ne lui suffirait pas.

S'ils avaient été interrompus en cet instant par l'apparition du caladrius dans la pièce, elle l'aurait abattu sans sourciller.

Peu à peu, leur baiser devint plus doux, alors que la passion tempétueuse s'effaçait devant les sentiments. Devon ôta les épingles de la chevelure de Beth, qui se déroula en vagues brunes. Sa tendresse et son émotion la mirent au bord des larmes.

Toutes ces années de solitude s'évaporèrent.

La bouche de Devon abandonna la sienne pour tracer dans son cou un sillage humide, puis remonta sur ses joues boire les larmes qui y coulaient.

Pour la première fois de sa vie si riche en succès académiques, elle comprit ce qu'était le véritable bonheur.

Dehors, la nuit avait avalé le monde. Dans la pièce faiblement éclairée d'une unique lampe, on n'entendait que le sifflement du vent qui s'infiltrait dans les interstices autour de la fenêtre. Mais ni l'un ni l'autre n'y prêtait attention.

Sans cesser de s'embrasser, ils emmêlèrent leurs mains pour enlever le manteau de Devon et déboutonner sa chemise. Beth frôla son torse dénudé et sourit en percevant les battements précipités de son cœur. La pâleur de ses doigts à elle tranchait sur sa peau bronzée.

Sur son pectoral gauche était tatouée une inscription en grec ancien : « Quand le vent souffle, adore le vent », traduisit-elle en suivant du doigt le tracé des lettres.

— Pythagore, murmura-t-elle, sous le charme.

Devon glissa un index sous son menton pour lui relever la tête.

— Laissez-moi admirer cette magnifique intelligence, murmura-t-il, la voix rauque de désir.

— C'est vous, je crois, qui avez besoin d'un dictionnaire. L'intelligence est désincarnée, elle ne peut pas être belle.

— Vous chipotez.

Il reprit sa bouche.

Toc-toc-toc !

Ils sursautèrent et se cognèrent la tête.

— Aïe !

— Ouille !

Toc-toc-toc-toc !

Beth jeta un regard perplexe autour d'elle. Cela ressemblait au bruit du pivert géant du Saint-Laurent, mais l'espèce endémique vivait sur l'île du Prince-Édouard, très loin du Peak District.

Frottant son menton meurtri, Devon se dirigea vers la porte.

— Attendez ! le rappela Beth. Votre chemise…

Il se reboutonna rapidement, glissa les pans de coton sous sa ceinture. Puis, avec une brusquerie qui trahissait son irritation, il ouvrit grand la porte.

Sur le seuil, la logeuse recula en poussant un petit cri de surprise.

En une fraction de seconde, Devon se ressaisit et déploya son arsenal de charme, passant la main dans ses cheveux bruns d'un geste désinvolte.

— Oui, que puis-je pour vous ? s'enquit-il avec un sourire obligeant.

La femme rougit.

— Eh bien... En fait...

Elle tenait à la main un journal plié. Un soupir gonfla la poitrine de Beth, et Devon eut une réaction similaire.

— Je venais vous prévenir que finalement... j'ai une chambre pour vous... monsieur et madame Smith.

Elle leur fit un clin d'œil appuyé. Beth comprit que le faux nom qu'ils avaient inscrit sur le registre ne l'avait abusée que le temps qu'elle lise leur portrait dans le journal du soir.

Devon tourna la tête pour l'interroger du regard, avec des insinuations si scandaleuses dans l'œil qu'elle en eut des vapeurs.

— C'est très gentil, dit-elle poliment à la logeuse. Par hasard... cette chambre comporterait-elle deux lits ? Car nous sommes de simples collègues et voyageons en tout bien tout honneur.

Comme si elle n'avait pas les cheveux en bataille et les lèvres gonflées par les baisers. Comme si sa réputation n'était pas déjà en lambeaux et son renvoi de l'université imminent. Comme si toute la communauté ornithologique ne se régalait pas des articles qui étalaient au grand jour son inconduite choquante. Embrasser un homme ! Partager une chambre avec lui ! Sortir dans la rue sans chapeau !

La bienséance faisait peut-être la révérence devant les rois (et se prosternait devant Hippolyta Quirm et Herr Oberhufter), mais elle exigeait un comportement irréprochable des jeunes enseignantes anglaises.

Pourtant, quand la logeuse s'excusa de n'avoir qu'un seul lit disponible, Beth éprouva dans le secret de son âme un délicieux ravissement érotique.

— Avant que nous descendions au rez-de-chaussée, auriez-vous l'amabilité de signer un autographe ? demanda la femme en tendant le journal d'une main et un stylo de l'autre.

— Bien sûr, acquiesça Beth en prenant le stylo.

La femme recula d'un pas et tourna la tête vers le couloir.

— Ils acceptent !

Aussitôt une petite foule de gens déboula en chemise de nuit et robe de chambre. Tout excités, ils brandissaient des stylos. Les questions fusèrent : « Pensez-vous que le caladrius se trouve à Hathersage ? » « Comment faire pour devenir optilogue ? » « Quand allez-vous vous marier ? »

Beth et Devon signèrent des autographes en distribuant à la ronde ces généralités opaques qui viennent naturellement aux professeurs quand ils n'ont aucune idée de ce qu'il faut répondre.

Dix minutes plus tard, chacun avait reçu son autographe, et le caladrius était quasiment devenu une gloire locale. Les mensurations de Devon avait été tellement appréciées qu'on avait été à deux doigts de sortir un mètre ruban.

Enfin la petite assemblée se dispersa de mauvaise grâce.

Beth se laissa aller contre le mur, et Devon se frotta le visage avec lassitude.

— Maintenant, venez vous installer, les pria la logeuse, qui attendit que Devon aille chercher les valises pour glisser à l'oreille de Beth : Ne vous inquiétez pas, ma chère. Ici, à Chattering Elm Cottage, la discrétion est de mise. Je ne soufflerai mot à quiconque de votre venue. À propos, allez-vous faire un grand mariage à l'église ou juste une cérémonie intime dans un jardin ?

Beth visualisait déjà les manchettes dans la presse du lendemain. Elle réussit à ravaler le soupir qui lui montait dans la gorge.

— Il serait présomptueux et *a fortiori* peu judicieux de se perdre en hypothèses superflues sur les probabilités matrimoniales d'une relation émergente dont la pérennité semble plus qu'aléatoire, ne croyez-vous pas ?

— Eh bien...

Devon rompit le silence ébaubi :

— Nous y allons ?

La logeuse les conduisit jusqu'à une chambre située à l'arrière de la maison. Éclairée de lampes à gaz, elle était accueillante et confortable. Les draps fraîchement lavés sentaient le propre. Mais il sautait aux yeux qu'il s'agissait d'une chambre d'enfant.

— Ma fille a très volontiers accepté de vous la prêter pour la nuit, expliqua leur hôtesse.

À la vue des jouets entassés dans un coin de la pièce, des rideaux roses à volants et du jeté de lit imprimé de chatons et de papillons, Beth sentit s'envoler ses couleurs, son appétit et ses désirs lubriques.

— Je vais vous apporter un plateau-repas, dit encore la femme. Ce soir, la saucisse est à l'honneur.

— Plus tellement, maintenant…, marmonna Devon dans sa barbe.

La logeuse feignit de n'avoir rien entendu et s'éclipsa en souriant, le journal pressé contre son cœur, laissant les deux ornithologues plus abattus qu'un couple de merles sous l'averse.

18

L'ornithologie, ça ne se limite pas à courir partout avec un filet. Parfois il faut savoir rester sagement assis pour regarder un oiseau ouvrir son cœur et ses ailes.

Des oiseaux à travers un verre de sherry,
H.A. QUIRM

La brise du soir avait forci et jouait une sérénade éplorée à la lune ennuagée. Assis en tailleur sur le petit lit, Beth et Devon dînaient, leurs assiettes posées sur les genoux.

Beth s'était retranchée dans sa timidité, et la conversation roula uniquement sur la nourriture et la météo, jusqu'à ce que Devon soit terrassé par l'ennui.

— Je suppose que votre chambre d'enfant ressemblait à celle-ci, dit-il enfin, soucieux d'éviter toute discussion ayant trait aux ouragans ou aux saucisses.

À l'expression qui s'inscrivit sur les traits de la jeune femme, il comprit qu'il n'avait pas choisi le bon thème.

— Pas vraiment, murmura-t-elle.

Mettant de côté son assiette vide, elle frotta ses mains contre ses cuisses et se mit à fixer le mur avec une telle intensité qu'on aurait pu croire que le caladrius était perché de ce côté-là.

Un gentleman aurait changé de sujet. Et Devon aimait croire qu'il subsistait en lui quelques élans chevaleresques, même s'ils ressemblaient à un temple délabré enfoui sous une végétation pourrissante. D'un autre côté, il avait aussi passé beaucoup de temps en Amérique, un continent dont l'histoire aurait été tout autre si les gens y avaient été du genre à changer de sujet au moment où la conversation devenait intéressante.

— Non ? fit-il en gobant un bout de saucisse.

Il attendit la réponse sans quitter Beth des yeux, une technique éprouvée auprès de ses étudiants. De fait, après un petit moment de silence tendu, elle capitula.

— On m'a envoyée en pension dans le Surrey quand j'avais cinq ans. J'étais la plus jeune élève, la plus brillante, *et cætera*. Nous dormions dans un dortoir, évidemment. Il n'y avait ni jouets ni rideaux à volants roses.

Elle se focalisa sur un fil qui dépassait de sa manche et, dans son silence douloureux, Devon entendit tout ce qu'elle omettait - le chagrin, la solitude, les difficultés.

Il piqua sa fourchette dans un autre morceau de saucisse.

— Mais plein d'oiseaux, j'imagine ?

Comme il l'avait espéré, elle retrouva le sourire.

— Oh oui ! Partout. Le Surrey est un excellent terrain d'observation.

Elle eut un soupir rêveur et son regard s'adoucit tandis qu'elle plongeait dans ses souvenirs. Puis elle cligna des yeux et revint au présent.

Une vague d'émotion assaillit Devon.

— Vos yeux sont comme un ciel strié par les ailes d'oiseaux sauvages, murmura-t-il.

— Mes yeux sont striés ?

Il sourit.

— Je veux dire... étoilés de magie. Enfin, je voulais juste vous adresser un compliment.

Elle rougit, bien sûr, et il la trouva adorable.

Tandis qu'elle s'acharnait sur le fil qui dépassait de sa manche, il récupéra les assiettes sales et se pencha pour les déposer sur la table de chevet.

Puis il se redressa et l'embrassa.

Elle se raidit un instant, sans chercher à le repousser. Puis, comme il baisait doucement ses lèvres pour l'inciter à ouvrir la bouche, elle se détendit, s'alanguit et se mit à trembler, vacillant sur le fil du désir où lui-même essayait de garder son équilibre. Il n'était pas question de s'y laisser aller dans une chambre d'enfant, bien sûr. Même lui n'était pas dépravé à ce point. Aussi s'écarta-t-il après avoir déposé un bref baiser sur son front.

Elle soupira.

— Je vais dormir par terre, dit-il en ébauchant un mouvement.

Elle le retint par le bras avec une poigne surprenante.

— La nuit est fraîche. Il vaut mieux partager le lit. Si nous gardons nos habits, il ne se passera rien.

— Mon ange, il y a vraiment des lacunes dans votre éducation.

— Je... je vous fais confiance.

Il devait vraiment l'avoir corrompue pour qu'elle se montre aussi cruelle envers lui. Son cœur misérable et affamé d'amour tomba à genoux et se mit à sangloter intérieurement. Il se retint de bondir hors de la chambre pour s'enfuir dans la nuit en hurlant de frustration.

— Il fait froid, insista-t-elle d'une voix étouffée.

Il comprit alors que sous ces salamalecs polis se cachait une solitude éperdue, assoiffée d'affinités, semblable à celle qu'il dissimulait sous son masque de cynisme.

Bien qu'on le considère comme un génie, Devon ne se sentait pas du tout supérieur aux autres. C'était juste son cerveau qui semblait fonctionner sur une fréquence différente – et bien moins confortable.

Pour la plupart des gens, un vol d'oiseau n'était qu'un simple battement d'ailes. Devon avait appris à ne pas parler de tourbillon ascendant ou de trajectoire balistique, à taire l'euphorie qui montait en lui quand il regardait un aigle cracheur de feu prendre son essor. La plupart des ornithologues finissaient par se lasser de ces prodiges.

Aussi évoluait-il dans le monde en proie à une perpétuelle insatisfaction et s'efforçait-il de tisser des liens avec les autres en les faisant rire, ou en les sauvant d'un oiseau mortel, ou en forniquant aussi souvent que possible.

Cela ne marchait jamais, car il ne donnait qu'une infime partie de lui-même et personne ne réclamait jamais davantage. Sauf ses professeurs bien sûr, qui avaient été enchantés par sa soif d'apprendre, mais s'étaient aussi évertués à le couler dans un moule trop petit pour lui, si bien qu'au bout du compte, ça ne changeait pas grand-chose.

Seuls Gabriel et Amélia étaient aptes à suivre le cheminement accidenté de sa pensée. Hélas, il avait peu fréquenté ses cousins puisqu'il était parti en Amérique à l'âge de quatorze ans. En outre, ni l'un ni l'autre ne s'intéressaient aux oiseaux, qui étaient au cœur de son cœur.

Beth était donc la première personne qu'il rencontrait à parler la même langue que lui. En sa présence, les choses qui composaient l'univers semblaient s'aligner en ordre parfait. Elle était belle, sexy sans le vouloir, et naturellement cela le séduisait. Mais ce n'était qu'une petite partie de ce qu'il ressentait.

Il éprouvait aussi pour elle une attirance purement intellectuelle qui affectait ses fonctions cérébrales, sa démarche, et jusqu'à sa respiration. Quelques jours auparavant, il avait eu une érection rien qu'en l'entendant prononcer les mots « *Mandibular rostrum* ».

— Réchauffons-nous, alors.

Résigné à endurer ce calvaire platonique, il l'entoura de ses bras et la coucha sur le lit.

Ils repoussèrent la courtepointe de leurs pieds, la ramenèrent sur eux, se trémoussèrent pour tirer qui sur une jambe de pantalon tire-bouchonnée, qui sur une manche retroussée, s'emmêlèrent avec maladresse dans les plis de la couverture...

Devon se sentit vite émoustillé, mais fut surtout troublé par leurs éclats de rire. Même s'il la désirait comme un fou, il avait encore plus envie de tenir dans ses bras sa douceur parfumée à la lavande.

Il la voulait elle, son ange, sa si brillante rivale, son amie.

De plus, quel homme aurait fait l'amour à une femme sous le regard pervers d'une collection de poupées en porcelaine ?

Enfin, tranquilles et blottis l'un contre l'autre dans une chaleur douillette, ils se dévisagèrent dans la lumière dorée de la lampe. Le monde extérieur s'était évanoui. Devon n'aurait su dire ce qu'il voyait de si fascinant dans les yeux de Beth Pickering, il savait juste qu'il se moquait de tout le reste.

Il ne s'était jamais attaché si vite à une femme. Avec elle, il avait l'impression de se bonifier. Elle l'arrachait à l'emprise de son cynisme et l'emportait vers un bonheur contre lequel ses moyens de défense habituels ne pouvaient rien. Peut-être parce qu'il ne voulait pas s'en servir ?

Ce bonheur, il l'accueillait.

Il lui caressa les cheveux jusqu'à ce qu'elle s'assoupisse, puis continua à la contempler, alors que son souffle paisible et léger comme une plume lui chatouillait le visage.

— Je vous aime, chuchota-t-il en fermant les yeux, happé par le sommeil.

Et derrière ses paupières closes, Beth, qui était éveillée, enlaça précieusement son cœur en veillant à ne pas le briser en mille éclats scintillants.

*

Une femme peut se retrouver dans l'embarras en maintes occasions. Quand elle n'a pas de protection menstruelle sous la main. Ou quand elle se rend compte en rentrant chez elle qu'elle a un morceau de laitue coincé entre les dents depuis le déjeuner.

Mais il n'y a rien de pire que de se réveiller dans les bras d'un séduisant rival qui vous a tourneboulée au point de vous faire oublier la décence la plus élémentaire.

Cela semblait peut-être romantique de prime abord, mais encore fallait-il s'être brossé les dents au préalable.

Anxieuse, Beth scruta le visage de Devon, à quelques centimètres du sien. Dormait-il ? Allait-il se réveiller si elle bougeait ? N'était-il pas le plus beau spécimen masculin sur terre depuis la création de l'univers ?

Faute de réponse à ces questions, elle décala ses jambes vers le bord du lit, puis recula le buste. Le bras de Devon, qui reposait en travers de sa poitrine, glissa jusqu'à ce que seule sa main la touche encore.

Retenant son souffle, elle recula encore. La main de Devon retomba sur le matelas. Ses paupières frémirent, mais il n'ouvrit pas les yeux.

Rassurée, Beth s'écarta davantage...

... et tomba du lit.

N'osant plus respirer, elle tendit le cou pour jeter un coup d'œil à Devon. Il dormait toujours (vraiment, c'était inique qu'un homme soit aussi beau). À quatre pattes, elle traversa la pièce aussi silencieusement que possible, ce qui n'allait pas de soi avec une robe longue, des jupons et un corset.

Enfin elle atteignit sa valise, se releva en la pressant contre sa poitrine et fila vers la porte sur la pointe des pieds, tout en jetant des regards inquiets en direction du lit. Elle ne vit donc pas la maison de poupée qui se trouvait sur son passage et la heurta du pied. Les minuscules volets claquèrent. À l'intérieur, des petits meubles en bois se renversèrent...

Beth se figea sur place, mais Devon ne bougeait toujours pas. Les mèches brunes sur son front ne frémissaient pas, sa bouche restait incurvée dans un rêve de sourire. Alors, en dépit de son cœur subjugué, Beth se glissa hors de la chambre.

*

Devon attendit que la porte se referme avant de rouler sur le dos.

Il se passa la main dans les cheveux et, les yeux rivés au plafond, contempla les papillons peints là-haut, en proie à un intense sentiment de désolation.

Il savait bien qu'elle finirait par l'abandonner. Comme tout le monde. Une femme sensible et intelligente comme Beth Pickering n'avait aucune raison d'agir autrement, et il ne pouvait que saluer son bon sens, même si cela faisait un mal de chien.

Il l'aimait. C'était extraordinaire. Il la connaissait à peine, et pourtant c'était la vérité. Il avait étudié cette idée sous tous les angles, l'avait opposée à plusieurs lois comportementales, avait sollicité l'avis du scepticisme, avant d'aboutir à la conclusion qu'il l'aimait à la folie, de toute la force de son cœur écorché.

Son père aurait certainement fait les gros yeux, puisqu'il considérait que les émotions constituaient un obstacle à toute carrière scientifique. Et sa tante Mary aurait eu besoin de son flacon de sels. Elle avait toujours souhaité qu'il épouse une gentille Américaine et qu'il s'installe définitivement aux États-Unis, là où le bruit de ses frasques n'aurait aucune chance de les atteindre, elle et son club de jardinage. Quant à Gabriel, il...

Oups. Gabriel.

Devon laissa échapper un grognement. Il avait complètement oublié son cousin qui devait le maudire en songeant à la conférence qu'il avait loupée à Londres pour ses beaux yeux.

Il lui devait ses plus plates excuses, le remboursement de ses frais de voyage, et peut-être une déclaration signée attestant que Gabriel Tarrant était ce qui se faisait de mieux en matière de cousinage.

Mais cela attendrait. Dans l'immédiat, Devon avait plus important à faire.

Interroger Gladstone pour savoir où se trouvait le caladrius.

Capturer l'oiseau.

Recevoir le titre d'Ornithologue de l'année.

Et mettre en œuvre tout ce qui serait nécessaire – y compris renoncer aux trois précédents projets – pour gagner le cœur de Beth Pickering.

Ce qui impliquait de la rattraper.

Il jaillit hors du lit, fit une toilette de chat et enfila des vêtements propres. Moins de dix minutes plus tard, il descendait l'escalier.

Elle était là.

Face à la porte de la salle à manger, elle se mordillait le pouce d'un air angoissé.

Elle ne l'avait pas abandonné.

Elle était juste descendue prendre son petit déjeuner. Ou, plus exactement, elle s'efforçait de trouver le courage d'entrer dans la pièce où de nombreux clients étaient déjà attablés.

Devon sourit. Si ces gens avaient été des oiseaux, elle serait entrée depuis longtemps et il aurait quitté la pension sans la recroiser.

Mais Dieu merci, c'était une introvertie.

Penchant la tête de côté, il l'observa. La jolie robe à fleurs avait disparu. Avec sa jupe beige toute simple et son chemisier blanc, elle était l'image même de l'enseignante posée et sérieuse. Enfin, si on faisait abstraction de ses cheveux qui ruisselaient dans son dos, vu qu'il lui avait enlevé toutes ses épingles la veille et que celles-ci devaient toujours joncher le plancher du petit bureau.

Il sentit des picotements dans les doigts au souvenir du moment où il les avait enfouis dans ces longues mèches, et son pantalon commença à le serrer (appelé à la rescousse, son cerveau fit défiler dans sa tête des images du caladrius, en pure perte).

Elle ne l'avait pas abandonné. Elle n'avait pas voulu le fuir avant qu'il ait le temps de lui demander plus que du sexe. Elle n'était pas partie sans un regard alors qu'il se tenait sur le pont d'un vapeur transatlantique, ravalant ses larmes, effrayé, tout génial fût-il.

Secouant la tête, il se ressaisit et s'approcha d'une démarche nonchalante.

— Bonjour, mademoiselle Pickering.

Elle ne sursauta pas comme il s'y attendait, et lui jeta un bref regard.

— Bonjour, monsieur Lockley.

Ah, très bien. Elle voulait la jouer comme ça. Le sourire de Devon s'élargit. Elle ignorait sans doute que la froideur était un appeau à vauriens.

Les mains dans les poches, il lui donna un petit coup de coude.

— Bien dormi ?

— Très bien.

Puis ses bonnes manières la rattrapèrent.

— Et vous ? ajouta-t-elle d'une voix plus douce.

— À merveille.

— Oh, tant mieux. Néanmoins, je tiens à clarifier une chose. Ce qui s'est passé hier soir était une aberration due au stress de la compétition. Cela ne se reproduira pas. Vous êtes d'accord, n'est-ce pas ?

— Bien sûr. De toute façon, je n'embrasse jamais une femme deux fois de la même manière.

Elle voulut le fusiller du regard, mais se décomposa en se rendant compte que son visage était tout proche du sien. Leurs regards se nouèrent et il la vit fondre, là, sous ses yeux. Il sut qu'il aurait pu l'embrasser là, dans le hall, et qu'elle se serait laissé faire. Mais il préféra lui offrir son bras.

Elle y posa la main et, en vrai gentleman, il l'escorta dans la salle à manger.

*

Beth suivit Devon dans une sorte d'état second.

Un quart d'heure plus tôt, elle avait pris une décision irrévocable : bien que follement attirée par cet homme, elle ne pouvait concevoir que ce fût réciproque – étant donné qu'elle était une vilaine petite chouette et, lui, un voyou expérimenté. Or elle était tout près de perdre la tête (sans parler de sa virginité). Aussi, même s'il aurait été raisonnable de poursuivre leur collaboration sur le plan professionnel, la logique la faisait aboutir à la même conclusion qu'à la gare de Canterbury : il lui fallait oublier toute idée de romance et se concentrer sur ♥ la chaire ! ♥.

Alors comment était-elle passée en un clin d'œil de « La Nécessité Absolue de Poser une Limite Claire à M. Lockley » à ces frissons languides qui menaçaient de la décérébrer ?

C'était un mystère confondant. Et ce qui l'était encore plus, c'était qu'elle n'avait pas vraiment envie de résoudre cette énigme.

Non, elle avait surtout envie de... Devon.

À leur entrée dans la salle à manger, les conversations cessèrent brusquement autour de la grande table. Dix têtes se dressèrent au-dessus des journaux et des tasses de café. Mais fixer les gens était mal élevé et, en bons Anglais, les convives s'empressèrent de détourner le regard.

Toutefois on entendit assez de « hum, hum » et de froissements de papier pour comprendre que cette politesse était un couvercle pudiquement posé sur une masse grouillante d'exclamations scandalisées.

Beth et Devon gardèrent le silence. Parler n'aurait servi à rien. La presse du jour (au moins trois journaux) avait déjà laminé leur réputation – du moins celle de Beth, car dans sa position de canaille, Devon venait plutôt de prendre du galon.

ESCAPADE À TIRE-D'AILE DANS LE DERBYSHIRE

L'AMOUR EST AU MENU
POUR LES CHASSEURS DE CALADRIUS

SOURIEZ MLLE PICKERING,
LE PETIT OISEAU VA SORTIR !

Beth avait l'estomac chahuté, et ce n'était pas seulement à cause de l'odeur du bacon frit.

— Venez, chuchota Devon avant de l'entraîner – en douceur – vers la desserte.

Il prit une assiette puis, avec une pince en argent, désigna un plat de tomates farcies.

— Cela vous tente ?

Beth connut un instant de stupeur lorsqu'elle comprit qu'il avait l'intention de la servir. Tout son vocabulaire s'effaça dans un éblouissement. Personne n'avait jamais eu cette attention envers elle, à part les gens payés pour le faire. Et à en croire le regard nerveux de Devon, c'était la première fois qu'il se livrait à ce genre d'exercice.

« Je vous aime. »

Le souvenir de ces mots chuchotés au bord du sommeil avait transformé son ébahissement étincelant en un paysage de clair de lune enneigé : romantique et effrayant à la fois. Elle aurait pu rester éveillée des heures la veille à imaginer qu'il disait vrai et à fantasmer sur l'avenir... Mais quand elle le regardait désormais, quand elle voyait ses yeux noirs comme les ailes d'un corbeau, ses traits si bien ciselés et... Où voulait-elle en venir, déjà ? Ah oui. Dans la clarté lucide du matin, il était évident qu'il avait marmonné dans son sommeil et dit quelque chose comme... « le fou sème » ou... « le douzième ».

Oui, c'était beaucoup plus plausible.

Devon haussa les sourcils. Il attendait toujours sa réponse. Beth se reprit et sélectionna quelques mets. Après avoir rempli son assiette, il alla reculer une chaise et veilla à ce qu'elle soit confortablement attablée. Si bien que lorsqu'il lui apporta une tasse de thé quelques instants plus tard, la raison de Beth avait rendu les armes et organisait déjà la cérémonie du mariage.

Finalement, après s'être lui-même servi, il vint s'asseoir à côté d'elle. Elle le remercia d'un timide hochement de tête et il répondit par un clin d'œil.

Beth se tourna pour attraper la salière... Et resta figée, main tendue.

Tous les regards étaient braqués sur eux. À en juger par les mimiques des autres pensionnaires, eux aussi envisageaient un mariage imminent. Beth laissa retomber son bras et baissa les yeux sur son assiette. Comment allait-elle pouvoir avaler quoi que ce soit, dans ces conditions ?

La voix de Devon rompit le silence gênant qui planait :

— Pardonnez-moi, monsieur, puis-je vous demander comment vous faites pour avoir une si belle moustache ? La mienne ne pousse pas, hélas. Peut-être auriez-vous des conseils à me donner ?

À travers ses cils, Beth vit le gentleman en question s'empourprer de contentement et se caresser les favoris. Il se lança dans des explications détaillées, et Beth eut l'impression que Devon lui donnait un petit coup de coude virtuel. Elle ravala un sourire et, tête baissée, se mit à manger, tandis que Devon assurait sa tranquillité en posant au gentleman force questions sur les barbiers, la brillantine et le péril que constituaient les miettes.

Le petit déjeuner terminé, ils confièrent leurs valises à la logeuse et se mirent en route pour la maison du Pr Gladstone.

Sous un ciel laiteux, l'été se réveillait doucement pour la journée. La route poussiéreuse serpentait entre de hautes haies et des arbres frémissants. Au-delà s'étendait un paysage de collines dodues.

Maintenant qu'elle était seule avec Devon, sans personne pour la juger, Beth avait de nouveau des papillons dans le ventre. Elle convoqua son bon sens, qui geignit qu'il ne se sentait pas bien et ne pouvait rien pour elle. Elle n'eut d'autre choix que de se cramponner à sa sacoche pour se réconforter, mais comme celle-ci contenait ses jumelles et son journal de bord, doté d'une couverture rigide, ce n'était pas le doudou idéal.

Elle était toujours résolue à tenir Devon à distance. Sinon ce sacripant allait déchaîner un typhon dans sa sérénité et... eh bien, ce n'était pas ce qu'elle voulait, n'est-ce pas ?

« Ça ne me dérangerait pas, moi », rétorqua perfidement son cœur.

Beth décida de l'ignorer.

— Professeur Lockley, je me dois de clarifier quelque chose...

— Encore ?

Il marchait en donnant des coups de pied dans les cailloux, comportement puéril et adorable qui avait obligé Beth à se décaler au milieu de la route pour échapper aux ondes charmeuses qu'il dégageait.

— Oui. Il faut que je...

— *Yaaaaaaaa !*

Un vacarme épouvantable leur emplit les oreilles. La jeune femme n'eut pas le temps de comprendre ce qui se passait. Devon la saisit aux épaules et se jeta contre une haie. Ils tombèrent par terre.

Ahurie, les cheveux dans les yeux, elle vit un cabriolet passer en trombe dans un nuage de poussière.

Devon la ramena contre son torse et écarta d'une main les cheveux qui l'aveuglaient.

— Ça va ?

— Vous... vous m'avez sauvée ! balbutia-t-elle.

Puis la politesse reprit le contrôle de ses émotions.

— Je vous sais gré de cette intervention à point nommé, professeur Lockley.

Devon eut un petit rire qui se répercuta en elle en douces vibrations. Elle voulut se dégager, mais il la retint contre lui, et elle se sentit en grand danger de suffoquer, en plus d'avoir les nerfs à vif et de perdre toute pudeur.

— Vous êtes sûre que vous n'avez rien ?

Elle avait le visage dégagé, et pourtant il continuait à lui passer la main dans les cheveux. Ses yeux sombres avaient pris l'éclat de braises mourantes.

— Oui, certaine. Vous devriez me lâcher avant qu'un journaliste ne passe dans le coin.

Il hocha la tête, mais ne bougea pas, hormis sa main qu'il fit descendre dans son cou. Après la semaine qui venait de s'écouler, Beth se doutait que cette main allait finir tout droit dans ses charmes féminins. Elle se remit debout, épousseta sa robe pour se débarrasser de la terre, des débris végétaux et de tout un tas de sensations bizarres.

— Comme j'étais en train de le dire, reprit-elle d'une voix un peu tremblante, je dois mettre les choses au clair.

Devon se redressa à son tour, tel un dieu païen jaillissant des broussailles. Face à cette vision sublime, les bonnes manières de Beth se bousculèrent - non pas pour la protéger, mais pour s'offrir en sacrifice sur n'importe quel autel que Devon désignerait.

Consternée par ses propres réactions, elle se remit à marcher sur la route.

Trois pas plus tard, elle trébucha sur un caillou. Aussitôt Devon fut à ses côtés.

— Non, ça ne va pas. Vous tenez à peine debout !

Son inquiétude sincère balaya les dernières défenses de Beth. Cet homme était peut-être un gredin, mais il avait bon cœur, elle ne pouvait plus prétendre le contraire. Il l'écoutait quand elle parlait, il faisait des efforts pour la mettre à l'aise, et il était de nouveau plein de sollicitude envers elle.

Si elle le rejetait, elle autoriserait tous ceux qui l'avaient malmenée et snobée à régir son cœur. Et à déprécier Devon. C'était impensable.

Elle lui sourit.

— Je vous assure, je n'ai rien.

Il ne parut pas convaincu et Beth eut peur qu'il décide de la porter jusqu'au domicile du Pr Gladstone. Aussi reprit-elle sa marche d'un pas vif, en chaloupant des hanches, comme Hippolyta chaque fois qu'un homme désirable était dans les parages.

Il lui emboîta le pas.

— Je tenais à préciser que nous sommes toujours concurrents. Après notre visite au Pr Gladstone, nous repartirons chacun de notre côté, déclara-t-elle.

— Oui, naturellement.

— Et vous viendrez me serrer la main pour me féliciter le jour où je serai désignée Ornithologue de l'année, ajouta-t-elle avec un regard provocant.

— Rassurez-vous, je n'oublierai pas de mentionner votre nom dans mon discours quand on me décernera le prix.

Il lui sourit.

Beth dévia vers le bord de la route et laissa sa main frôler la haie pour que les petites griffures effacent les sensations brûlantes laissées par les doigts de Devon sur sa peau.

— Vraiment ? Et que direz-vous à mon sujet ?

— Que vous êtes une jeune femme remarquable, ultra-compétente et très b…

Juste à cet instant, alors que les choses commençaient à devenir intéressantes, une main jaillit entre deux buissons et tira brusquement Beth par le bras, l'arrachant à la route.

Elle trébucha, prit une inspiration pour pouvoir crier. Mais une autre main se plaqua sur sa bouche et l'entraîna dans les ténèbres.

19

Si ça ressemble à un merle et que ça chante comme un merle, ça n'empêche pas que ça va peut-être vous sauter dessus toutes griffes dehors pour vous arracher le visage.

Des oiseaux à travers un verre de sherry,
H.A. QUIRM

Une heure plus tôt

La confortable résidence d'été du Pr Gladstone disposait d'une grande volière privée et de plusieurs hectares de terrain permettant l'observation des oiseaux dans leur milieu naturel.

Elle reflétait l'aisance financière du propriétaire, qui avait bénéficié d'un gros héritage – bien sûr aucun professeur d'université n'aurait pu s'offrir un tel domaine avec son humble salaire.

Ce matin-là, Gladstone était sorti dans l'espoir de capturer un friquet Dracula. C'est-à-dire que, bien installé dans un divan en acajou dans la prairie située derrière la maison, il agitait sa pipe en bois de rose en donnant des instructions à des étudiants qui, équipés de lunettes de sécurité et de cache-oreilles, sillonnaient le terrain.

Entre deux bouffées, Gladstone sirotait une tasse de thé tout en surveillant leurs allées et venues par-dessus ses petites lunettes. Son bouc bien taillé était parfaitement pommadé, nulle trace de fiente ne souillait son chapeau melon et, à voir ses souliers cirés qui brillaient au soleil, on se doutait qu'il n'avait pas du tout l'intention de participer à la chasse.

— À gauche ! Non, imbéciles ! Ma gauche, pas la vôtre ! Oh, bon sang, ces jeunes !

Il eut un claquement de langue dédaigneux et, sur tout le territoire anglais, des étudiants frémirent sans savoir pourquoi.

— Bien d'accord avec vous, opina M. Flogg, qui était assis à l'autre bout du divan.

Quelles que soient la nature du propos et sa véracité, son instinct professionnel lui dictait de toujours abonder dans le sens de celui qui le payait.

— Effectivement, acquiesça à son tour M. Fettick, installé dans un fauteuil.

Gladstone les gratifia d'un regard hautain.

— Vous ne valez pas mieux, tous les deux. La SIO vous a engagés pour organiser un concours et promouvoir l'ornithologie. Nous nous attendions à suivre une enquête passionnante, menée par des scientifiques émérites passant des heures dans les bibliothèques et faisant le guet sous une pluie battante… Et au lieu de cela, qu'avons-nous à longueur d'articles dans les journaux ? Une *romance* !

— Une comédie romantique, corrigea M. Flogg.

M. Fettick ouvrit sa sacoche.

— Nous vous avons apporté le dernier rapport d'analyse qui...

— Écoutez-moi ! coupa Gladstone.

Faute de règle et de tableau noir, il tapa le bec de sa pipe contre l'accoudoir du divan.

— Je sais de quoi je parle. Les gens se moquent des histoires d'amour ! Il leur faut des rapports techniques détaillés, rédigés dans un sabir complexe, afin qu'ils aient l'impression d'être complètement ignares. C'est ce qui les incitera à s'inscrire à la faculté pour acquérir une formation de haut niveau.

Un moment de silence suivit. MM. Fettick et Flogg se demandaient si le professeur pensait vraiment ce qu'il venait de dire ou s'il plaisantait.

Dans la prairie, un étudiant tout excité pointa le doigt vers une zone où poussaient de hautes herbes. Les autres échangèrent des regards apeurés et se firent signe de ne plus faire de bruit.

— En outre, poursuivit Gladstone, Pickering et Lockley viennent d'universités rivales. Il ne peut pas y avoir de romance entre une universitaire d'Oxford et un professeur de Cambridge. C'est contre-nature.

— C'est le thème : ce sont des rivaux qui deviennent amants, expliqua M. Fettick.

— Et les deux facultés siègent au comité de la SIO. Nous pensions leur faire plaisir, ajouta M. Flogg.

— Eh bien, c'est raté !

Gladstone leur jeta un regard écrasant par-dessus ses lunettes, pour bien leur faire comprendre, à toutes fins utiles, que ledit comité se tenait devant eux, incarné par un homme pour qui l'avant-garde du progrès scientifique avait atteint son apogée quelque quarante années plus tôt.

— *Aaaargghhh !*

Un cri fusa dans la prairie au moment où un friquet Dracula s'envolait en battant bruyamment des ailes, à plusieurs mètres des hautes herbes sur lesquelles les étudiants avaient focalisé leur attention.

Gladstone but une gorgée de thé, mais sa voix parut encore plus sèche quand il reprit la parole.

— Il me semble qu'il est grand temps de changer de stratégie, messieurs.

— Comment cela ? se récrièrent MM. Fettick et Flogg d'une même voix.

— Rien de drastique. Juste quelques petites modifications. Tout d'abord, en finir avec cette romance grotesque. Et revenir à une stratégie qui ne permettra qu'un seul vainqueur. Disons... Pickering ? Cela fera plaisir aux bas-bleus, et cela montrera que nous sommes en faveur de l'égalité des chances, dit-il en accompagnant ses paroles d'un geste qui mimait des guillemets dans l'air.

Il n'aurait pas mieux exprimé son opposition à ces notions féministes s'il avait eu un bazooka sur l'épaule.

— Je vois. Vous voulez faire gagner quelqu'un d'Oxford, dit M. Flogg avec le cynisme d'un homme titulaire d'un diplôme en sciences politiques.

Gladstone haussa les épaules en tirant sur sa bouffarde.

Dans le pré, les étudiants affolés couraient en tous sens, tandis que le friquet les attaquait en piqué.

— Je doute que Mlle Pickering soit d'accord, remarqua M. Fettick. Elle a l'air d'une jeune personne sympathique et intègre.

Gladstone souffla un rond de fumée.

— Sympathique ? ricana-t-il. Cette fille veut à toute force repousser les limites de l'ornithologie. Et par-dessus le marché, elle refuse de remonter les notes des étudiants quand la moyenne est trop basse. Ce n'est pas vraiment ce que j'appelle une attitude sympathique.

— Il y a aussi un léger problème..., fit M. Flogg. Au moment où nous parlons, elle est ici même, à Hathersage, en compagnie du Pr Lockley. Ils semblent avoir deviné que l'oiseau caladrius est en votre possession, et nous craignons qu'ils débarquent d'un instant à l'autre. Cela mettrait par terre tout notre plan. Et si la compétition est brutalement interrompue, les revenus touristiques espérés ne rentreront pas dans les caisses.

— Le caladrius, grogna Gladstone.

— Pardon ?

— Le caladrius. Pas « l'oiseau caladrius ». Il n'y a pas de grenouille caladrius, que je sache ? Alors je ne risque pas de confondre.

— Oui, bien sûr... évidemment, bafouilla M. Flogg en rougissant.

M. Fettick ne dit rien, mais rabattit la poignée de sa sacoche dans un claquement sec.

— Ne vous tracassez pas, reprit Gladstone. Si Pickering et Lockley débarquent ici, je me charge de les rééduquer. Et si Pickering refuse de coopérer, nous passerons au plan B.

— Quel plan B ?

— Hippolyta Quirm.

— *Oh nooooooon !*

Un instant, MM. Fettick et Flogg pensèrent que ce cri avait jailli de leurs propres gorges. Mais c'était un étudiant qui s'était jeté dans l'herbe alors que le friquet, perché sur son crâne, donnait de violents coups de bec dans ses cache-oreilles.

Deux autres étudiants hystériques lui donnaient de grands coups de filet sur la tête en essayant vainement de capturer l'oiseau.

— Messieurs, vous pouvez rentrer à Londres organiser la cérémonie de remise du prix, ordonna Gladstone. Pickering se soumettra, j'en fais mon affaire. Sinon elle perdra son poste d'enseignante. Quant à Lockley, je vais lui offrir un congé sabbatique – dans ma cave fermée à double tour. Fini, les relations publiques et les magouilles à l'eau de rose. Retour aux bonnes vieilles méthodes ornithologiques !

— Mais... mais... vous avez l'intention de kidnapper M. Lockley et de faire chanter Mlle Pickering ? bredouilla M. Fettick.

Gladstone souffla un autre rond de fumée.

— Comme je viens de le dire, retour aux bonnes vieilles méthodes.

Il claqua des doigts et trois valets, qui attendaient un peu en retrait, s'approchèrent.

— Veuillez raccompagner ces messieurs, leur dit Gladstone d'un ton empreint de lassitude.

Encadrés par les domestiques, MM. Flogg et Fettick s'éloignèrent d'un air abattu tandis que des cris à glacer le sang retentissaient dans la prairie.

— Attendez ! cria Gladstone en levant la main.

Les deux communicants s'immobilisèrent en jetant un regard plein d'espoir au vieux professeur. Mais celui-ci avait les yeux tournés vers les étudiants égaillés dans la prairie.

— Apportez-moi une autre théière, ordonna-t-il aux valets. J'ai besoin de réconfort, j'ai de très mauvaises notes à distribuer.

*

Une heure plus tard, Devon fixait avec stupeur l'espace entre deux haies par lequel Beth venait de disparaître.

Il lui fallut deux secondes pour se ressaisir. Il bondit dans le trou et atterrit dans un enchevêtrement d'herbes hautes, sous les frondaisons d'un grand chêne.

Nulle trace de Beth.

Interloqué, il se retourna… et la découvrit plaquée contre une haie. Un homme en costume sombre la bâillonnait de sa main gantée de noir. De l'autre, il appuyait un objet pointu contre sa gorge.

— N'approchez pas ou je me sers de ça ! menaça-t-il.

— C'est un stylo, remarqua Devon.

— Je n'hésiterai pas à gribouiller partout sur elle ! L'encre ne partira pas avant des semaines !

Au-dessus du gant en cuir noir, les yeux de Beth s'écarquillèrent.

Très calme, Devon toisait celui qui osait s'en prendre à sa dulcinée tout en passant mentalement en revue les différentes méthodes qui lui permettraient de le trucider.

Mais le costume chic, le chapeau melon, la moustache et la sacoche posée un peu plus loin lui rappelaient quelque chose…

Soudain la mémoire lui revint.

— Vous étiez dans le train pour Oxford !

— *Humm, hummmm, hummmm,* fit Beth sous le gant noir.

Devon lui adressa un sourire rassurant.

— Ne vous inquiétez pas, ma chérie, je vais...

Hélas il n'eut pas le temps de jouer les héros, car Beth décocha soudain un vigoureux coup de coude dans l'abdomen de son agresseur.

Au moment où l'homme se pliait en deux sous le coup de la douleur, elle lui envoya un poing dans le menton. Il tituba. Elle glissa alors une jambe entre les siennes et appliqua un principe simple de la physique. L'instant d'après, l'homme s'étalait et son chapeau melon roulait dans l'herbe.

— *Aaah !* Ne me faites pas de mal ! cria-t-il, recroquevillé par terre.

Bouche bée, Devon considérait la scène.

— Pardon pour ce déchaînement de violence, fit Beth. Mais les gens qui me croient fragile parce que je suis bien élevée sont responsables des conséquences. Je ne serais pas ornithologue si je n'avais pas appris à me défendre.

Elle abaissa un regard froid sur le moustachu, et une expression inquiète s'inscrivit sur ses traits.

— Je ne vous ai pas blessé, au moins ? Oh, je crois que votre chapeau est éraflé...

Pendant qu'elle courait récupérer le couvre-chef, Devon s'approcha pour flanquer un coup de pied à son adversaire.

— Debout !

L'homme se releva maladroitement, livide, en sueur. Il s'inclina dans une petite courbette, et une mèche pommadée glissa sur son front.

— Je vous prie d'excuser mon comportement inapproprié. J'avais peur que vous ne vous enfuyiez.

— Vous nous suivez depuis Londres, dit Beth en lui rendant son chapeau après l'avoir épousseté. Auriez-vous l'amabilité de décliner votre identité ?

— Ce qu'elle veut dire, c'est : qui êtes-vous, bon Dieu ?! lâcha Devon.

— Oh non, je n'ai jamais voulu dire ça ! Voyons, il n'y a aucune raison de se montrer grossier...

— Vous plaisantez ? Il vient de vous attaquer et de vous menacer avec son stylo !

— Oui, mais il a présenté ses excuses.

— Et vous l'avez flanqué par terre !

— J'ai également présenté mes excuses.

— Vous êtes trop polie.

— Et vous cynique. C'est triste.

Ils firent un pas l'un vers l'autre.

— Je ne suis pas cynique, je suis lucide.

— Vous devriez vous servir davantage de votre imagination.

— Oh, elle fonctionne parfaitement, croyez-le bien !

Il la dévisagea, cligna lentement des yeux tandis que des images interdites défilaient dans son esprit. Beth se mit à trembler, comme s'il avait tendu la main pour la caresser.

— Hum, hum, toussota le moustachu.

Ils tressaillirent et, à regret, reportèrent leur attention sur lui.

— Qui êtes-vous, à la fin ?

— Je travaille pour... le Service de sauvegarde des espèces fabuleuses. Nous... nous essayons de sauver le caladrius et vous êtes notre seul espoir.

— Je n'ai jamais entendu parler de ce service.

— C'est une organisation secrète. Mon collègue et moi-même revenons tout juste de chez le Pr Gladstone et...

— Votre collègue ?

Devon jeta un regard autour d'eux et esquissa un geste pour se saisir de son revolver avant de se rappeler qu'il l'avait laissé dans sa valise.

— Il fait le guet pour s'assurer que personne ne vient, expliqua le moustachu.

— Mais qui pourrait venir ? s'inquiéta Beth.

Elle jeta des regards craintifs aux alentours, comme si elle redoutait de voir jaillir des buissons une douzaine d'ornithologues escortés de leurs domestiques.

— Je vous en prie, écoutez-moi. Nous n'avons pas beaucoup de temps. Attention, ce que je vais vous dire va vous faire l'effet d'un tremblement de terre : le concours est truqué !

Le moustachu marqua un silence dramatique.

Ni Devon ni Beth ne sourcillèrent.

— Je trouve que vous prenez la nouvelle avec beaucoup de détachement, remarqua l'homme, vexé.

— On s'en doutait un peu, figurez-vous.

— Ah. Je vois. Le caladrius se trouve chez le Pr Gladstone, président de la SIO. Et, euh... il a conclu un marché avec un savant f... non, une société pharmaceutique cupide, qui veut procéder à... à des expériences sur l'oiseau. Le concours est un leurre. Ils vont faire gagner leur agent secret.

— Mais pourquoi s'être donné le mal d'organiser une compétition ? Gladstone aurait pu leur donner directement l'oiseau puisqu'il l'a déjà en sa possession, s'étonna Beth.

Le moustachu cligna des yeux.

— Eh bien... pour brouiller les pistes !

— De quelle façon ?

Le clignement s'accéléra.

— Qui peut savoir ? C'est un plan machiavélique mis au point par des esprits pervers !

— Hum. Comment la SIO a-t-elle mis la main sur le caladrius ?

— Je crois... qu'ils l'ont trouvé en Transylvanie...

— Qui l'a découvert ?

— Et comment expliquer toutes ces attaques d'oiseaux fabuleux qui ont eu lieu dernièrement ?

— Comment se fait-il que vous soyez au courant de ce plan démoniaque ?

Le clignement avait maintenant atteint une note de 6 sur l'échelle de Beaufort. À ce rythme, le moustachu risquait la lésion palpébrale.

— Écoutez, l'important, c'est que vous devez sauver le caladrius et le ramener à Londres.

— Pourquoi Londres ? demanda Beth en plissant les yeux.

— Je trouve curieux qu'un homme aussi conservateur que Gladstone soit impliqué dans une telle histoire, ajouta Devon.

— Et pourquoi sommes-nous votre seul espoir ?

Le moustachu commença à s'éventer avec son chapeau.

— Je... je répondrai à toutes ces questions quand nous aurons le temps. Mais il faut se dépêcher ! Vous devez récupérer le caladrius avant que quelqu'un d'autre s'en empare.

Beth et Devon échangèrent un regard entendu.

— Oberhufter, dit Devon.

— Hippolyta, fit Beth au même moment.

— Vous pouvez compter sur nous, déclarèrent-ils d'une même voix au moustachu.

Celui-ci poussa un soupir de soulagement.

— Le caladrius est dans la bibliothèque. Vous devrez...

— Une minute ! Si vous étiez chez Gladstone et si vous avez vu l'oiseau, pourquoi ne pas l'avoir sauvé vous-même ?

Le moustachu plaqua son chapeau contre son visage. Quand il le baissa deux secondes plus tard, il arborait un large sourire.

— Ai-je l'air d'un héros ? Franchement, le temps presse. Vous devez vous introduire chez Gladstone, prendre l'oiseau et vous enfuir sans vous faire remarquer par les domestiques. Et surtout ne vous séparez pas ! C'est crucial ! Vous devez rester ensemble, parce que... eh bien... l'union fait la force ! Donc, disais-je, vous allez récupérer l'oiseau et nous nous retrouverons à Londres... dans un lieu que je vais choisir maintenant au hasard... Tenez, les jardins du palais de Kensington, derrière le mémorial du prince Albert, face au Royal Albert Hall. Il y a là-bas une volière publique que la reine vient de faire construire pour honorer la mémoire du prince. Il adorait les oiseaux, vous savez.

— Il adorait surtout leur tirer dessus, grinça Devon.

— N'est-il pas plus simple que nous vous rapportions l'oiseau ici tout à l'heure ? objecta Beth. Étant donné que nous sommes déjà sur pl...

— J'ai dit que l'heure n'était pas aux questions ! s'exclama le moustachu en leur agitant son chapeau sous le nez.

— Si nous ramenons le caladrius à Londres, pouvez-vous nous promettre qu'il sera en sécurité ? demanda Beth.

— Bien sûr. Il sera protégé de tout danger, foi de Flo... euh... Florimond... plume... cage. Florimond Plumcage. Pour vous servir.

Maintenant dépêchez-vous ! Il ne faudrait pas que Herr Oberhufter et Mme Quirm arrivent chez Gladstone avant vous !

Ces paroles plongèrent les ornithologues dans l'action. Beth salua poliment M. Plumcage. Devon écarta les branchages de la haie pour lui permettre de rejoindre la route sans s'égratigner, puis ils prirent la direction du nid du Vautour.

*

Avec un gémissement, M. Flogg s'appuya contre le chêne. Il sortit un mouchoir de sa poche et s'en tamponna le visage et le cou. Le tissu fut vite trempé.

M. Fettick, qui était tapi derrière le tronc, sortit de sa cachette, tout excité.

— C'était brillant ! s'exclama-t-il. Quel esprit de repartie, mon cher ! Votre cerveau doit être en ébullition !

— Je crois que j'ai besoin de soins médicaux. Ils sont tellement malins ! Je ne m'attendais pas à ce qu'ils posent autant de questions !

— Ce sont des professeurs, objecta M. Fettick d'un ton qu'aurait reconnu toute personne ayant déjà reçu une dissertation biffée à l'encre rouge.

— Heureusement nous avons repris le contrôle du scénario. Oh, cela va être encore plus épatant ! De valeureux scientifiques qui arrachent un oiseau fabuleux des griffes d'un monstre ! De véritables héros capables de sacrifier leur rêve le plus fou – une chaire ! – pour sauver un animal en détresse ! Nous avons tous les ingrédients du succès. Des sbires dangereux ! De la romance ! Une cavale désespérée à travers le pays ! Croyez-moi, monsieur Fettick, après cela, tous les enfants d'Angleterre voudront devenir ornithologues.

— Et Gladstone apprendra qu'il ne faut pas jouer au plus fin avec des communicants.

Les deux hommes gloussèrent en se frottant les mains, dans une attitude que tout un chacun qualifierait d'« odieuse » – du moins, jusqu'à ce que des publicitaires donnent à ladite attitude une nouvelle image de marque.

*

Parvenus en vue du nid du Vautour, Beth et Devon ralentirent pour jeter un coup d'œil derrière eux.

Bien que la route poussiéreuse soit déserte, ils avaient l'impression désagréable d'être surveillés.

— Croyez-vous ce que cet homme nous a raconté ? demanda Beth.

— Hein ? Non ! C'était un ramassis de sornettes. Néanmoins, je pense que le caladrius se trouve bel et bien chez Gladstone. Et s'il dresse des espèces fabuleuses pour exploiter leur magie… concours ou pas, je veux lui mettre des bâtons dans les roues. Capturer des oiseaux dangereux et les mettre dans des volières sécurisées pour protéger la population, c'est une chose. Mais utiliser leurs pouvoirs à des fins personnelles, cela n'a rien à voir !

— Je suis d'accord. Et en ce qui concerne notre collaboration…

— Vous avez entendu ce qu'il a dit : nous devons rester ensemble. C'est crucial.

— Oui, sur ce point, nous pouvons nous fier à lui.

— Évidemment.

Devon prit la main de Beth et bifurqua dans un chemin qui contournait la propriété de Gladstone. Et, secrètement ravie, elle se laissa faire.

20

Une ornithologue avisée s'entoure de ses amis et tourne le dos à ses ennemis – de préférence après les avoir neutralisés et enfermés quelque part.

Des oiseaux à travers un verre de sherry,
H.A. QUIRM

Un professeur d'ornithologie est forcément doué pour passer inaperçu, étant donné qu'il doit pouvoir approcher des oiseaux craintifs, mais aussi éviter les nuisances – à savoir les fermiers, les officiers de police, ou encore les étudiants qui réclament un délai pour rendre leur copie.

Beth et Devon n'eurent donc aucun problème à s'introduire chez Gladstone ni vu ni connu.

Il leur fut tout aussi facile de ne pas se faire repérer par les domestiques dans les couloirs de service.

Et de se cacher dans un placard à balais pour échapper à la vigilance du majordome fut un jeu d'enfants.

Mais une fois à l'abri des regards, il leur fut beaucoup plus compliqué de ne pas s'empoigner, s'embrasser, se caresser et, d'une manière générale, de ne pas s'abandonner à des pulsions licencieuses qui auraient considérablement nui à leur mission.

Même en plein jour, leur proximité physique dans cet endroit confiné mettait à rude épreuve la volonté de Beth. Quant à Devon, la prudence n'avait jamais été sa vertu première, de toute façon.

Ils parvinrent néanmoins à se contrôler, preuve qu'ils étaient de vrais professionnels. À moins qu'ils n'aient été dissuadés de se sauter dessus par un bruit de pas qui retentit dans le couloir juste quand ils s'apprêtaient à passer à l'acte.

Une voix féminine se fit entendre.

— Madame Grant, j'ai terminé avec les pots de chambre. Je vais balayer le hall d'entrée, maintenant.

Les pas se rapprochèrent du placard et Beth retint son souffle. Au moment où la poignée remuait, Devon la saisit vivement pour la bloquer.

— Mince, la porte est coincée !

La bonne s'acharna tandis que Devon résistait de son côté.

— Madame Grant ! Je crois qu'il y a quelqu'un dans le placard à balais !

— Oh, ne dites pas de bêtises ! C'est sûrement le fantôme, fit une voix plus lointaine d'un ton agacé.

— Ah oui, c'est sûrement ça, dit la bonne, soulagée. Bon, tant pis, je vais aller épousseter la bibliothèque, alors.

— Non, il y a un oiseau là-bas et le professeur ne veut pas qu'on le perturbe. Venez plutôt m'aider à récurer les casseroles.

La poignée vibra une dernière fois, puis on entendit les pas de la bonne qui s'éloignait.

Beth respira. Quelques secondes encore, et Devon entrebâillait la porte pour jeter un coup d'œil au-dehors.

— Elle est partie, chuchota-t-il.

Ils se regardèrent et, l'espace d'un instant, envisagèrent de refermer la porte pour reprendre leurs occupations lascives. Leur système hormonal surstimulé militait activement pour cette option (éprouvant les effets de l'adrénaline quelques années avant sa découverte officielle). Mais leur professionnalisme objecta que le caladrius était tout proche et que ce n'était pas le moment de se laisser distraire.

— La bibliothèque ? murmura Beth.

— Oui.

Devon ouvrit plus grand la porte…

… puis la referma et, dans un élan éperdu, prit le visage de Beth entre ses mains.

— Sachez juste que, dès que ce sera possible, je vous embrasserai jusqu'à ce que votre corset explose, chuchota-t-il à quelques millimètres de sa bouche.

— D'accord ! souffla-t-elle.

Il sourit et le désir s'enroula autour du cœur de Beth en un nœud bien serré. Sa passion pour cet homme était d'une force quasi sismique. Mais ils avaient un oiseau à sauver et un plan diabolique à déjouer, avec éventuellement une chaire à la clé.

Dans un soupir, ils s'écartèrent l'un de l'autre.

Devon rouvrit la porte du placard pour vérifier que la voie était libre, puis ils se glissèrent dans le couloir en silence, malgré les battements tonitruants de leurs cœurs.

À l'époque où elle était encore étudiante, Beth avait effectué plusieurs séjours chez Gladstone afin de l'aider dans ses observations. Aussi connaissait-elle bien la maison. Elle montra le chemin à Devon – sans l'agripper, sans le tirer, ni le pousser, ni le malmener d'aucune façon, ce qui prouvait que c'était parfaitement réalisable. Toutefois, en faire la remarque aurait été grossier.

Au demeurant, elle était si stressée qu'elle devait se retenir de lui attraper le bras. Si Gladstone les surprenait, elle pourrait dire adieu à sa titularisation, et en prime elle serait sans doute rétrogradée, affectée aux cours de soutien des élèves de première année qui ne savaient pas faire la différence entre un bécasseau cendré et une maubèche des champs.

Après avoir descendu une volée de marches, ils débouchèrent dans un corridor flanqué de bustes en marbre à l'effigie de scientifiques célèbres. Des oiseaux empaillés suspendus au plafond donnaient l'illusion grotesque de s'envoler vers la bibliothèque, située au bout du couloir.

Parvenus devant la porte, ils marquèrent un temps d'arrêt pour jeter un coup d'œil dans le couloir sombre et poussiéreux qui s'ouvrait sur leur gauche. Cette partie de la maison semblait inhabitée. Le silence qui y régnait accrut la nervosité de Beth. Ornithologue d'expérience, elle savait que le danger ne prévenait pas toujours avant de vous fondre dessus.

La porte de la bibliothèque était entrebâillée. Dressant l'oreille, ils entendirent un pépiement éploré.

— Combien voulez-vous parier qu'il s'agit du caladrius ? chuchota Devon.

— Je ne parie jamais. C'est une démarche inepte. Mais s'il faut extrapoler à partir d'indices concordants, je dirais qu'il s'agit selon toute vraisemblance de notre spécimen de *Caladria albo sacrorum*.

Ils échangèrent un regard heureux. Au diable le concours ! Ils étaient sur le point de rencontrer un oiseau d'une extrême rareté, qui n'avait pas été vu dans la nature depuis des lustres.

Le cœur battant, Beth eut toutes les peines du monde à ne pas se précipiter. Son instinct lui disait de se méfier. Elle n'avait jamais aimé cette pièce où Gladstone entreposait sa collection de vieux livres aux théories obsolètes que personne ne lisait.

Néanmoins, le courage l'emporta sur l'instinct. Elle poussa le battant, glissa un œil à l'intérieur. Puis, ne voyant personne, elle entra. Devon la suivit et referma la porte.

Contrairement au bureau de Gladstone à Oxford, la bibliothèque était dans un ordre méticuleux et ne donnait pas l'impression d'être souvent visitée. L'atmosphère, léthargique, sentait la cire d'abeille et le papier moisi. La chaleur de l'été semblait s'être évaporée par les antiques fenêtres en verre plombé.

— Là ! souffla Beth en montrant du doigt une table ronde derrière un canapé en cuir.

Le plateau de la table était craquelé. De plusieurs fissures jaillissaient des branchettes poisseuses de sève, sur lesquelles poussaient quelques feuilles tendres. Au milieu était posé un objet en forme de dôme recouvert d'une toile.

— *Ti-wiiit.*

Le triste pépiement provenait de sous la housse. Ce son pathétique transperça le cœur de Beth. Elle s'approcha, souleva le bas du tissu de quelques centimètres pour jeter un coup d'œil.

La cage, en fer forgé ouvragé, était très jolie. Beth distingua une petite silhouette blanche blottie sur un perchoir. Elle remit vivement la housse en place pour ne pas effrayer l'oiseau.

— C'est bien notre caladrius, murmura-t-elle, émerveillée. Le pauvre petit n'a pas l'air en bonne santé.

Devon s'agenouilla pour regarder à son tour. Il se redressa et hocha la tête, la mine sombre.

— À en juger par sa taille, son duvet et la couleur de son bec, c'est un jeune. Je dirais que l'état de la table est dû à l'instabilité de la magie, ce qui est plutôt inhabituel chez un oiseau qui a quitté le nid et devrait en théorie maîtriser son énergie thaumaturgique. Je sais bien que cela vous heurte d'imaginer que Gladstone ait pu se livrer à des expériences dans un but mercantile, mais on dirait bien qu'on a forcé cet oiseau à utiliser ses pouvoirs de manière abusive et que cela l'a épuisé.

Il parlait d'un ton grave. Sa désinvolture coutumière avait disparu. À cet instant, Beth sut sans la moindre équivoque qu'elle aimait cet homme. Et pas seulement pour son corps. Elle aimait la personne qu'il était, l'amour qu'il portait aux oiseaux, et l'assurance avec laquelle il venait d'analyser la situation (bien sûr, il y avait aussi ces avant-bras musclés et cette bouche fabuleuse, tellement douée pour les baisers, mais elle n'allait pas ternir de nobles sentiments avec des détails superfétatoires).

— Vous avez raison, dit-elle. Il faut tout de suite l'emmener.

Elle saisit la cage par la poignée et la souleva tout en murmurant des sottises rassurantes à l'oiseau. Ils se tournèrent vers la porte…

… et s'immobilisèrent à la vue du valet campé sur le seuil, les bras croisés sur la poitrine, dans l'attitude menaçante du concierge de l'école qui tombe sur des élèves en goguette.

— Qui êtes-vous ? lança-t-il.

— Nous sommes les associés du Pr Gladstone, répondit Devon avec aplomb. Il nous a demandé de lui apporter le caladrius.

— C'est la première fois que je vous vois, dit l'homme en plissant les paupières. Comment puis-je être sûr que vous dites la vérité ?

— Cher monsieur, répondit Beth du ton qu'elle employait en cas de catastrophe – par exemple, quand un maire suggérait de raser une forêt pour se débarrasser d'une strix démoniaque, ou quand un aubergiste lui proposait une chambre donnant sur la place du marché –, ce n'est pas notre faute si vous avez des troubles mnésiques. En tant que représentants des établissements pédagogiques les plus prestigieux du royaume dans le domaine de l'ornithologie, et plus spécifiquement en tant qu'enseignants des spécialités académiques affiliées à la discipline du Pr Gladstone, nous nous réservons le droit inaliénable de…

— D'accord, d'accord, dit le valet en levant les mains pour parer cet assaut linguistique. Je vous crois. Il n'y a vraiment qu'une professeure pour parler comme ça !

— En effet, opina Beth.

Elle et Devon avancèrent de quelques pas, puis s'immobilisèrent de nouveau. Le valet ne s'écartait toujours pas.

— Il faudrait quand même que je vérifie auprès du professeur, marmonna-t-il.

— Je comprends, acquiesça Devon. Par acquit de conscience. Je trouve cela admirable. Eh bien, allez lui poser la question pendant que nous vous attendons ici.

— J'y vais !

Le valet s'éloigna d'un pas alerte. Devon secoua la tête et Beth se mordit la lèvre pour ne pas éclater de rire.

— Vous êtes bien aimable, monsieur ! lança-t-elle au valet qui était déjà rendu au bout du couloir.

« Mon ange », articula en silence Devon, attendri.

Beth leva les yeux au ciel, sans trop savoir si elle était intimidée ou exaspérée face à cet homme adorable. Mais ce n'était pas le moment de faire le tri dans ses émotions.

Dès que le valet disparut de leur vue, ils s'élancèrent...

... et s'arrêtèrent dans un léger dérapage en entendant un bruit de voix tout proche.

— Mes associés ? Mais comment cela ?

— Mon Dieu, c'est Gladstone ! chuchota Beth, dont le sang se glaça comme si un cryo-killer venait de lui souffler dessus.

Devon l'attrapa par le bras pour la ramener dans la bibliothèque.

Il referma la porte et approcha une chaise dont il coinça le dossier sous la poignée. Puis Beth tourna la clé dans la serrure.

Quelques instants plus tard, quelqu'un cogna du poing contre le battant.

— Je sais que vous êtes là, Pickering ! dit Gladstone d'une voix fatiguée.

— Ouvrez ! cria le valet en frappant de nouveau à la porte.

Beth jeta un regard affolé autour d'eux, comme si elle espérait voir une porte dérobée s'ouvrir comme par magie entre deux étagères.

— Il n'y a pas d'issue ! haleta-t-elle.

— Nous allons passer par la fenêtre.

Devon s'approcha du mur opposé. Beth le suivit en silence, mais ce qu'elle pensait de son idée était inscrit sur son visage, aussi clairement que sur une étude de faisabilité étayée de diagrammes et d'une liste exhaustive de documents sourcés.

Devon lui sourit.

— Faites-moi confiance.

Il ouvrit la croisée, jeta un coup d'œil en contrebas.

— Hum. Pas de gouttière. Bon, j'avoue, c'est un inconvénient. Je suppose que vous n'avez pas d'héli-ombrelle sur vous ?

— Bien sûr que si, elle est cachée sous mon chapeau.

— Ah, ah. Vous ne portez pas de chapeau.

Boum ! Boum ! Le valet s'attaquait à la porte à coups de pied, ce qui se révéla assez efficace : la chaise bascula et la clé se mit à cliqueter dans la serrure.

— Monsieur Lockley, ce n'est pas le moment de badiner. Veuillez plutôt me proposer des idées utiles.

— Eh bien... nous pourrions descendre en prenant appui sur les rebords des fenêtres, mais nous serions obligés d'abandonner le caladrius, et je m'y refuse.

Beth n'avait jamais rien entendu de plus sexy de toute sa vie.

« Je l'adore ! J'ai envie de l'embrasser partout ! » clama son cœur (ce qui n'était pas une idée utile, mais pouvait-elle le lui reprocher ?).

Ils se regardèrent dans un silence anxieux. Puis le visage de Devon s'éclaira.

— Oh, Seigneur ! Vous avez l'intention de détourner quelque chose, murmura Beth.

— Non ! fit-il en riant. Il va juste falloir courir. Nous allons repartir par le chemin que nous avons pris pour venir. Emmenez l'oiseau et ne vous arrêtez pas, quoi qu'il arrive.

— Mais... et vous ?

Il glissa une main sur sa nuque et l'attira vers lui pour lui poser un baiser sur le front.

— Je ne vous quitterai pas, promit-il.

Du moins, c'est ce que Beth crut comprendre à travers la cacophonie chantée par ses nerfs ivres de bonheur.

Boum !!!

La porte se fracassa et le valet fut propulsé dans la bibliothèque, suivi de Gladstone qui arrivait à une allure plus tranquille. Beth ne chercha même pas à évaluer le degré de colère exprimé par le froncement de sourcils du professeur. Elle s'élança avant même qu'il ait posé le deuxième pied dans la pièce.

— Poussez-vous ! cria Devon, qui fonça droit devant lui avec l'autorité d'un enseignant dont la mission consiste à ~~canaliser l'énergie de jeunes adultes écervelés pour éviter qu'ils sèment la pagaille dans la société~~ fournir une éducation de qualité à des étudiants avides de savoir.

Surpris par cette offensive inattendue, le valet s'écarta d'un bond. Les deux jeunes gens filèrent sous le nez de Gladstone qui mugit de fureur en exhalant une bouffée de fumée, détalèrent dans le couloir et avaient presque atteint l'escalier quand le valet, reprenant enfin ses esprits, se lança à leur poursuite.

Soulevant ses jupes d'une main et tenant la cage de l'autre, Beth dévala les marches. Sous la housse, le caladrius battait frénétiquement des ailes pour lui demander d'aller plus doucement tandis que juste derrière elle Devon lui envoyait des ondes fébriles pour lui dire de se presser.

— Arrêtez ! cria le valet, démontrant une fois de plus la faiblesse de sa jugeote.

Malheureusement, sa bêtise était inversement proportionnelle à son excellente forme physique et il se rapprochait dangereusement.

Devon marmonna un juron.

— Continuez, intima-t-il à Beth. Je vous rattraperai.

— Mais...

— Vite !

Habituée à obéir aux ordres de la hiérarchie, elle enfila un corridor et descendit une autre volée de marches. À l'étage supérieur, un inquiétant vacarme retentit. *Boum ! Crac ! Aaaaarghh ! Pif ! Paf ! Noooonnnn !* Mais Beth ne s'arrêta pas avant d'avoir atteint le rez-de-chaussée.

Elle passa devant le placard à balais dans lequel ils s'étaient cachés un peu plus tôt, tourna dans un couloir obscur où flottait une forte odeur de renfermé et déboucha dans un vestibule encombré d'imperméables, bottes en caoutchouc et vieilles cages rouillées.

Elle ouvrit la porte qui donnait sur l'extérieur. Au bout d'un carré de pelouse se dressaient une haie d'environ quatre-vingts centimètres de haut et, au-delà, un bosquet d'ormes dont le feuillage étincelait dans les rayons du soleil.

Devon, chemise déchirée au col et cheveux ébouriffés, fit irruption dans le vestibule.

— Vite ! cria-t-il.

Ils coururent en direction de la haie. Devon sauta par-dessus d'un bond mais Beth, gênée par sa jupe, fut bloquée par l'obstacle qui faisait la moitié de sa taille.

Devon attrapa la cage et la posa par terre pour pouvoir lui prêter main-forte – c'est-à-dire qu'il l'attrapa aux épaules, la hissa et la fit basculer par-dessus la haie de manière fort peu délicate et romantique. Mais étant donné les circonstances, elle ne songea pas à se plaindre.

Dès qu'elle fut sur pied, il ramassa la cage et ils coururent se dissimuler dans le bosquet.

— Il faut retourner au village prendre le train de 11 heures, dit Devon.

Beth jeta un coup d'œil à la montre à chaînette attachée à la boucle de sa sacoche.

— Il est 10 heures et demie. Nous n'y serons jamais à temps !

À cet instant, des voix s'élevèrent de l'autre côté du bosquet.

— Mince alors ! Espèce d'*Arschgeige*[1] !

— Sacripant, arrêtez de me pousser comme ça !

Beth et Devon échangèrent un regard.

S'approchant avec précaution, ils virent qu'une route longeait l'arrière du bosquet. Un cabriolet était garé là, celui-là même qui avait failli écraser Beth un peu plus tôt dans la matinée.

À côté, Herr Oberhufter et Hippolyta Quirm étaient en train de se disputer.

— Je ne vous pousse pas, je vous tapote !

— Fieffé menteur !

— Aïe !

— Mufle ! Ostrogoth ! Butor prétentieux !

Devon désigna le cabriolet d'un petit coup de menton. Beth acquiesça d'un hochement de

---

1. « Tête de nœud » en allemand.

tête. Ils se faufilèrent entre les arbres, grimaçant chaque fois qu'une brindille craquait sous leurs pieds. Mais ils auraient pu entonner un chant de marin en canon et passer quand même inaperçus tant les deux autres ornithologues faisaient du tapage.

— Imbécile ! Je vous avais dit que Gladstone n'avait pas le caladrius ! Vous nous avez fait perdre notre temps avec votre idée fumeuse de suivre Pickering et Lockley !

— Nous n'avons fouillé que la moitié de la maison ! Et c'est votre faute si cette domestique nous a repérés ! Pourquoi avez-vous mis une robe orange ?

— Elle est moins orange que votre face de babouin !

Reproche infondé, car Oberhufter avait plutôt le teint cramoisi. Sans doute à bout d'arguments, ce dernier attrapa Hippolyta par son col jabot et lui planta un baiser sur la bouche pour arrêter net le jet de vitriol qui en sortait.

Beth et Devon en profitèrent pour sortir du couvert des arbres. Rapides et silencieux, ils grimpèrent sur le siège du cabriolet. Beth cala la cage sur ses genoux et posa sa sacoche devant en guise de protection. Devon s'empara des rênes.

— Eh ! Arrêtez !

Le valet de Gladstone arrivait à toutes jambes en zigzaguant entre les arbres. Son cri alerta Oberhufter et Hippolyta qui, sidérés, virent le cabriolet avancer dans leur direction.

— Lockley ! *Was zur Hölle*[1] ?!

Ce n'était pas le moment d'avoir une conversation. Devon lança le cheval au galop. Agrippée

1. « Par tous les diables » en allemand.

au siège d'une main et à la cage de l'autre, Beth entendit les cris indignés des amants terribles, obligés de se jeter contre une haie pour ne pas être renversés.

Si Beth avait eu le loisir d'étudier les civilisations étrangères, elle y aurait vu un juste retour de karma. Hélas, elle n'avait que des références britanniques.

— Désolée ! lança-t-elle.

Le rugissement rageur de Hippolyta lui signifia que, malheureusement, celle-ci ne lui accordait pas son pardon.

La voiture roulait à un train d'enfer sur la route sinueuse. Effrayés, les oiseaux cachés dans les fourrés s'envolaient sur son passage. Un vieil homme qui circulait à pied manifesta bruyamment son mécontentement.

Le valet de Gladstone pourchassa un moment les fuyards puis abandonna, à bout de souffle et couvert de poussière.

Beth, qui s'efforçait de protéger la cage des cahots, n'entendait plus aucun pépiement sous la housse. Inquiète, elle se demanda si le caladrius n'était pas mort de terreur...

Quelques minutes plus tard, ils abordèrent une descente plutôt raide. Devon tira sur les rênes pour ralentir le cheval, et ils entrèrent dans Hathersage au petit trot.

— Combien de temps avant le départ du train ? demanda-t-il.

Beth dégagea sa montre coincée entre la cage et la sacoche. Stupéfaite, elle cligna des yeux...

Le verre bombé du cadran, constellé de cristaux blancs, était devenu opaque, comme si une force surnaturelle avait voulu lui rendre son état initial.

C'était forcément dû à la magie du caladrius, mais à sa connaissance, le pouvoir de l'oiseau consistait à guérir les maladies.

N'obtenant pas de réponse, Devon jeta un coup d'œil à la montre.

— Hum. Espérons qu'il ne soit pas trop tard, dit-il, fataliste.

Jetant un regard en arrière, Beth aperçut des nuages de poussière sur la route. La chasse était ouverte.

La peur lui noua l'estomac. Au diable l'espoir… C'était la chance qu'il fallait invoquer pour se tirer d'une situation aussi précaire. Et en sa qualité de scientifique, elle était bien placée pour savoir que c'était la chose la plus aléatoire au monde.

21

Une femme aventureuse ne doit pas seulement s'attendre à l'inattendu. Elle doit être *l'inattendu.*

Des oiseaux à travers un verre de sherry,
H.A. QUIRM

À leur arrivée à la gare, Devon sauta du cabriolet presque avant que le cheval s'immobilise. Il aida Beth à descendre plus doucement avec la cage, puis ils coururent sur la rampe qui permettait d'accéder au quai.

L'horloge accrochée au-dessus de la guérite du guichetier leur apprit qu'il restait cinq minutes avant le départ. Et ils savaient que, tant qu'ils ne seraient pas à bord du train pour Londres, ils ne seraient pas en sécurité.

Beth trébucha. Devon se rendit alors compte qu'il lui tenait toujours la main et qu'il la remorquait derrière lui comme une valise.

— Oh, pardon...

Il la lâcha, mais posa une main sur son dos pour la guider vers le guichet.

— Je suis capable d'avancer toute seule, vous savez.

— C'est moi qui ne marcherais pas droit sans vous.

Il ponctua cette déclaration d'un sourire taquin, et pourtant c'était la stricte vérité, même si un gredin comme lui avait du mal à l'avouer.

En quelques jours, Beth Pickering était devenue son centre de gravité personnel. Chaque fois qu'elle s'éloignait de lui, il avait l'impression que son cœur valdinguait dans les ténèbres. C'était plutôt drôle quand on songeait que c'était pour fuir les velléités matrimoniales de son directeur qu'il s'était rendu en Espagne et qu'il l'avait rencontrée, au début de cette aventure.

Toutefois il comprenait que Beth, à sa manière douce et polie, essayait de poser ses règles. Par respect pour elle, il ne voulait pas les enfreindre. Aussi retira-t-il sa main...

... qu'elle emprisonna aussitôt dans la sienne.

— Je suis contente d'avoir une bonne influence sur vous, dit-elle.

Il faillit l'embrasser pour lui démontrer qu'il était toujours un mauvais garçon. Mais ils avaient un oiseau rare à sauver, une cabale d'ornithologues diaboliques à semer et deux billets de train de première classe à acheter.

Le jeune guichetier les regarda approcher d'un air réjoui, son petit bouc tout hérissé sous l'effet de l'excitation.

— C'est vous ! s'exclama-t-il.

— Nous ?

— Les amoureux qui roucoulent ! Les tourtereaux de l'ornithologie !

Il n'avait même pas écorché le nom de leur spécialité. Beth se mit à rire.

— Mon Dieu, non. C'est juste que nous leur ressemblons. Nous sommes professeurs d'anglais.

— Mais… vous avez une cage.

— Avec un corbeau dedans. Pour un cours sur Edgar Allan Poe.

— Deux billets de première pour Londres, s'il vous plaît, commanda Devon en prenant son portefeuille dans la poche intérieure de son manteau.

— Tout de suite, dit le guichetier.

Il fit glisser un petit carton sur le comptoir. Il ne s'agissait pas d'un billet, mais d'une carte postale en couleurs, sur laquelle était représentée la gloire locale, à savoir le busard géant Petit Jean.

— Seriez-vous assez aimables pour me signer un autographe ?

— Il n'y a pas de raison. Nous ne sommes pas des célébrités, nous sommes de simples professeurs de littérature.

Devon glissa une main sous le panneau vitré pour attraper les billets, puis s'éloigna sans attendre, laissant Beth remercier l'employé dépité.

Elle le rejoignit, et sa main frôla la sienne. Il s'en saisit aussitôt et sentit ses doigts fins se refermer sur les siens, et sur son cœur par la même occasion.

— Vous êtes devenue une sacrée petite menteuse, la taquina-t-il.

— Oui, vous m'avez complètement dévergondée.

— Pas encore, rétorqua-t-il dans une repartie si percutante qu'elle s'assimilait à une pénétration.

Beth cilla et s'empourpra. Il l'en adora mille fois plus.

— Excusez-moi, intervint une voix.

C'était le guichetier qui arrivait avec un chariot à bagages.

— Où sont vos valises ?

— Nous n'en avons pas.

Le jeune homme leur jeta un regard éberlué.

— Vous êtes sûrs ?

— Oui.

— Bon…

Ce détail le perturbait visiblement.

— C'est une petite gare, précisa-t-il. Il faut faire signe au conducteur du train pour qu'il s'arrête prendre des passagers. Je vais dire à Martin de sortir le drapeau blanc sur la tour de signalisation… Eh, arrêtez !

Au début, Devon crut que l'employé traduisait simplement de manière emphatique la signification du drapeau blanc. Puis il leva les yeux sur la tour.

— Eh, arrêtez ! cria-t-il à son tour.

— Non, merci, rétorqua Mlle Fotheringham qui était juchée sur la plateforme à côté d'un employé (bâillonné et ligoté).

Elle agitait un drapeau vert.

— Mais le train doit stopper ! cria le guichetier. Il faut sortir le drapeau blanc ! Le blanc !

— Hein ? Je ne vous entends pas, dit Mlle Fotheringham en portant la main à son oreille.

Tchou-tchouuuuuuuuuuuu !

Le train entrait en gare.

Il passa devant Beth et Devon sans s'arrêter et poursuivit sa route vers l'horizon.

Quelques secondes plus tard, il ne restait plus au bout de la voie qu'un panache de fumée piqueté d'oiseaux dont la tranquillité avait été perturbée.

Mlle Fotheringham baissa le drapeau vert en gloussant.

— Je t'avais dit qu'il fallait suivre Mlle Pickering, Elvira ! Tu vois, j'avais raison !

— Il y a toujours une première fois à tout, Ethel ! rétorqua une voix nasillarde.

La deuxième jumelle, qui s'était cachée derrière l'abri des voyageurs, apparut sur le quai. Elle tira un poignard de sa manche gigot.

— Donnez-moi cet oiseau, ordonna-t-elle en s'approchant de Beth.

— Cette cage ? Elle est vide, prétendit celle-ci.

— Je vous tiens !

Le valet de Gladstone arrivait en courant sur la rampe d'accès, le visage rouge de colère.

— Bonté divine, ne voyez-vous pas que toute cette agitation est mauvaise pour le caladrius ? s'exclama Beth.

— Le caladrius ? s'écria le jeune guichetier. Ne me dites pas qu'il est dans cette cage ?

Beth et Devon ne purent hélas lui répondre, car ils étaient déjà au bout du quai et couraient vers la sortie secondaire.

— Stop ! haleta le valet.

— Stop ! ordonna Elvira en brandissant son poignard.

— Vraiment désolée ! cria Beth. Veuillez exprimer nos plus sincères regrets au Pr Gladstone !

— C'est moi qui vais vous donner des regrets ! menaça le valet qui, déjà remis de sa course, s'élançait de nouveau à leur poursuite.

Paf !

Il venait de se prendre en pleine figure le chariot à bagages que le jeune guichetier avait lancé sur sa trajectoire. Le valet s'étala. Le chariot bascula et lui tomba dessus.

Le guichetier se tourna vers le bout du quai et leva le poing d'un air triomphant.

— Pour le caladrius ! clama-t-il.

Beth et Devon coururent jusqu'au cabriolet qu'ils avaient laissé dans la rue adjacente. Ils découvrirent que quelqu'un - sans doute le valet de Gladstone - avait brisé les roues. Mais le cheval du valet broutait les herbes folles un peu plus loin.

Devon envisageait de le voler quand un oiseau aux couleurs flamboyantes passa dans le ciel, décrivit un cercle au-dessus de leurs têtes, puis s'envola en direction du village en piaillant : « La gare ! La gare ! »

— *Psittacus inquisitor,* dit Beth.

— Perroquet cafteur, dit Devon.

Il jura et son esprit commença à ployer sous le poids de toutes les décisions potentielles qui se présentaient à lui.

Pendant un instant terrifiant, il resta tétanisé...

Puis Beth le prit par la main et l'entraîna.

— Courez, dit-elle.

Il obéit sans réfléchir.

Ils atteignirent un croisement et aperçurent un peu plus loin un fiacre qui traversait le village à vive allure.

— Par ici ! cria Beth en bifurquant vers la droite.

Ils dévalèrent la route qui descendait en pente douce vers un pont, passèrent sous l'arche de pierre et débouchèrent dans un paysage de prairies où paissaient des moutons.

La main de Beth devenait moite dans celle de Devon. Il l'entendait haleter. De la cage n'émanait qu'un silence angoissant. Devon se demanda s'ils devaient quitter la route pour se dissimuler dans les broussailles. Mais, jetant un coup d'œil en arrière, il vit un cavalier qui approchait et comprit qu'il était trop tard.

— Stop ! Attendez ! cria l'homme.

Beth ralentit en tirant sur la main de Devon. Il faillit trébucher.

— Devon... stop.

— Nous ne sommes pas obligés d'être polis avec tous nos ennemis !

— Non, arrêtez-vous. C'est le guichetier.

Devon pivota. Effectivement, il s'agissait du jeune employé qui arrivait au galop – ou plus précisément, c'était le cheval du valet qui galopait, avec sur son dos le guichetier dont le bouc blond hirsute claquait au vent tel un drapeau de reddition.

Devon était plutôt d'avis de continuer à courir, mais Beth dégagea sa main et fit signe au jeune homme. Devon leva les yeux au ciel pour prendre le Seigneur à témoin, mais Celui-ci lui avait déjà envoyé un ange qui se trouvait en ce moment même à ses côtés.

Peut-être Beth avait-elle raison. Peut-être n'étaient-ils pas sur le point d'être capturés. Peut-être ne seraient-ils pas contraints de remettre le caladrius à Gladstone...

— Il nous reste toujours l'option de voler le cheval, argua Beth pour le rassurer.

Il se mordit la lèvre pour ne pas rire. Puis, croisant les bras sur sa poitrine, il regarda le cavalier approcher en prenant sa mine la plus patibulaire.

— Je suis venu vous aider ! cria le jeune homme.

Il arrêta sa monture, se laissa glisser à terre, puis s'inclina avec une galanterie surannée devant Beth qui rosit de plaisir. Devon se renfrogna davantage.

— Vous êtes Mlle Pickering, n'est-ce pas ? dit le guichetier, la main pressée sur le cœur, comme s'il s'adressait à la reine en personne. Oh, je le savais ! Je suis l'un de vos admirateurs. Vous avez capturé le cygne Larsen avec une telle grâce et une telle expertise ! En tant que manutentionnaire professionnel, j'ai trouvé cela très inspirant. Et vous devez être M. Lockley ?

Il ne jeta qu'un vague coup d'œil à Devon avant de reporter son attention sur Beth.

— Je me doute bien que vous n'avez pas le temps de me signer un autographe... ou de me donner une boucle de vos cheveux ? Non, évidemment. Mais c'est un honneur pour moi de vous secourir. Et puis, l'homme qui est venu à la gare m'a dit que si je vous aidais, mon nom serait cité dans le journal. Il paraît qu'un professeur diabolique torture le caladrius ! Alors je vous ai amené cette monture pour que vous puissiez vous enfuir.

— Merci infiniment, dit Beth.

Le guichetier l'enveloppa d'un regard plein d'adoration. L'expression de Devon devint aussi glaciale qu'un blizzard en Antarctique. Il posa la main sur le dos de Beth, en un geste qui n'avait rien de possessif. Il fallait bien qu'il mette sa main quelque part.

— De quel homme parlez-vous ? demanda-t-il au guichetier.

— Costume noir, moustache, sacoche, répondit le jeune garçon à Beth, comme si Devon n'était que son porte-parole. Il m'a dit que le caladrius comptait sur moi. Sur moi !

— Oh là là, fit Beth, obligeante.

— Voler un cheval est un grave délit, remarqua Devon.

— Pas quand il s'agit de sauver un oiseau.

Devon se radoucit un peu.

— Comment vous appelez-vous ?

— Salopards !

Ils sursautèrent. Le valet de Gladstone dévalait la route, suivi des sœurs Fotheringham qui flottaient au-dessus de la chaussée, suspendues à leurs héli-ombrelles, lesquelles faisaient des étincelles et commençaient à dégager une fumée noire.

Plus loin arrivait un fiacre à bord duquel se trouvait Herr Oberhufter. Dressée sur le siège du conducteur, Hippolyta Quirm ressemblait à l'incarnation de la reine guerrière Boadicée en robe orange. Elle fouettait les chevaux pour accélérer l'allure et le chapeau d'Oberhufter tressautait sur son crâne.

Enfin, fermant la procession à une certaine distance, suivaient les trois voitures qui transportaient leurs bagages et les domestiques.

— Vite ! cria le jeune guichetier en agitant les mains.

Beth tendit la cage à Devon avant d'enfourcher le cheval avec une détermination qui excluait tout interlude romantique. Devon lui rendit la cage et se jucha lui-même en selle, puis glissa un bras autour de sa taille en attrapant les rênes.

Beth eut à peine le temps de remercier le guichetier avant qu'ils détalent au grand galop, poursuivis par les rugissements des autres.

— *Scheiße ! Halt*[1] *!*

— Écartez-vous de mon chemin, idiotes ! cria Hippolyta aux sœurs Fotheringham.

— Jamais, morue !

Crac !

Devon tourna la tête et vit le fiacre renversé contre les buissons du bas-côté. Oberhufter avait

1. « Merde ! Arrêtez-vous ! » en allemand.

les jambes empêtrées dans les jupons des sœurs Fotheringham et son chapeau avait roulé dans la poussière.

— Oh non ! s'alarma Beth qui se contorsionnait pour juger des dégâts. Y a-t-il des blessés ?

— Oberhufter, bouffon ! clama la voix de Hippolyta.

Rassurée, Beth retomba contre la poitrine de Devon. Il resserra sa prise autour de sa taille et fonça de plus belle vers un endroit plus tranquille, du moins l'espérait-il, où ils pourraient s'embrasser sans être dérangés.

Un quart d'heure plus tard, le cheval se mit à boiter. Mais rapidement ils atteignirent le Sir William, une auberge d'étape, ce qu'ils auraient pu considérer comme un miracle s'ils n'avaient été de vrais esprits cartésiens – sans compter que l'Angleterre, glorieuse terre d'espoir, comptait des centaines de milliers d'établissements similaires le long de ses routes.

Ils entrèrent dans la cour de l'écurie et mirent pied à terre.

— Il va falloir laisser le cheval ici et continuer à pied, dit Devon.

— Mais à ce propos, où allons-nous ?

Le regard de Devon se porta vers l'horizon ensoleillé.

— À Sheffield ? Prendre le train pour Douvres ?

— Bonne idée.

Beth souleva la housse pour glisser un coup d'œil à l'intérieur de la cage.

— Plumage ébouriffé et respiration anarchique, diagnostiqua-t-elle. Mais le bec est fermé et l'œil brillant. Les graines de la mangeoire sont en train de germer, ce qui indique une activité thaumaturgique.

Laissant retomber la housse, elle commença à se mordiller le pouce et fit la grimace en goûtant sur son gant la poussière âcre de la route. Devon ravala un sourire, totalement séduit. Il se retint de lui ôter son gant pour lui embrasser les doigts, la main, le bras et…

La voix de Beth le ramena à la réalité.

— Je suis inquiète, avoua-t-elle. Gladstone a trouvé le moyen de forcer le caladrius à utiliser son pouvoir. Or un caladrius qui a aspiré des maladies doit se détoxifier en volant sous le soleil. Combien de temps peut tenir ce jeune spécimen sans se soigner ?

— Je n'en sais rien. Il y a tant de légendes qui courent à propos de cet oiseau.

Beth soupira.

— Comment ai-je pu ne pas penser à son bien-être quand je me suis lancée dans cette compétition ?

— Je n'y ai pas songé, moi non plus. Je n'aurais jamais cru les organisateurs capables de lui faire du mal.

— J'aurais dû être plus cynique. Oh, je suis tellement naïve !

Il lui saisit la main avant qu'elle s'attaque de nouveau à son pouce.

— Il ne faut pas vous en vouloir. Ce sont eux, les fautifs. Quoi qu'il en soit, dorénavant c'est à nous de prendre les décisions. Je propose que nous emmenions l'oiseau dans un refuge en France.

— Lequel ?

— L'Abri, à Bergerac. Il a très bonne réputation et c'est là-bas que j'ai laissé le sifflemort. Les soigneurs protégeront le caladrius, même si tous les membres du comité de la SIO viennent frapper à leur porte.

— Cela me convient. Bien, alors retour en France. Mais tout d'abord, pouvons-nous acheter un peu de nourriture à l'auberge ? Une pomme, quelques noix ou un quignon de pain ?

— Je crois pouvoir nous offrir un peu mieux.

— Je pensais au caladrius. Il a déjà des graines et de l'eau propre dans son abreuvoir, mais il lui faut un régime plus diversifié.

Devon eut un rire plein de tendresse.

— Et vous, mademoiselle Pickering ? Vous n'avez pas faim ?

Elle cligna des yeux, prise au dépourvu, et son regard se troubla comme un ciel voilé par une tempête d'été. Devon devina que personne ne lui avait posé la question depuis fort longtemps.

— Je vais acheter de quoi nous sustenter, dit-il. Voulez-vous bien attendre ici avec le cheval ?

Elle hocha la tête. Il lui pressa gentiment la main et se dirigea vers l'entrée de l'auberge. Mais, au bout de quelques pas, il se sentit obligé de se retourner, comme sous l'effet d'un puissant magnétisme.

Beth caressait l'encolure du cheval en lui promettant de sa voix douce une bonne ration de foin. Le soleil nimbait sa silhouette et éclaboussait d'or sa chevelure ruisselante.

Hypnotisé, il la contempla, ayant oublié tout le reste. De fait, il ne vit pas le perroquet qui rasa le toit de l'auberge, puis effectua un demi-tour aérien avant de s'envoler vers le nord en sifflant : « Ici, ici ! »

*

Du coin de l'œil, Beth vit Devon entrer dans l'auberge. La façon dont il avait pressé sa main, sans parler de celle dont il s'était inquiété de sa faim, avait éveillé en elle une sensation étrange et légère qui courait sur sa peau, comme si elle avait porté un boa de plumes pour seul vêtement.

Elle aurait voulu pouvoir oublier la SIO un moment et convaincre Devon de prendre une chambre à l'auberge... Une chambre avec un seul lit et un solide verrou sur la porte.

Son imagination s'emballa. Elle frémit de plaisir, puis d'indignation, choquée d'héberger des pensées aussi inconvenantes dans son esprit.

Comment pouvait-elle fantasmer sur cet homme qu'elle connaissait à peine ?

Elle s'était d'abord méfiée de Devon Lockley. Elle avait été exaspérée par son comportement. Puis elle avait été attirée par lui, l'avait embrassé, était tombée amoureuse de lui. Et cela avait été merveilleux.

Mais quel était son oiseau préféré ? Avait-il déjà croisé la route d'un hibou spectral ? Qui étaient les membres de sa famille ? Serait-il vraiment embêté si elle déchirait sa chemise pour embrasser chaque centimètre carré de son torse ?

— Hello !

Arrachée à sa rêverie, elle se tourna pour découvrir un jeune palefrenier. Aussitôt elle rougit, comme s'il avait eu la capacité de lire dans ses pensées.

Il tiraillait une mèche de cheveux sur son front sale et perlé de sueur.

— J'peux vous aider, mamz... Oh, vindiou ! Vous êtes pas la dame du journal ? L'orthiloche qui cherche le piaf ?

— Pardon ?

— Où est votre bon ami l'Amerloque ? Oh non, me dites pas que vous êtes en bisbille ?

— Je...

— C'est pour mettre le piaf, cette cage ? Quand vous l'aurez chopé ?

— En fait...

— Attendez que Jenny apprenne ça ! Elle adore les oiseaux ! Et les poulettes aussi, si vous voyez ce que je veux dire !

Il lui fit un clin d'œil.

— Attendez ici, s'il vous plaît ! Je vais aller la prévenir. Une célèbre orthiloche ici ! Elle va pas en croire ses mirettes !

Le palefrenier s'éloignait déjà.

— Bonté divine, murmura Beth. Je suis tombée sur un...

— Sombre crétin !

Beth faillit rire. On pouvait compter sur Hippolyta pour verbaliser une idée de la manière la plus colorée possible et...

Elle sursauta. *Hippolyta !*

Vivement, elle se tapit derrière le cheval et jeta un regard affolé autour d'elle.

— Faut-il encore que vous vous époumoniez pour me casser les oreilles, madame ? protesta une autre voix qui, nonobstant son accent germanique, aurait pu appartenir à Stentor.

Hippolyta et Oberhufter approchaient. Et Dieu sait qui encore. Beth ne disposait que de quelques secondes avant qu'ils passent devant l'auberge et la surprennent dans la cour de l'écurie... à moins qu'ils n'entrent dans l'établissement et ne tombent nez à nez avec Devon.

Elle chercha du regard la meilleure issue, mais avant qu'elle puisse prendre une décision, la porte de l'auberge s'ouvrit à la volée et Devon en jaillit.

Il courut vers elle et l'attrapa par le bras pour l'entraîner à l'intérieur de l'écurie.

Une seconde plus tard, le fiacre débouchait dans la cour, conduit par le valet de Gladstone. Il transportait Hippolyta et Herr Oberhufter, ainsi que les jumelles Fotheringham, debout en équilibre précaire sur les marchepieds. Suivaient les véhicules acheminant domestiques et bagages.

Retranchés dans l'écurie, Beth et Devon glissèrent un œil dans l'interstice entre le mur et la porte restée entrebâillée.

Ils virent les ornithologues descendre de voiture en se disputant.

— Ils ne vont pas tarder à nous repérer, chuchota Beth. Ils vont voir le cheval dans la cour.

— *Ti-wiiit !* acquiesça le caladrius.

À cet instant, le jeune palefrenier pénétra dans l'écurie par la porte du fond. Devon siffla doucement entre ses dents et le garçon se figea à leur vue. Comme il ouvrait la bouche, Beth posa vivement un doigt sur ses lèvres et pointa l'index en direction de la cour.

— Je sais que vous êtes là, Elizabeth ! cria Hippolyta. Donnez-nous l'oiseau et personne ne sera blessé ! Sauf ce vaurien de professeur de Cambridge, bien sûr. Et vous aussi, un petit peu. Pas de quartier en ornithologie, vous le savez bien.

Fronçant les sourcils, le palefrenier fit signe à Beth et Devon de reculer dans l'angle du bâtiment.

— Le piaf, il est dans la cage ? chuchota-t-il, tout excité.

Beth et Devon hochèrent la tête.

— Ouah, la dinguerie ! Pas de problème, je vais les embabouiner pendant que vous leur jouez ripe !

Beth écarquilla les yeux, mais ils n'avaient pas le temps de demander une traduction.

— Nous devons rejoindre la gare de Sheffield, dit Devon.

— Fastoche. Prenez la route vers l'est, et c'est parti pour une grimpette de trois heures si vous faites vinaigre, puis coupez à travers les jardins et vous y serez. Après... roule ma poule !

— Je n'ai pas de vinaigre. Ni de poule, objecta Beth.

Devon sourit.

— Il veut dire... oh, peu importe. Allons-y.

— Au fait... si les journalistes vous demandent... je m'appelle Jack Scrottley, dit encore le palefrenier.

Il tendit sa main crasseuse. Beth la serra en se félicitant de porter des gants et en se promettant de ne pas se mordiller les doigts dans un avenir proche.

Le palefrenier sortit de l'écurie et ils eurent le temps de l'entendre interpeller les ornithologues avant de se glisser hors du bâtiment par la porte du fond.

Puis ils s'enfuirent, galvanisés par la voix de Hippolyta, aussi stridente que le chant du canari sibérien à dents de sabre.

22

C'est généralement au milieu de nulle part
qu'on trouve les réponses aux questions
qu'on se pose.

Des oiseaux à travers un verre de sherry,
H.A. QUIRM

— Seigneur, il ne mentait pas quand il a parlé de grimpette !

Beth marqua une pause pour essuyer son front moite. Depuis qu'ils avaient quitté le village de Grindleford, ils avançaient dans les bois sur une route en pente modérée mais constante. La chaleur s'était tellement intensifiée qu'ils n'auraient pas été étonnés de voir une volée de vulcanards crachant leurs flammes crépitantes dans le ciel.

Ils avaient bien été obligés de ralentir l'allure et, au lieu de rejoindre Sheffield en trois heures, ils avaient mis l'après-midi à parcourir un cinquième du chemin. Peut-être était-ce aussi parce qu'ils avaient passé deux bonnes heures assis sous un chêne.

Ne voyant nulle trace de leurs poursuivants, ils s'étaient dit que ces derniers avaient sans doute emprunté un autre itinéraire et, après cette matinée épique, avaient trouvé naturel de prendre un peu de repos.

Ils avaient pique-niqué après avoir acheté quelques denrées chez le boulanger du village, dont les lunettes étaient tellement rayées qu'il aurait été bien en peine de reconnaître qui que ce soit.

La logique les avait ensuite poussés à s'adonner à la contemplation du paysage (topographie de terrain), à identifier les diverses espèces d'oiseaux qu'ils apercevaient (formation continue), tout en se rapprochant subrepticement l'un de l'autre (cohésion d'équipe).

Leurs regards s'étaient troublés, leurs bouches entrouvertes… parce que, après tout, s'embrasser aurait été la chose la plus cohérente à faire en cet instant, puisque… eh bien, puisque cela les aurait revigorés avant de poursuivre cette longue marche.

Mais tout à coup, le caladrius s'était mis à lancer de joyeux trilles pour appeler ses congénères dans les bois.

Ils avaient eu un rire surpris.

— Il faut repartir, avait dit Beth en forçant son bon sens à reprendre le dessus.

Devon avait acquiescé dans un soupir.

— Oui, mieux vaut ne pas traîner ici. Sinon nous prenons le risque qu'un reporter du *Morning Herald* jaillisse de nulle part pour nous demander de préciser la date de notre mariage.

— Ha, ha.

— Oui, ha, ha.

Ils avaient rassemblé les vestiges du piquenique et s'étaient remis en route.

Peu après, un pivert était passé au-dessus d'eux pour aller se percher dans un arbre. La conscience professionnelle les avait obligés à s'arrêter pour l'admirer. Ils s'étaient joyeusement disputés pour savoir s'il fallait y voir ou non un signe annonciateur de pluie.

Beth avait eu le temps de griffonner quelques notes abrégées dans son journal de bord avant que Devon le lui chipe pour dessiner un minuscule vanneau viandard en train de danser dans un coin de page.

Elle l'avait regardé faire, une boule dans la gorge. Quand il lui avait rendu le carnet, elle l'avait pressé contre son cœur pendant que Devon, les mains fourrées dans les poches de son pantalon, raclait le sol poussiéreux du talon de sa botte.

Ils avaient échangé un sourire timide, et un baiser aurait certainement été à l'ordre du jour si le pivert, prenant son envol, n'avait lâché une grosse fiente à leurs pieds. Ce qui avait cassé l'ambiance.

Puis une voiture était apparue au loin, ce qui les avait obligés à se cacher derrière les arbres. Quelque temps plus tard, ils avaient repris leur marche en se tenant par la main, balançant leurs bras, bavardant gaiement, échangeant sourires et regards tendres.

Tout cela avait été fort agréable, mais ne les avait guère rapprochés de Sheffield.

Enfin, ils remarquèrent que le soleil baissait et convinrent qu'il serait plus raisonnable de trouver une auberge pour la nuit (certes, il restait quatre heures avant le crépuscule, ce qui leur laissait amplement le temps de parcourir les deux lieues qui les séparaient de Sheffield, mais un cerveau noyé d'ocytocine perd vite sa capacité à effectuer les calculs les plus simples).

— Je regrette que le train ne se soit pas arrêté à Hathersage, prétendit Beth.

En réalité, elle ne s'était jamais sentie plus heureuse que cet après-midi-là, à déambuler sur cette route de campagne en compagnie de Devon. C'était encore mieux que la fois où l'alarme à incendie de la faculté s'était déclenchée pendant le repas de Noël, mettant abruptement fin aux festivités.

— Le caladrius est content, lui, objecta Devon.

Il s'arrêta, tenant la cage à bout de bras.

Juché sur son perchoir, le petit oiseau semblait tout excité de voir la forêt qui les entourait. Dès qu'ils avaient quitté le village, ils avaient ôté la housse et poussé un morceau de poire entre deux barreaux. Depuis, le caladrius avait l'air requinqué. Beth ne pouvait s'empêcher de sourire chaque fois qu'elle regardait ses jolies ailes blanches.

— Allons-y, dit Devon en baissant le bras.

— Ne vaut-il pas mieux attendre que l'une de ces fameuses automobiles allemandes passe par ici ? Nous pourrions détourner le véhicule.

Devon se mit à rire. Il prit la main de Beth, la leva au-dessus de leurs têtes et la tordit doucement pour l'obliger à pirouetter. Puis il partit sur la route à reculons sans la lâcher, jusqu'à ce que, riant, elle se laisse entraîner, prête à le suivre n'importe où il aurait la fantaisie d'aller.

*

Quelques minutes plus tard, ils atteignirent l'orée de la forêt et débouchèrent dans un paysage désolé balayé par un vent frais. La lande brune et violette s'étendait jusqu'à l'horizon.

Il n'y avait pas un seul bâtiment en vue.

Devon s'arrêta avec un petit coup au cœur.

Mais Beth continua à avancer d'un pas léger et sa silhouette se découpa contre la pâle immensité du ciel. Offrant son visage à la caresse du vent, elle ferma les yeux. De longues mèches brunes voletèrent et vinrent caresser ses paupières et son sourire, tandis qu'elle écartait les bras, comme prête à s'envoler.

Devon était incapable de bouger ou de détourner les yeux. Son désir pour cette femme devenait torturant. Il avait traînassé tout l'après-midi, sautant sur le moindre prétexte pour faire une pause et profiter de sa compagnie. Il la trouvait merveilleusement belle, drôle, intègre, et il la respectait au moins autant qu'il était amoureux d'elle.

Il n'était pas prêt à lui dire au revoir. En fait, il espérait n'avoir jamais à le faire. Mais sa vie n'avait été qu'une suite d'adieux : à sa mère lorsqu'elle était morte, à sa famille quand il était parti pour Yale, à ses maîtresses de passage, à ses amis éphémères… Il savait qu'il ne fallait pas se fier aux espoirs.

— Ce n'est pas ici que nous trouverons une auberge, remarqua-t-il.

— Ne soyez pas pessimiste, on ne sait jamais…

Elle s'interrompit brusquement, car on entendait un bruit de sabots et de roues dans le lointain. Devon eut juste le temps de lâcher un juron (et Beth de froncer les sourcils) avant qu'un fiacre apparaisse au détour d'un virage, une centaine de mètres derrière eux. L'attelage soulevait un nuage de poussière dans son sillage.

Des cris retentirent.

— Mégère despotique !

— Abruti ! Je vous avais dit de tourner à gauche !

— Allez-vous arrêter de crier, tous les deux ?

— Ne me poussez pas, malotru !

Devon tendit la main vers Beth, mais elle courait déjà en direction de la lande.

Ils dévalèrent une pente légère et s'aplatirent derrière une touffe d'ajoncs toute sèche.

Quelques secondes plus tard, le fiacre s'arrêta à peu près à l'endroit qu'ils venaient de quitter et faillit provoquer une collision avec la suite de l'équipage.

— Je jure avoir vu des gens ici sur cette route ! s'écria le conducteur.

— *Ti-wiiit !* chanta le caladrius.

Devon s'empressa de draper un pan de son manteau sur la cage.

Hippolyta s'était dressée, les mains sur les hanches. Ses anglaises voletaient dans le vent tandis qu'elle scrutait la nature environnante.

Sous le nez de Devon, une fleur jaune fleurit parmi les ajoncs, dans un petit halo de magie aviaire.

— Je ne vois personne ! déclara Hippolyta.

— Le cocher ne raconte pas d'histoire, intervint l'une des jumelles Fotheringham, perchée sur le marchepied de gauche. Il s'agissait de deux personnes, un homme et une femme.

— Et cette femme ne portait pas de chapeau, ajouta sa sœur, juchée sur le marchepied de droite.

Tout à coup, on vit une vingtaine de fleurs jaunes éclore au sommet du buisson. Beth poussa un cri étouffé. Devon ramena la cage contre lui et rabattit le deuxième pan de son manteau pour plonger le caladrius dans le noir.

— *Ti-wiiit !*

Hippolyta tourna la tête dans leur direction.

— C'est bizarre, dit-elle.

Devon ravala un juron et Beth se raidit, prête à se relever d'un bond pour détaler.

— Sapristi, regardez ça ! s'exclama Hippolyta en tendant dramatiquement sa main gantée de rose, l'index pointé sur le buisson semé de fleurs jaune vif.

— Quoi ? demandèrent en même temps Oberhufter et les jumelles.

— Deux faucons albinos, là-bas, dans l'arbre !

— *Verdammt*[1] *!* Nous n'avons pas le temps ! Lockley doit déjà être à Sheffield à l'heure qu'il est ! En route !

Avec un soupir excédé, Hippolyta se rassit et le valet lança les chevaux au trot.

Quelques instants plus tard, la dernière voiture disparaissait sur l'horizon.

Devon et Beth poussèrent un soupir de soulagement. Puis Devon remonta les pans de son manteau.

— Petit traître ! dit-il gentiment au caladrius.

Beth frôla une fleur jaune.

— Comment les a-t-il fait éclore ? Dans la littérature scientifique, il n'est dit nulle part que la régénération fait partie de ses pouvoirs.

— Peut-être l'espèce a-t-elle évolué depuis les dernières observations ? Ou peut-être les expériences de Gladstone ont-elles modifié son champ énergétique ?

Beth réfléchissait.

1. Juron allemand équivalent à « nom d'un chien ! ».

— Ou alors c'est l'effet du stress. Quoi qu'il en soit, s'il est capable de rajeunir les êtres, tout le monde va vouloir lui mettre la main dessus.

— Eh bien, pour le moment il est avec nous, et nous le protégeons.

Devon tendit la main. Beth l'accepta et ils se relevèrent, balayant du regard la lande déserte.

— Pas une maison en vue, soupira Beth.

— J'aurais pourtant juré qu'il y avait une auberge dans les parages. Mais cela fait longtemps que je ne suis pas venu.

— Ce n'est pas la première fois que vous venez ici ?

Il lui lança un regard incertain. Puis, à son sourire, il comprit qu'elle était vraiment curieuse d'en savoir plus. Cette femme semblait résolue à venir à bout de toutes les échardes de son cœur et à les transformer en miel. Alors il répondit. De toute façon, il aurait fait n'importe quoi pour elle.

— Il y a une source d'énergie thaumaturgique dans cette lande. Quand j'avais douze ans, mon cousin Gabriel a convaincu ses parents de venir camper ici au début de l'été, pour pouvoir étudier les effets de la magie. Il a toujours voulu être géographe. Ne me demandez pas pourquoi. Personne ne le comprend. Je suis peut-être doué, mais Gabriel est à un tout autre niveau. Bref, à cette époque, nous étions plus des frères que des cousins, et je le suivais où qu'il aille, aussi m'a-t-il invité à camper avec eux. Il passait ses journées à arpenter la zone avec une boussole et un carnet. Pendant ce temps-là, sa sœur Amélia et moi pourchassions les cailloux volants et tentions de repérer les rivières mélodieuses. Mais ce que je préférais, c'était observer un oiseau nocturne qui niche dans le coin.

Le regard de Beth s'illumina aussitôt.

— Vous voulez parler de *Setophaga lapis*, la paruline qui se métamorphose en pierre sous les rayons de lune ?

— Hummmm... peut-être, dit-il, comme s'il ne se souvenait pas bien.

— Ou était-ce *Lagopus lagopus aoidos*, cette perdrix qui déclame des vers épiques sous les étoiles ?

— Qui sait ?

— J'ai mal aux pieds, décréta-t-elle soudain.

— Ah ?

— Oui. Mes chaussures sont pleines de graviers. Je peux à peine marcher.

— Ma pauvre chérie. Peut-être devrions-nous installer un campement pour la nuit ?

Le visage de Beth s'éclaira comme un rêve qui s'envole sous la lune. Puis elle se reprit et feignit de réfléchir avec une mimique qui se voulait dubitative. Devon n'avait jamais vu pire performance d'actrice. Par chance, elle ne pensa pas à se grignoter le pouce. Son gant était si sale qu'elle serait sûrement tombée malade.

— Bon, si vous pensez que c'est mieux, d'accord, dit-elle d'un ton sceptique.

Puis, sans tourner la tête, elle montra un petit bosquet d'arbres situé une centaine de mètres plus loin sur leur gauche.

— Là-bas, ce serait bien, non ?

— Oui, mais pourrez-vous marcher jusque-là ? la taquina-t-il.

Sa fatigue oubliée, Beth s'était déjà mise en route à travers les touffes de fougères et les fleurs sauvages. Devon la regarda s'éloigner en souriant. En réalité, il ignorait si la paruline pierraille ou la perdrix rimeuse vivaient dans le coin.

En revanche, il se rappelait très bien quel oiseau très particulier nichait dans la lande. Et il avait hâte de faire la surprise à Beth.

Après tout, songea-t-il en lui emboîtant le pas, il était parfaitement logique qu'à ce stade de l'aventure, ils oublient le concours et s'offrent une parenthèse afin d'explorer leur magie personnelle.

*

Le problème, quand on veut observer la magie aviaire, c'est qu'elle ne se manifeste pas sur commande (et qu'elle est souvent mortelle).

Beth et Devon avaient dressé leur camp au pied d'un chêne. Ils avaient fait du feu au centre d'un cercle de pierres et s'étaient construit un lit avec des fougères, de l'herbe et de la mousse (un seul lit, parce que… la nuit serait fraîche / la végétation disponible était en quantité limitée / pour une raison parfaitement valable, mais ils n'avaient pas à se justifier).

Ils avaient partagé un dîner léger composé des restes d'une tourte, de fromage et de poires achetés au village, ainsi que des noix qui se trouvaient dans la sacoche de Beth pour les cas d'urgence.

Ils avaient également établi un plan pour amener le caladrius sain et sauf à Bergerac, où l'oiseau serait à l'abri des intrigants jusqu'à ce qu'il soit assez âgé pour être relâché dans la nature.

Puis la perspective de se dire au revoir par la suite les avait plongés dans une mélancolie silencieuse.

Alors que la nuit tombait gracieusement sur la lande aride, ils n'étaient toujours pas passés à l'action.

— Je suis désolé pour le concours, dit enfin Devon. L'espoir d'obtenir une chaire s'est envolé. Mais je trouve admirable que vous ayez le courage de vous opposer à Gladstone malgré les risques que cela comporte pour votre carrière.

Beth eut un petit rire amusé. Une semaine plus tôt, elle n'aurait jamais refusé quoi que ce soit au professeur. Qui aurait cru que parcourir le pays et se faire attaquer par des oiseaux fabuleux et embrasser par un beau gredin la métamorphoserait à ce point ?

— Ce n'est pas grave, assura-t-elle avec sincérité. Mais vous, vous pouvez toujours remporter le titre d'Ornithologue de l'année. Il vous suffit de prendre le caladrius et...

« ... de me laisser », faillit-elle dire, mais sa bouche se cadenassa et menaça de lui tirer dessus si elle s'avisait de prononcer des mots aussi douloureux.

— Nous allons amener le caladrius à Bergerac, dit-il simplement.

Dans la gorge de Beth, la barricade tenait bon et l'empêchait de respirer. Elle s'empressa de changer de sujet.

— J'espère que les autres atteindront Sheffield sans encombre.

— Ma chérie... vous êtes tellement gentille. Personnellement, j'espère qu'ils finiront dans le fossé.

— Pas moi. Plus ils seront loin de nous, mieux ce sera. Espérons qu'ils parviendront à bon port... et que quelqu'un volera leur voiture et leurs bagages !

Devon éclata de rire.

— Je n'arrive pas à croire que vous ayez dit ça !

— Je vous le répète : je suis bien élevée, mais ça ne veut pas dire que je suis gentille.

— Toutes ces bonnes manières cacheraient donc un cœur cynique ?

Il s'était penché vers elle. Elle se donna une contenance en tirant sur la housse de la cage sous laquelle le caladrius dormait, la tête cachée sous son aile.

— Je ne suis pas cynique, je suis pragmatique. Quand on est poli avec les gens, ils hésitent à...

Il y eut un petit silence crispé.

— À vous faire du mal ? acheva-t-il.

Elle haussa les épaules.

Devon frôla une fleur sauvage dans l'herbe et les minuscules pétales s'éparpillèrent tels les fragments d'un rêve dans l'air du crépuscule.

— Alors dites-moi, qui vous a fait du mal ? murmura-t-il au bout d'un moment.

Le ton se voulait léger, mais Beth décela une rage froide qui réclamait des armes et une liste d'adresses tout en fomentant une vengeance impitoyable. Des papillons s'envolèrent dans son ventre, comme pour essayer de venir en aide à son pouls défaillant.

— Ça n'a pas d'importance...

— Si, c'est important.

Seigneur, qu'était-elle censée dire après ça ? Elle tripota un fil qui dépassait de la housse et le bout de son doigt parut luire tout à coup dans la nuit. Sans doute un reflet des flammes, supputa-t-elle en frottant contre sa jupe son doigt qui la picotait.

Puis les mots coulèrent de sa bouche sans qu'elle puisse les arrêter :

— C'est gentil de vous intéresser, mais on ne m'a pas vraiment « fait du mal ». C'est très exagéré. Je n'ai pas été frappée, on n'a pas brisé mes lunettes… Enfin si, mais deux fois, pas plus. C'est juste que les gens ne m'aiment pas. Je suis une intello binoclarde, une mademoiselle Je-sais-tout.

Devon fronça les sourcils.

— Je n'invente rien, je vous assure. C'est ce que disaient mes camarades dans la cour de récréation ou ce qu'ils écrivaient sur le tableau, avant les cours. Je ne me permettrais pas de faire de fausses citations. Ce ne serait pas éthique !

— Je vous crois.

Son regard s'était encore assombri. Beth comprit alors que c'était contre ses tourmenteurs qu'il était fâché.

— Ça n'est pas grave, insista-t-elle. N'allez surtout pas croire que je me plaigne. Rien ne les obligeait à m'apprécier, ou à me répondre quand je leur parlais, ou à m'accepter à leur table. Ce n'était pas leur faute si je n'ai aucune aptitude pour les relations sociales entre *Homo sapiens sapiens*. C'est beaucoup plus facile avec les oiseaux. Je trouve les gens totalement déconcertants. Au moins, les règles du savoir-vivre me fournissent un cadre pour savoir comment me comporter. Elles m'empêchent d'utiliser en société des mots comme « *Homo sapiens sapiens* » justement, ou de parler de la reproduction des courlis à table. L'amabilité m'a permis de devenir l'am… l'associée de Hippolyta, et d'amadouer ces pêcheurs français pour qu'ils acceptent de nous faire traverser la Manche. Voilà pourquoi je suis toujours attentive à mon prochain, alors qu'au fond je ne suis pas gentille.

La logorrhée cessa enfin, laissant place à un silence sidéré. Même la lande se taisait. Oh,

Seigneur, venait-elle vraiment de révéler toutes les humiliations qu'elle avait subies ? Consternée, Beth se redressa en se donnant une petite claque sur les cuisses.

— Allons observer les oiseaux, proposa-t-elle d'une voix enjouée.

Comme elle ébauchait un mouvement, Devon la retint par le bras. Il la relâcha aussitôt, mais Beth avait déjà oublié qu'elle avait l'intention de se lever.

— Vous avez de la sphaigne dans les cheveux. Puis-je ?

Elle hocha la tête. Il se pencha et, délicatement, entreprit d'ôter les brins de mousse dans ses mèches emmêlées.

— Moi, je vous apprécie, dit-il. Beaucoup. Franchement, ceux qui ne vous aiment pas sont des enfoirés d'idiots. Les insultes et le dédain sont des armes mortelles. Il ne faut pas vous sentir coupable, mon ange. Ce n'est pas votre faute.

Alors que le cerveau de Beth s'efforçait d'assimiler ce qu'il entendait, son cœur se mit à hyperventiler et elle se prédit une inondation de larmes.

— Je vous promets que je ne vous ferai jamais de mal, murmura-t-il.

Beth éprouva un tel rayonnement intérieur qu'elle se dit qu'elle devait sûrement avoir dans les yeux des étoiles qui mimaient la configuration stellaire du ciel.

Mais elle ne savait pas comment répondre. « Merci, monsieur Lockley » semblait trop guindé. « Laissez-moi vous déshabiller pour vous prouver ma gratitude » était sans doute trop familier.

— Oh là là ! dit-elle enfin, de peur qu'il finisse par se froisser du silence qui s'éternisait.

Souriant, il lissa une mèche rebelle sur son front.

— Je sais bien que vous n'avez pas l'intention de me faire du mal, reprit-elle. Vous m'avez toujours traitée avec considération. Vous avez été...

Elle tressaillit parce qu'il venait de lui frôler la joue.

— ... agaçant... exaspérant...

— Hum...

— ... et aussi respectueux, bienveillant. Je n'étais pas obligée d'être polie avec vous pour vous désarmer. C'est peut-être pour ça que je vous aim...

Elle s'interrompit, incapable de prononcer le mot. Mais Devon n'était pas un génie pour rien. Il lui prit le visage entre ses mains.

— Personne ne m'a jamais dit de telles choses, chuchota-t-il en sondant son regard. On ne m'a jamais dit que j'étais bienveillant. On ne m'a jamais dit qu'on m'aim...

Il ne put achever et déglutit bruyamment.

— Qu'on vous aimait, osa-t-elle articuler.

Quelque chose parut se briser en lui. Ses traits se relâchèrent. Il ferma les yeux, et Beth pressa une paume contre sa poitrine, là où son cœur battait la chamade.

Puis elle se pencha pour l'embrasser...

Mais tout à coup, dans la nuit, elle aperçut un clignotement.

C'était trop près pour être une étoile, et bien plus lumineux qu'un rayon de lune.

Soudain, la lumière se mit à danser.

— Oh... Qu'est-ce que c'est ? souffla-t-elle, fascinée.

Devon sourit.

— Ça, mon ange, c'est mon oiseau préféré.

23

Ce que j'ai appris en étudiant les parades amoureuses des oiseaux : fais danser ton cœur !

Des oiseaux à travers un verre de sherry,
H.A. QUIRM

Ils s'enfoncèrent dans la nuit qui s'épaississait. Mais Devon s'arrêta au bout de quelques mètres et se mit à siffler un son éthéré que Beth ne reconnut pas.

Puis il se tourna vers elle en souriant. Derrière lui, une vingtaine de minuscules étoiles fleurirent dans le noir.

Beth écarquilla les yeux, émerveillée. *Linaria ignis fatuus*. Linotte feu follet. Une espèce fabuleuse en voie de disparition et très rare, dont elle n'avait pu que rêver jusque-là.

Les linottes se tournaient autour, dansaient, pirouettaient, alors que le disque cartilagineux sur leur front scintillait d'une lumière irréelle. Sous le battement silencieux de leurs ailes sombres, presque invisibles, Devon se dressait, tel un sorcier qui les aurait réveillées et fait jaillir du cœur secret de l'Angleterre.

Son visage semblait faire partie de la scène, telle une lune pâle sous les oiseaux-étoiles. Il regardait Beth avec une expression qu'elle n'avait jamais vue auparavant sur les traits de quiconque.

Elle se remémora leur toute première rencontre un mois plus tôt, à cet ennuyeux congrès. Elle avait levé le nez de son scone un peu rance, et il était là, ravalant un bâillement tandis que le Pr Singh discourait à n'en plus finir sur les griffes de la zinzinule.

Quelque chose avait palpité dans son ventre. Sur le moment, elle avait accusé la bouchée de scone qu'elle avait eu la bêtise d'avaler, mais à présent elle comprenait que c'était la magie de l'instant qu'elle était en train de vivre qui s'était manifestée à elle à travers le temps.

Elle prit la main qu'il lui tendait et fit un pas vers lui avec le sentiment d'entrer dans un sortilège.

— Regardez, chuchota-t-il.

Pivotant doucement, il l'entoura de ses bras pour la garder contre lui tandis qu'elle contemplait la danse lumineuse des linottes. Peu habituée à cette proximité physique, elle resta d'abord un peu raide. Puis, petit à petit, elle se laissa aller, inspirant son odeur tiède et musquée. Il cala sa joue contre la sienne et elle sentit son souffle lui caresser la peau.

Hypnotisés par la magie de la danse, ils ne parlaient pas. Certes, une moitié du cerveau de Beth – celle qui avait emmagasiné toutes ces connaissances et considérait le tweed comme étant à la pointe de la mode – avait envie d'aller chercher son journal de bord pour noter ses observations. Heureusement, l'autre moitié, plus sagace, se refusait à gâcher ce moment d'un romantisme absolu.

Devon lui caressait les bras pour la réchauffer. Mais ce geste attentionné cachait une intention plus pernicieuse. Il posa la main sur son sternum et la fit descendre sur la rangée de petits boutons en perles qui fermaient son chemisier, déclenchant des picotements sur sa peau.

— Vous ne portez pas de corset, remarqua-t-il avec surprise.

— Pas aujourd'hui. C'est déjà difficile de respirer normalement en présence du Pr Gladstone, ce n'était pas la peine d'en rajouter.

— C'est très...

— Pratique ?

— ... tentant. De savoir qu'il n'y a rien d'autre entre nos peaux qu'une fine couche de tissu.

— Oh là là...

C'était la seule réponse adéquate.

Elle le sentit sourire contre sa joue. Sa main descendit encore, s'immisça sous la ceinture de sa jupe, s'immobilisa.

— Puis-je ?

La question s'apparentait au chant envoûtant de *Lothario podiceps* – le grèbe Casanova –, mais le cerveau de Beth, empêtré dans un voile de mariée en dentelle blanche, l'entendit à peine.

Son cœur, en revanche, était en éveil.

— Avez-vous déjà vu un hibou spectral ? demanda-t-elle.

Il y eut un petit silence étonné.

— Pardon ?

— Avez-vous une grande famille ?

— C'est-à-dire...

— Quelle est votre position sur la rivalité entre ornithologues de bibliothèque et naturalistes de terrain ?

— Ma foi, je dirais que plus on a d'informations sur les oiseaux, mieux c'est, d'où qu'elles proviennent. J'ai une famille de taille normale. Ma mère est morte, mon père est retourné dans le Devonshire pour prendre sa retraite, bien qu'il s'évertue toujours à diriger la faculté de physique de Cambridge et ma carrière. Je n'ai pas de frères et sœurs, mais j'ai des cousins insupportables, cela compense amplement. J'ai aussi l'assortiment habituel de grands-parents, oncles et tantes. Et oui, j'ai déjà vu un hibou spectral, une seule fois, dans l'arrière-pays péruvien. Un oiseau incroyable. Il a hanté mes rêves pendant des semaines.

— Intéressant. Ma réponse à votre question est « oui ».

Il se mit à lui caresser le haut du ventre d'un seul doigt.

— Sentez-vous libre de me demander n'importe quoi, n'importe quand, déclara-t-il. Je satisferai volontiers votre curiosité.

Beth rougit, car ces paroles lui semblaient aussi osées que son geste. Elle avait tellement chaud qu'on aurait pu faire bouillir l'eau du thé sur sa tête. La main de Devon s'aventura plus bas, puis s'arrêta, stoppée par le caractère inflexible de sa ceinture.

Maudissant la mode féminine, Beth passa les mains dans son dos pour dégrafer un crochet au niveau des reins. La ceinture se relâcha.

— Merci infiniment, dit Devon.

Lorsque sa main s'insinua entre ses jambes, Beth inspira brusquement l'air infusé de la magie des linottes, qui propagea dans son être une exquise sensibilité.

— Oh, bonté aviaire ! s'exclama-t-elle.

Riant doucement, Devon entreprit de l'explorer à travers les fines couches de sa camisole et de sa culotte. Bientôt, sa capacité à gérer la station debout se précarisa. Lorsqu'il concentra ses attentions sur un point précis, elle sentit une humidité brûlante sourdre entre ses cuisses. Elle se mit à haleter, submergée par les sensations, et se pressa contre sa main pour en réclamer davantage.

Dans le ciel, les spirales lumineuses semblaient mimer le chaos de ses émotions. La magie et le plaisir s'entrelaçaient, se fondaient l'une dans l'autre et culminèrent soudain dans une extase explosive qui lui arracha un cri.

Devon la tenait contre lui, sa bouche près de son oreille. Il lui parlait de l'envergure des linottes, de leur habitat préféré et des autres caractéristiques de l'espèce... Sa voix grave déclencha en elle une série de répliques spasmodiques qui lui donnèrent le vertige. Au moment où elle sentit ses jambes se dérober sous elle, le monde bascula et elle crut une seconde qu'elle flottait dans l'air. Comment était-ce possible ?

Puis, ouvrant les yeux, elle se rendit compte que Devon la portait dans ses bras et se dirigeait vers leur petit campement sous les arbres.

— Que faites-vous ?

— Je vous emmène au lit, mademoiselle Pickering.

— Mais je ne suis pas fatiguée.

— Il n'est pas question que vous dormiez.

Son sourire plein de promesses ouvrit le manuel de bonne conduite interne de Beth à une page qui, jusqu'à présent, devait être restée collée aux autres.

— Du moins, si vous y consentez, ajouta-t-il.

— Si j'y consens ? répéta-t-elle avec la méfiance instinctive d'une prof habituée aux mensonges (« Les obsèques de ma grand-mère auront lieu le jour de l'examen... » ; « Mais oui, j'ai lu tous les livres du programme avant de rendre ce devoir... »).

Bien qu'elle soit quasi certaine de consentir à tout ce qu'il voudrait, en pareille situation une prudence élémentaire semblait... eh bien, prudente.

— J'ai besoin de plus de détails pour répondre, annonça-t-elle.

Il l'assit sur leur lit de fougères et s'agenouilla à côté d'elle.

— Je sollicite humblement la permission de vous faire l'amour, mademoiselle Pickering.

Il posa la main sur sa joue, lui renversa la tête en arrière et l'embrassa. Mais le frôlement de ses lèvres fut aussi bref et léger que celui d'une volute de fumée échappée d'un feu de camp. Beth sentit tout son être s'insurger : il lui en fallait plus.

— J'ai l'intention de vous déshabiller et de rendre hommage à chaque centimètre de votre corps.

En guise d'échantillon, il embrassa l'endroit sensible au creux de son cou. Elle frissonna. Il embrassa le lobe de son oreille, sa joue, puis de nouveau sa bouche, chuchotant entre deux baisers la liste des privautés qu'il s'apprêtait à prendre.

Enfin il se tut et, tandis que ses baisers devenaient plus gourmands, il entreprit de déboutonner son chemisier.

Beth saisit les revers de son manteau et lui dégagea les épaules. Une fois qu'il se fut débarrassé du vêtement, elle concentra ses efforts sur sa chemise. Puis ils s'affairèrent en silence. Des agrafes sautèrent, des lacets furent dénoués et des strates de vêtements, effeuillées.

Bientôt, Beth se retrouva allongée sur la mousse et les fougères, seulement vêtue de ses bas et de ses bottines. D'un coup de pied, elle envoya valser la première chaussure qui retomba non loin des braises, bientôt suivie par la seconde.

— Toutes mes condoléances pour vos bonnes manières, gloussa Devon.

— Oubliez mes bonnes manières.

Impatiente, elle l'agrippa pour l'embrasser de nouveau. Son cœur cognait comme un tambour et semblait scander : « Vite, vite ! »

— Dites-moi ce que je peux faire pour vous…

— Contentez-vous d'être là. Et d'y prendre plaisir, j'espère, dit-il avec un sourire presque intimidé.

Elle répondit avec des baisers de plus en plus ardents qui se révélèrent pourtant insuffisants. Leurs corps nus glissaient l'un contre l'autre, leurs langues jouaient ensemble dans une moiteur secrète, et pourtant elle voulait être encore plus proche de lui.

— J'ai donc votre permission ? demanda-t-il entre deux baisers.

— Oui !

Penché sur elle, il fit glisser ses lèvres sur sa gorge, entre ses seins, tout en insérant une main entre ses jambes. Beth se cambra, haletante…

Quelque chose lui piqua le dos.

— Aïe !

Elle se redressa dans un sursaut au moment où Devon relevait la tête. Ils se cognèrent.

— Ouille !

— Aïe !

— Oh, bon sang !

— Ça va ?

— Un caillou. Et vous ?

— Une brindille, je pense.

Il rit.

— Faire l'amour en pleine nature, c'est romantique, mais pas très confortable.

Puis son sourire s'effaça. Il se mordit la lèvre et son front se plissa en une expression anxieuse.

— Il y a quelque chose... que je dois vous dire d'abord à propos de moi. J'aurais dû le faire plus tôt, mais j'ai été lâche. Je savais que cela pourrait tout changer pour nous...

Un millier de possibilités désastreuses défilèrent dans l'esprit de Beth. Cet homme faisait de la contrebande d'oiseaux rares. Il avait une épouse cachée quelque part dans un grenier. Il acceptait de remonter les notes des élèves pour gonfler la moyenne de la classe...

— Quand j'avais seize ans, j'ai été mordu par une chouette basilic. J'ai échappé à la pétrification, mais... je ne peux pas avoir d'enfants. Cela m'est égal, je n'en ai jamais voulu, mais...

Beth poussa un immense soupir de soulagement.

— Je suis désolée que cela vous soit arrivé, mais je ne vois pas ce que cela change pour nous.

Il baissa les yeux.

— Plus d'une femme m'a quitté en apprenant cela. Elles ne voulaient pas construire leur avenir avec un homme stérile. Je l'ai compris, bien sûr, mais...

Il retomba dans un lourd silence qui semblait ne pas attendre de réponse.

— Je ne veux pas d'enfants, dit Beth sans détour. Être mère perturberait mon métier d'enseignante. Et quelle chance de ne pas devoir se soucier de contraception !

Il lui jeta un regard incertain auquel elle répondit par un sourire encourageant.

— Maintenant, je crois que je sais quoi faire pour vous, murmura-t-elle.

Dans un élan de curiosité intellectuelle, elle se mit à genoux et saisit son *Magna erectus phallus*, pour le caresser doucement comme il l'avait luimême caressée un peu plus tôt.

Devon émit un son étranglé.

— Professeure Pickering ! Je viens de vous révéler mon plus noir secret et vous vous contentez de sourire et de... de... Oh, Seigneur ! gémit-il en roulant des yeux.

— Professeur Lockley, vous montrez des signes soit de plaisir, soit de douleur. Dois-je arrêter ? Je ne veux pas vous faire mal.

Il répondit d'un baiser qui ne tarda pas à enflammer leur passion, puis retomba sur le dos.

— Venez... s'il vous plaît ! supplia-t-il en lui tendant les bras.

Ne sachant guère ce que les convenances exigeaient dans ce type de situation – de quelle façon fallait-il s'asseoir sur ce siège un peu particulier ? –, elle resta en appui sur les genoux, les mains posées sur le torse de Devon.

— Beth. Beth. Beth... Vous êtes une nuit pleine d'oiseaux et de rêves magiques. Je suis tellement amoureux de vous !

— Merci beaucoup.

Puis le sens des mots eut raison de ses barricades intérieures et l'emplit d'un bonheur radieux. Quelques sombres souvenirs rampèrent hors de sa mémoire pour tenter de la griffer et de la mordre, mais elle les chassa sans pitié.

— Moi aussi, je vous aime.

— Dans ce cas, la conclusion s'impose.

Sur ces mots, il la prit par les hanches et l'entraîna définitivement dans la perdition.

Le feu qui avait pris entre eux et grandi peu à peu pendant leurs pérégrinations était désormais un brasier incontrôlable (fort heureusement, il s'agit d'une métaphore, car la lande en plein été est pleine d'herbes sèches prêtes à s'embraser à la moindre étincelle).

Ils se mirent à bouger doucement. Au début, Beth se montra maladroite, jusqu'à ce qu'elle intègre les principes mécaniques de base. Elle s'efforça de les prendre mentalement en note afin de les inscrire plus tard dans son carnet, mais rapidement elle perdit le fil.

Les fougères sèches lui piquaient le dos. Elle s'en moquait.

Les yeux de Devon s'embuèrent. « À cause de la fumée », assura-t-il avant de l'embrasser éperdument, comme si on pouvait prendre à la légère une inflammation de la cornée.

Les fougères irritaient leurs peaux luisantes de transpiration. Finalement, Devon attrapa son manteau et l'étala sur le lit végétal. Souffles mêlés, ils se rallongèrent dans un méli-mélo de membres.

Emportés vers les cieux par de brûlants courants ascendants, ils chuchotaient – « Oh, Seigneur ! Oui, juste ici… N'arrêtez pas ! Je vous aime… »

Et leur tempo s'accéléra, jusqu'à ce que la nuit devienne complètement opaque et que le silence de la lande ne soit plus troublé que par leurs soupirs de plaisir.

*

Devon se réveilla à l'aube, arraché à un rêve plaisant par le caquètement odieux d'un coq de bruyère. Furieux, il ouvrit les yeux... et un émerveillement timide s'empara de lui à la vue de Beth étendue à ses côtés.

Il avait du mal à croire qu'ils avaient passé la nuit ensemble. Et surtout qu'elle était encore là près de lui, au petit matin. Bien sûr, elle n'avait nulle part où aller puisqu'ils étaient cernés par la lande, mais cela n'entrait pas en ligne de compte.

À mesure que le soleil se levait, il regarda son visage se parer d'une lumière iridescente, comme celle d'une perle sacrée volée aux profondeurs de l'océan...

Consterné par la mièvrerie de ses pensées, qui indiquait certainement une dégénérescence précoce de son brillant intellect, il essaya de se concentrer sur le froid qui le faisait frissonner – il était nu et les braises du feu s'étaient transformées en cendres. En vain. Beth l'avait tout simplement ensorcelé, au-delà de ce que pouvaient exprimer les mots, au-delà de toute analyse rationnelle.

Elle était la beauté.

Elle était la paix de son âme.

Elle le regardait.

Le cœur de Devon bondit et il lui adressa un sourire suave, alors même que ses globules rouges pulsaient avec frénésie dans ses veines, comme s'ils s'affairaient à tout retourner et bousculer pour mettre un peu d'ordre avant l'arrivée imminente d'invités prestigieux.

— Bonjour !

Il vit ses yeux s'écarquiller légèrement tandis qu'elle s'empressait de ramener ses longs cheveux sur sa poitrine et son visage.

— Bonjour, répondit-elle à travers le voile ainsi formé. Enchantée de vous voir ici. Cela vous ennuierait-il beaucoup de vous en aller ?

Il cligna des yeux.

— Eh bien...

— Non, ne me regardez pas ! implora-t-elle en tendant la main. Il faut que je me coiffe... que je me lave et... Oh, Seigneur, que je me brosse les dents !

Elle approcha la main de sa bouche, souffla dedans et poussa un gémissement de détresse.

— Ne me regardez pas. Ne respirez pas ! Donnez-moi juste... une minute.

— D'accord, dit-il en essayant de ne pas rire.

— Fermez les yeux.

— Chérie, je me moque...

— Fermez. Les. Yeux.

Il obéit et sentit sa chaleur s'évaporer alors qu'elle se levait. Amusé, il s'étira et bâilla tout en écoutant les petits bruits que fait une femme qui s'habille et s'apprête.

En bon gredin, il espérait qu'elle allait revenir dans ses bras pour qu'il puisse de nouveau la décoiffer et la chiffonner. Mais une partie inattendue de son cœur, plus domestique, se réjouissait à la pensée qu'elle voulait se rendre présentable pour lui. Alors il attrapa son manteau et le drapa sur ses hanches pour masquer la preuve de son excitation.

— Vous pouvez ouvrir les yeux, dit-elle enfin d'une voix empreinte de dignité.

Il paria qu'elle pointait le menton et avait les bras croisés sur la poitrine ; il ouvrit un œil et sourit en constatant qu'il avait vu juste.

— Il reste de l'eau dans la gourde si vous voulez procéder à vos ablutions, ajouta-t-elle d'une voix claire. Mais alors, il n'y aura pas de thé, je le crains.

Devon s'assit en se frottant le visage. Poussé par son esprit scientifique (après tout, on ne connaît pas la réponse si on ne pose pas la question), il demanda :

— Et pas de galipettes matinales non plus ?

— Bonté divine ! Est-ce une pratique autorisée ?

— Dans certaines parties du globe, oui.

— Alors... demain peut-être ?

Les tubes à essai métaphoriques de Devon se mirent à fumer et bouillonner.

— J'ai très envie de recommencer, assura-t-elle, mais pour le moment la priorité est d'emmener le caladrius à Douvres.

— Vous avez raison, soupira-t-il.

Repoussant son manteau, il ébaucha un mouvement pour se lever. Beth lui tourna aussitôt le dos.

— Vous avez déjà tout vu, objecta-t-il en cherchant du regard ses vêtements.

— *Mmmmgggeuhhhh*.

Il sut qu'elle était rouge comme une tomate. Lui-même était bien près de piquer un fard. Il avait eu de nombreuses aventures qui l'avaient laissé blasé au petit matin, mais apparemment l'amour changeait la donne.

C'était la première fois qu'après l'étreinte une femme lui avait caressé les sourcils, embrassé le coin de la bouche et, d'une manière générale, lui avait tellement donné le sentiment d'être chéri que, pour retrouver son souffle, il avait dû rouler sur elle et la reprendre.

À présent, c'était presque aussi bon – presque – de l'entendre parler. Tout en rangeant leurs affaires, elle soliloquait. Le meilleur itinéraire à suivre était celui-ci, elle allait devoir acheter une autre valise, et Seigneur, elle aurait donné n'importe quoi pour une tasse de thé !

Sa voix était comme une douce mélodie à ses oreilles, mais il n'écoutait pas un mot de ce qu'elle racontait, trop occupé à imaginer le prochain moment où il pourrait lui faire l'amour.

Une fois habillés de pied en cap et prêts à partir, ils vérifièrent que le caladrius allait bien, le regardèrent ébouriffer ses plumes et nettoyer ses griffes, attendris par sa maladresse juvénile. La clarté du matin semblait galvaniser l'oiseau, mais les graines tombées sur le plancher de la cage menaçaient de devenir un jardin enchanté, et des volutes de magie scintillante s'enroulaient autour des barreaux. Aussi jugèrent-ils plus prudent de remettre la housse.

Comme Beth empoignait la cage dans l'intention de se mettre en marche, Devon lui saisit le poignet pour la retenir.

Elle tourna vers lui un regard interrogatif. Le soleil décochait des rayons dorés dans sa chevelure d'ébène qui faseyait...

Non. Plus de métaphores à l'eau de rose ! se dit-il avec fermeté (et si son cœur avait pu battre sur un rythme plus régulier, cela l'aurait bien arrangé aussi).

Avant de rejoindre le reste du monde, il voulait renouer un instant avec leur intimité et retrouver cette puissante connivence qui, il le sentait, ne faiblirait pas au fil du temps. Il la voulait rien qu'à lui.

— Bonjour, dit-il.

Tout d'abord, elle parut désarçonnée, puis une lueur de compréhension s'alluma dans ses yeux. Elle sourit, juste pour lui. Un sourire qu'il pourrait emballer et glisser dans son cœur pour le garder éternellement au chaud.

— Bonjour, Devon.

Et, posant la cage, elle le serra dans ses bras.

Oh là là ! pensa-t-il, éperdu.

C'était donc ça, le réconfort. Il avait cru ne jamais connaître ce sentiment de toute sa vie, surtout depuis que sa mère était morte et que son père avait décidé que la meilleure façon de gérer un petit génie rebelle était de l'expédier de l'autre côté de l'Atlantique.

Mais voilà que Beth Pickering prononçait son prénom et le prenait dans ses bras. Et il comprit que, quelle que soit la suite des événements, il ne se remettrait jamais de ce splendide moment.

*

Enfin ils se mirent en route pour Sheffield.

Après avoir dormi par terre toute la nuit, Devon avait mal partout. Quant à Beth, elle n'arrêtait pas d'étirer ses muscles ankylosés, si bien qu'il finit par lui frictionner le dos tout en marchant. Et ils avancèrent, encouragés par les pépiements du caladrius.

Sept minutes plus tard, ils parvinrent en vue d'un bâtiment en pierre.

— « Auberge du Renard Roux », lut Devon sur l'enseigne suspendue au-dessus de la porte.

Ils demeurèrent interdits, ne sachant s'ils devaient rire ou pleurer.

— Bonjour, bonjour ! lança l'aubergiste à leur entrée. Vous êtes bien matinaux, m'sieur-dame !

Le regard de l'homme tomba sur la cage. Puis il les dévisagea plus attentivement et son visage s'éclaira.

— Mon Dieu, quel honneur de vous recevoir dans mon humble établissement ! Désirez-vous une chambre ? Nous en avons plein !

Son sourire un peu crispé indiquait que toutes ces chambres disponibles étaient peut-être une bonne nouvelle pour eux, mais beaucoup moins pour son portefeuille. Et s'ils pouvaient avoir la bonté de ne pas se prétendre mariés... ?

— Nous avons tout le confort souhaité, vue sur la lande, et nos lits sont les plus douillets que vous trouverez de ce côté du mur d'Hadrien ! Vous aurez l'impression de dormir sur un nuage.

Heureusement pour lui, Beth et Devon ne transportaient pas un vanneau viandard. Beth réussit à esquisser un sourire poli, et Devon se retint de jurer en dépit de divers élancements douloureux qui attisaient son éloquence.

— Merci, mais nous voulons juste prendre le petit déjeuner, dit-il. Avec du café. Bien fort. Tellement fort qu'il pourrait... soulever cette auberge et la projeter à cent mètres.

— Et du thé, s'il vous plaît. Bien infusé. J'ai moins besoin de sérénité que de vigueur. Il reste un bon bout de chemin jusqu'à Sheffield.

— Sheffield ? Mon fils y va justement ce matin en charrette, dit l'aubergiste en désignant un jeune homme qui traînait derrière le comptoir.

— Ah bon ? fit ce dernier, l'air surpris.

— Oui, dit son père d'un ton ferme. Et tu vas emmener ces deux gentils orn… ces deux gentils voyageurs. Gratuitement. Ici, on se met toujours en quatre pour les clients. Et nos tarifs sont très raisonnables. Je vous dis ça juste au cas où un journaliste poserait la question.

Devon et Beth échangèrent un regard. Néanmoins, ils se laissèrent conduire dans la salle à manger. L'aubergiste les installa côte à côte à la meilleure table. Il leur commanda un petit déjeuner complet, cadeau de la maison – non non, c'était bien normal, le Renard Roux était célèbre pour son hospitalité, ici, au lieu-dit Longshaw, juste au croisement de la route de Hathersage.

L'aubergiste s'éloigna. Ils posèrent la cage par terre et la poussèrent sous la table ronde afin qu'elle soit cachée par les plis de la nappe. Puis Beth remit ses couverts bien droits et Devon déplia le journal posé sur un plateau.

Dès qu'il lut le gros titre sur la une, il faillit rappeler l'aubergiste pour lui demander d'ajouter du rhum dans son café.

LE ROBIN DES BOIS DE L'ORNITHOLOGIE !
COMMENT LE PR LOCKLEY A TIRÉ LE CALADRIUS
DES GRIFFES D'UN TYRAN !
LA JOLIE BETH PICKERING EN CAVALE AVEC LUI !

— « Robin des Bois » ? Sérieusement ? grogna-t-il, dégoûté.

— « La jolie Beth Pickering » ? se récria Beth avec une indignation encore plus légitime.

— Qui a mis les journalistes au courant ?

— Peut-être le palefrenier du Sir William ? Ou l'un des domestiques de Gladstone ? Ou encore ce Florimond Machin ?

— Du Service de sauvegarde des espèces fabuleuses ?

— Que voulez-vous, on ne peut faire confiance à personne !

— Mon ange cynique, murmura le professeur en caressant tendrement la joue de Beth.

Ils échangèrent un regard dégoulinant d'adoration.

— Ce sont eux !

Ils tournèrent la tête.

À l'autre bout de la salle, deux femmes vêtues de robes bleues identiques pointaient leurs cuillères dans leur direction. À une autre table, deux messieurs octogénaires chuchotaient d'un air entendu.

Devon et Beth eurent à peine le temps de pousser un soupir avant de se retrouver entourés de clients qui réclamaient des autographes, demandaient la permission de voir le caladrius, voulaient savoir quelle filière suivre pour devenir orthogoniste et souhaitaient connaître la date de leur futur mariage.

Leur petit déjeuner arriva sur ces entrefaites. Hélas, ils n'eurent pas le loisir de le savourer tranquillement. Les employés de l'auberge se mêlèrent aux clients et manifestèrent bruyamment leur soutien à la cause des héros. Et comme en plus de souples rameaux étaient en train de bourgeonner sur les barreaux de chaise, ni Devon ni Beth ne remarquèrent l'homme qui venait d'entrer dans la salle.

C'est seulement quand il fendit la foule pour s'installer d'autorité à leur table qu'ils le reconnurent.

— Herr Oberhufter !

— *Guten Morgen, Fräulein Pickering.* Bonjour, Lockley. Je suis venu chercher le caladrius.

— Bien sûr. Et nous allons vous le donner sans faire de grabuge, ironisa Devon.

— Oh oui, vous allez me le donner. Quant à savoir s'il va y avoir du grabuge...

Il brandit un pistolet et le pointa sur la tête de Beth.

— ... c'est à vous d'en décider, acheva-t-il.

24

Pendant que vous observez
l'alouette dans un champ, n'oubliez pas
que le faucon est peut-être en train
de l'observer lui aussi.

Des oiseaux à travers un verre de sherry,
H.A. QUIRM

La foule de curieux chuchotait tandis que les trois ornithologues se dévisageaient avec une hostilité dont le degré n'avait rien à envier à leur professionnalisme.

— Cessez de menacer Mlle Pickering avec ce pistolet, Oberhufter, ou vous allez le regretter, articula Devon d'une voix étrangement calme.

— Bon, d'accord.

Souriant, l'Allemand fit pivoter le canon vers Devon.

Boum !

Tout le monde sursauta. Beth venait de se lever si brusquement que sa chaise s'était renversée. Les joues empourprées, elle donna un coup de poing sur la table. Les tasses et assiettes cliquetèrent, le pot de lait se renversa.

Oberhufter la regarda, bouche bée.

— Je vous demande pardon, gronda-t-elle, mais cette fois j'en ai assez ! Posez votre arme et soyez un peu respectueux, bon Dieu ! Ou je jure que je vous jette dehors !

Le pistolet tomba sur la table dans un bruit métallique. Aussitôt Devon le confisqua et le braqua sur Oberhufter.

— Présentez vos excuses à la dame, ordonna-t-il.

Son ton comminatoire suscita le ravissement des spectateurs. Il fallut éventer un octogénaire avec le tablier d'une bonne.

— Désolé, *Fräulein*, marmonna Oberhufter d'une voix presque inaudible.

— Merci bien, dit Beth, pincée.

Elle ramassa sa chaise, se rassit et but une gorgée de thé. Cela ne suffirait sûrement pas à lui rendre sa sérénité, mais boire à la théière aurait été horriblement vulgaire.

Elle s'était fait mal à la main en cognant sur la table, son cœur aurait pu battre à la course un représentant de *Geococcyx luna tunica* (le coucou terrestre le plus rapide de l'Ouest) et ses bonnes manières avaient entamé un conciliabule pour savoir s'il fallait ou non la faire interner.

Sous la table, Devon posa la main sur sa cuisse. Une semaine plus tôt, elle se serait levée d'un bond. Mais ce contact léger l'apaisa aussitôt. Oubliant le thé, elle plaça sa main sur celle du professeur et entrecroisa leurs doigts.

Elle l'entendit pousser un soupir tremblant.

— *Heiliger Strohsack*[1], grogna Oberhufter en retirant un mouchoir de sa poche pour s'essuyer

1. Juron allemand s'apparentant à « La vache ! ».

le front. Les dames sont vraiment libérées de nos jours !

— Comment avez-vous su que nous étions ici ? demanda Beth d'un ton cinglant qui indiquait que s'il ne lui fournissait pas une réponse satisfaisante, elle irait immédiatement chercher un tableau noir pour faire crisser ses ongles dessus.

— Mon majordome était sûr de vous avoir reconnus sur la route, hier soir. Je me suis dit que ça ne mangeait pas de pain de rebrousser chemin pour vérifier. Et puis... Quirm ronfle comme un tambour.

D'une main un peu tremblante, il attrapa une tranche de pain dans la corbeille et mordit dedans.

— Pourriez-vous me passer la confiture, je vous prie ?

Beth ébaucha un geste vers le pot avant de se reprendre et de laisser retomber son bras.

— Sachez que nous ne vous donnerons rien du tout aujourd'hui, Herr Oberhufter !

— Ooooh, souffla l'assistance, admirative.

— C'est de bonne guerre, admit Oberhufter avec un haussement d'épaules.

Il se pencha pour se servir lui-même, puis agita sa tartine sous le nez de Beth.

— Vous me plaisez, *Fräulein*. Vous êtes intéressante. Mais je m'intéresse encore plus au concours, et si j'étais prêt à vous tirer dessus, cela prouve que je mérite de gagner.

— Que vous le méritiez ou non, peu importe. Ce concours est une mascarade, ricana Devon.

L'assemblée se récria. Oberhufter ricana à son tour en postillonnant quelques miettes.

— Vous me pensez assez stupide pour vous croire ?

Devon rangea le pistolet dans sa poche et se carra contre son dossier.

— En fait, je vous trouve stupide dans bien des domaines. Et cette conversation devient ennuyeuse.

Il fit un signe de tête. Aussitôt l'aubergiste se matérialisa derrière Oberhufter et lui jeta une nappe sur la tête.

— *Mein Gott !*

Tandis que l'Allemand aveuglé se débattait, Beth et Devon se levèrent. Ils se tenaient toujours par la main. L'assistance poussa un soupir charmé.

— Est-ce que le caladrius est là-dedans ? demanda quelqu'un en voyant Beth récupérer la cage sous la table.

— Pas du tout. C'est mon sac à main. Un modèle dernier cri.

— *Aaaaah !*

— Merci de votre aide, dit Beth à l'aubergiste. Je vous présente mes excuses pour vous avoir causé tous ces tracas.

— Ce fut un plaisir, mademoiselle... Ah, la paix, vous ! cria-t-il en repoussant Oberhufter qui se démenait sous sa nappe. Ici, au Renard Roux, nous défendons toujours... Aïe ! Il m'a mordu, l'animal !... les nobles causes. Et vous pourrez profiter de nos installations d'excellence quand vous séjournerez...

— Entendu, coupa Devon en poussant Beth vers la sortie. Mais pour l'heure, nous devons filer.

— Par ici ! cria le fils de l'aubergiste en leur faisant signe.

— Attendez ! cria Oberhufter d'une voix étouffée par les plis de percale. On peut discuter, *ja* ? Si nous nous allions, nous serons invincibles !

Devon se contenta de rire.

— Écoutez-moi ! reprit l'Allemand. Quirm veut vous tendre un traquenard à la gare de Sheffield !

— Pourquoi nous avertir ? s'étonna Beth, méfiante. Vous êtes quand même son... son bon ami.

— Sans compter qu'il y a à peine deux minutes, vous nous menaciez d'une arme.

— Bah, le sexe et la mort... L'ornithologie, quoi ! Aucun de nous ne souhaite que Quirm gagne. Allons, Lockley, associons-nous de nouveau. On s'est bien marrés, *ja* ? Souvenez-vous quand nous avons volé le sifflemort doré aux deux... enfin...

Beth et Devon échangèrent un sourire avant de se diriger vers la porte.

— Bonne chance ! leur cria l'aubergiste.

L'assemblée les acclama, brandissant cuillères, tasses de café et au moins une tranche de bacon.

Ils s'empressèrent de rejoindre l'écurie en évitant les domestiques d'Oberhufter qui attendaient près de l'entrée principale.

— Je n'arrive pas à croire que j'aie fait ça ! souffla Beth.

Elle eut un éclat de rire, puis se mit à hyperventiler.

Devon lui pressa la main.

— Vous avez été admirable. Cela me donne envie d'assister à l'un de vos cours.

Elle rit de nouveau, d'un rire aussi troublé que l'était son cœur.

— Je suppose que ce n'est pas la dernière fois que nous avons des nouvelles de Herr Oberhufter...

— Ne vous inquiétez pas. Nous allons prendre le train et nous serons à Douvres dans l'après-midi.

Ce soir, nous dînerons d'un bœuf bourguignon dans un hôtel français. À partir de maintenant, ce sera un jeu d'enfant.

*

— Je crois que je viens d'apercevoir Hippolyta, prévint Beth alors qu'ils traversaient la gare de Sheffield en direction du hall où on achetait les billets de première classe.

Après avoir passé deux heures à l'arrière d'une charrette bringuebalante, elle avait mal partout et était plus près de ramper que de marcher.

Quant à Devon, il n'avait pas l'air en meilleure forme.

— Où ça ?

Elle pointa discrètement le doigt vers le quai. Mais au même instant, un groupe de voyageurs se sépara, révélant que ce qu'elle avait vu était en fait le stand d'un vendeur de glaces à l'eau dont l'auvent était en toile rayée jaune et rouge.

— Ah non. Je dois avoir les yeux fatigués.

— Mon corps tout entier est fatigué, soupira Devon.

— Peut-être pourrions-nous acheter des glaces à l'eau pour reprendre des forces ?

— Je préférerais un café. Ou un baiser, ajouta-t-il avec un sourire canaille.

— Oh là là ! dit-elle en s'éventant de la main.

— Hélas le train va bientôt partir. Alors au lieu de… (il se pencha pour lui chuchoter la suite à l'oreille) soulever votre jupe, baisser votre culotte et vous embrasser là… (il se redressa, passa la main dans ses cheveux d'un geste désinvolte), je vais aller nous acheter des billets.

Pendant que Beth s'éventait des deux mains dans un effort urgent pour étouffer sa combustion interne, il ouvrit la porte du hall...

... et fit un bond en arrière alors que le traquenard mentionné par Oberhufter lui sautait au visage.

Beth eut la vision floue d'une paire d'ailes blanc et noir qui battaient furieusement et d'une tête orangée. Elle identifia un le *Sula dactylatra sicarius*, autrement dit un fou de Bassan spadassin, au premier coup d'œil, ce qui prouvait à quel point elle maîtrisait son sujet.

Hélas, ses compétences indéniables ne lui évitèrent pas d'être attaquée par l'oiseau qui plongea sur elle et la frappa à l'épaule de sa patte palmée avant de s'envoler hors de portée.

La magie corrosive se diffusa dans ses nerfs. Elle tituba sous l'effet de la douleur, manquant de lâcher la cage du caladrius. Un coup de patte sur la tête, quelques centimètres plus haut, lui aurait carrément fait perdre connaissance.

— Courez ! Tous aux abris ! hurla Devon qui, les bras repliés sur le crâne, suivait la trajectoire de l'oiseau.

— Eh, ce sont les orothilogues ! cria joyeusement un badaud.

— Incroyable ! Est-ce que le caladrius est dans cette cage ?

Personne ne s'affolait. Au contraire, les gens s'approchaient, enthousiastes. Le fou de Bassan émit un cri strident et plongea de nouveau. Beth s'accroupit en plaquant la cage contre ses jambes tandis que Devon se penchait au-dessus d'elle pour la protéger. Elle eut à peine le temps de s'enchanter de cette attitude chevaleresque avant de l'entendre grogner de douleur. Le fou de Bassan venait de le frapper à l'omoplate.

La magie le transperça, se réverbérant dans la chair de Beth. Comme l'oiseau reprenait de la hauteur, ils se redressèrent, cherchant du regard un moyen de le capturer.

— Prenez votre filet spécial, professeure Pickering ! suggéra quelqu'un dans la foule.

— Je peux vous donner mon parapluie !

— Je vais essayer de l'attraper, dit Devon en ôtant son manteau. Et dans le pire des cas, j'ai le pistolet d'Oberhufter. Mettez-vous à l'abri avec le caladrius.

Beth lui sourit pour l'encourager. Un souffle vital passa entre eux, nourri de tout ce qui s'était passé les jours précédents – les rires, la passion... –, dans un moment parfait qui parut se figer pour l'éternité.

Avec un sourire lumineux, Devon se détourna pour donner une secousse à son manteau, qui claqua dans l'air.

La foule l'acclama et se mit à applaudir en rythme.

— A-ttra-pez l'oi-seau ! A-ttra-pez l'oi-seau !

Le raffut fit grimacer Beth. Elle recula avec la cage tout en s'efforçant de déboucler sa sacoche d'une main dans l'espoir d'y trouver de quoi neutraliser le fou de Bassan.

Quelqu'un la tira alors par le bras.

— *Ti-wiiit !* pépia le caladrius, secoué dans sa cage.

Tournant la tête, Beth découvrit Hippolyta dans une robe bien plus colorée que l'auvent du stand de glaces à l'eau.

— Hello, ma chère Elizabeth, dit-elle avec un sourire féroce.

— Lâchez-moi ! ordonna Beth, prouvant que même la femme la plus intelligente du monde peut se montrer parfois d'une incroyable crédulité.

Hippolyta ricana en resserrant sa prise.

— *Shhhhhhhhhhhh !*

Le fou de Bassan attaquait dans un sifflement strident. Devon lança son manteau juste au bon moment. Déséquilibré, l'oiseau lui dégringola dessus, empêtré dans les pans du vêtement. Devon vacilla, et la foule rugit, passionnée par le spectacle.

Beth tenta de résister tandis que Hippolyta l'entraînait à travers la cohue.

— Il est temps de partir. Gladstone nous attend.

— Comment pouvez-vous vous prêter à cette forfaiture, Hippolyta ?

— Une ornithologue doit jouer ses billes sur le long terme. Vous comprendrez ça, un jour.

— Jamais ! Au secours ! Au secours !

Mais la voix de Beth était couverte par les cris de la foule qui encourageait Devon, lequel s'efforçait d'immobiliser le fou de Bassan emprisonné sous son manteau en le plaquant au sol sans lui faire de mal.

Le cœur de Beth manqua un battement lorsqu'elle vit que du sang lui coulait sur le visage. Il était blessé !

Paniquée, elle décocha une série de coups de pied à Hippolyta, mais cette dernière portait trop de jupons sous sa robe pour en être affectée. Autant s'attaquer à un nuage.

Le valet de Gladstone apparut soudain près d'elles.

— Par ici, dit-il en montrant le train.

— Non ! cria Beth.

Peine perdue. L'homme lui confisqua la cage et l'attrapa par le bras. Ils l'obligèrent à rejoindre le quai et la forcèrent à monter dans un compartiment de première classe. Assis à l'intérieur, le Pr Gladstone fumait tranquillement sa pipe. Comme Beth se démenait de plus belle, le valet la poussa brutalement. Elle tomba à quatre pattes sur le plancher, les cheveux dans la figure.

Rejetant la tête en arrière, elle leva les yeux sur Gladstone. Celui-ci fit glisser ses petites lunettes sur son nez pour la considérer d'un air réprobateur.

— Quel manque d'élégance, Pickering. Je ne vous félicite pas. Ce n'est pas digne d'une professeure titulaire.

Il fit claquer ses doigts. Le valet aida Beth à se relever et la fit s'asseoir sur la banquette avant de poser la cage à côté d'elle. Elle posa aussitôt la main dessus en un geste protecteur.

— Faites-moi de la place, ordonna Hippolyta qui était toujours dans le couloir.

Majestueuse, elle souleva ses volumineuses jupes. Mais le domestique la repoussa sans ménagement et, avant qu'elle n'ait le temps de protester, lui claqua la porte au nez et tira le rideau. Puis il se campa sur ses deux pieds, les bras croisés sur la poitrine. Un coup d'œil à ses biceps saillants et au pistolet glissé dans son holster apprit à Beth qu'elle n'avait aucun espoir de s'échapper.

Dans le couloir, Hippolyta tambourinait à la porte en vociférant. Puis elle dut décider de changer de tactique et le silence retomba. Le monde se réduisit au compartiment exigu qui sentait le tabac et le guano.

— Kabelo, allez donc dire au machiniste qu'il prend du retard, ordonna Gladstone. Il faut partir sans délai, sinon Lockley va encore vouloir jouer les héros.

— C'est de moi que vous devriez vous méfier ! gronda Beth, farouche.

Gladstone gloussa.

— Vous oubliez que je vous connais, Pickering. Vous ne feriez pas de mal à une mouche.

— Pardon, c'est faux. Il y avait une mouche au Liberia et je l'ai...

— *Ti-wiiit !*

On entendit un froissement d'ailes. Beth oublia tout le reste pour jeter un regard sous la housse. Des fientes jonchaient le plancher de la cage. Accroché à un barreau, l'oiseau y frottait son bec. Sa queue en éventail frémissait. Son plumage était hirsute.

Sous les yeux de Beth, des rameaux vert pâle se mirent à pousser sur le perchoir en bois.

Elle reposa la cage.

— L'oiseau est stressé, dit-elle à Gladstone d'un ton accusateur.

— Bah, il va se calmer.

— Sa magie devient instable. À cause de ce que vous lui avez infligé ! S'il ne vole pas bientôt afin de relâcher son surplus d'énergie thaumaturgique, il va dépérir et mourir. Il faut le libérer dans un lieu où il sera en sécurité.

— Le libérer ? Pourquoi ferais-je une chose aussi stupide ? Grâce à ma géniale méthode de dressage comportemental, je vais lui faire reprendre du service et l'emmener partout en Angleterre pour exhiber ses capacités de guérisseur.

— Mais c'est un tout jeune volatile !

— C'est justement pour cela qu'il est facile à dresser. J'ai déjà obtenu de bons résultats avec d'autres espèces fabuleuses, et j'ai bon espoir d'obtenir de gros financements. Le caladrius sera le joyau de ma couronne.

— Il ne s'agit pas d'une espèce domestique qui peut s'amuser à apprendre des tours. Vous allez priver un oiseau sauvage de son milieu naturel, manipuler ses pouvoirs à seule fin de satisfaire votre cupidité, et le rendre malade par la même occasion. Je n'arrive pas à le croire !

— Vous avez passé bien trop de temps avec les naturalistes de terrain, ma petite. Vous n'avez pas à croire ou à ne pas croire, puisque je vais le faire. Vous ne pouvez pas m'en vouloir. Les subventions de mes partenaires financiers vont me permettre de vivre dans l'opulence. Sans parler de tous les repas qui vont m'être offerts pendant la tournée.

Beth secoua la tête, consternée.

— C'était donc là le but de la SIO depuis le début ?

— La SIO ! lâcha Gladstone avec dérision. Ces idiots seraient incapables de discerner une aile d'un bec ! Mais je dois reconnaître que le concours a suscité un bel engouement pour le caladrius. Cela me sera bien utile pour trouver des investisseurs.

Il souffla un rond de fumée dans l'air. Derrière lui, des auréoles vertes commençaient à apparaître sur le dossier de la banquette.

— Je ne vous laisserai pas faire !

— Vous n'avez pas votre mot à dire. Vous êtes peut-être maligne, mais vous n'êtes qu'une femme.

— Je suis docteure en...

— Vous êtes une femme. Vous ne pouvez rien contre moi. Et n'allez pas vous imaginer que Lockley va voler à votre secours. Il va penser que vous l'avez trahi pour obtenir cette chaire. C'est évident et vous le savez bien.

Ravalant une réplique cinglante, Beth s'obligea à concentrer son attention sur les auréoles vertes. De minuscules bourgeons jaunes étaient en train de pousser. « *Ti-wiiit, ti-wiiit* », pépiait le caladrius en irradiant son surplus de magie.

Debout devant la porte, le valet devenait de plus en plus pâle.

Gladstone souffla un nouveau rond de fumée. Beth le toisa avec mépris sans avoir le courage de crier qu'il se trompait du tout au tout. Jamais Devon ne penserait qu'elle l'avait trahi. Ils avaient marché main dans la main sous le soleil. Ils s'étaient embrassés (*et cætera*) dans la nuit illuminée d'oiseaux. Et ses yeux noirs avaient pris un reflet cuivré flamboyant quand elle lui avait dit qu'elle l'aimait. Aucun homme n'aurait pu simuler une émotion si intense.

Il lui ferait confiance, tout comme elle l'aurait fait à sa place. En ce moment même, il devait être en train de la chercher, scrutant désespérément la foule sur le quai de la gare. Et, constatant sa disparition, il comprendrait qu'elle avait été enlevée.

N'est-ce pas ?

À moins que son cœur cynique n'envisage le pire ?

Un goût de fiel lui emplit la bouche à mesure que sa peur grandissait et lui serrait le cœur entre ses griffes acérées. Elle se rendit compte qu'elle se mordillait le pouce et se força à poser la main sur la cage, pour rassurer le caladrius et se rassurer elle-même.

À travers son gant, elle ressentit des picotements dans la paume. Non, Devon ne douterait pas d'elle. Elle refusait d'envisager cette possibilité. Après tout, à quoi bon aimer si l'amour vacillait au premier doute ?

Refoulant ses craintes, elle redressa la tête et jeta un regard dédaigneux à Gladstone (ou plus exactement à l'épaule de Gladstone, car son courage était encore un peu timoré).

Tchou-tchouuuu !

Le train se mit en marche.

Et dans un déclic, Beth apprit alors une leçon capitale : face à la puissance d'une locomotive, l'amour et la confiance, aussi solides soient-ils, ne faisaient pas le poids.

Elle était maintenant en grand danger d'être désignée Ornithologue de l'année, et pour se sauver d'une telle catastrophe, elle ne pouvait compter que sur elle-même.

Boum ! Boum !

Des gens cognaient à la portière du train, furieux que l'heure du départ ait été avancée.

Gladstone se contenta de glousser en tirant sur sa pipe, une lueur de triomphe dans les yeux. De fragiles lianes vertes commençaient à s'enrouler autour de son chapeau.

Fermant les yeux, Beth retint ses larmes alors que le train l'emportait vers Londres et la titularisation.

25

Quand la route devient pénible,
trouvez un raccourci.

Des oiseaux à travers un verre de sherry,
H.A. QUIRM

Trois jours plus tard

— Quel malheur ! se désola M. Flogg, qui fixait les profondeurs insondables de son café.

M. Fettick poussa un long soupir empreint de solennité pour montrer qu'il abondait dans son sens.

— Je ne vois pas pourquoi, rétorqua Schreib en prenant le dernier petit chou à la crème sur le plateau. Mlle Pickering va gagner le concours. Vous avez obtenu la moitié de ce que vous vouliez, ce n'est déjà pas si mal. Et la SIO est contente.

— Pas l'Office britannique du tourisme, rétorqua M. Flogg. La « capture » du caladrius était censée prendre plus de temps, pour que partout en Europe les gens s'enthousiasment et affluent dans notre beau pays. Et les vendeurs de journaux ne sont pas satisfaits non plus, car la belle histoire d'amour qui leur servait de feuilleton vient de s'évaporer, sans même un épilogue dramatique avec rupture émouvante ou mort tragique. Pire, le grand finale que nous avions prévu – et qui nous a coûté une fortune ! – est tombé à l'eau. Après ce fiasco, nous aurons de la chance si quelqu'un nous engage pour une nouvelle mission.

— Cela va me manquer, ces séances de travail où nous inventions de nouvelles péripéties autour d'une tasse de café, murmura M. Fettick.

— Et moi, ce sont mes appointements qui vont me manquer.

Ils poussèrent un soupir accablé.

Schreib jeta un regard amusé à Cholmbaumgh, qui haussa les épaules.

— L'histoire n'est pas terminée, rappela ce dernier. La cérémonie officielle n'a pas encore eu lieu.

— Oui. M. Lockley n'a pas encore eu le temps de se précipiter au secours de son amour, renchérit Schreib.

Une petite lueur s'alluma dans les yeux de M. Fettick.

— C'est vrai. Il reste de l'espoir. Qu'en ditesvous, Otis ? Croyez-vous qu'il nous reste encore un coup à jouer ?

M. Flogg posa la main sur celle de son associé.

— Oui, Chester. Nos neurones n'ont pas dansé leur dernière valse.

*

Le chant des moineaux réveilla Beth.

Ils sautillaient sur le rebord de la fenêtre et, l'espace d'un instant, elle se crut de nouveau chez elle, à Oxford, à la pension de famille, où sa logeuse, en cuisine, était sûrement en train de faire brûler les œufs du petit déjeuner.

Mais sous sa tête, la taie d'oreiller en soie était toute douce et on ne sentait pas l'odeur familière de graillon.

Son esprit remonta le temps (marquant une pause çà et là au souvenir d'un oiseau intéressant), puis replongea brutalement dans le présent.

Elle s'assit dans un sursaut et jeta un regard hébété à la chambre d'hôtel où elle était détenue depuis trois jours, durant lesquels la nouvelle s'était répandue dans Londres : le caladrius avait été capturé par « l'extraordinaire professeure Pickering de l'université d'Oxford », parce que « les femmes sont capables de tout (quand elles ont reçu la formation adéquate) », et le titre d'Ornithologue de l'année lui serait décerné dans la salle de conférences de ce même hôtel.

La clarté dans la pièce annonçait que la matinée était déjà bien entamée. Cela n'avait rien d'étonnant, étant donné que Beth avait passé la nuit à s'en faire pour le caladrius, pour Devon, pour le cheval de l'employé de la gare de Douvres, et même pour Hippolyta, et n'avait sombré dans un sommeil agité qu'à l'approche de l'aube.

Elle avait fait les cent pas, tenté pour la seizième fois de crocheter la serrure, envisagé de hurler et d'appeler à l'aide – bien que jusqu'à présent cela n'ait donné aucun résultat probant –, et s'était cassé les ongles en cherchant vainement à ouvrir la fenêtre cadenassée.

Elle avait même fait de grands gestes pour attirer l'attention des passants dans la rue, bien qu'un tel comportement soit de la dernière vulgarité.

Mais personne ne l'avait vue, personne n'avait été scandalisé et, surtout, personne ne s'était précipité à son secours.

Devon lui manquait physiquement, avec une intensité surprenante. Ils avaient pourtant passé peu de temps ensemble, somme toute. Mais l'air était douloureusement vide de sa présence.

Sa main le cherchait sans cesse, comme en quête d'un appui. Et sa voix chaude et tendre résonnait dans sa tête, à peine teintée d'une pointe d'accent américain sous ses voyelles anglaises.

« Beth... », l'entendait-elle chuchoter. Et, yeux clos, elle l'écoutait en croyant sentir ses bras forts autour d'elle.

Comment était-il possible que cet homme lui soit devenu indispensable, au point qu'elle avait désormais l'impression d'être incomplète ?

Quand la nuit était devenue intolérable de silence et d'ennui, elle s'était revue dans la lande, nue contre lui, ondulant au rythme lent de l'amour pendant que les linottes feu follet illuminaient les ténèbres de leur danse sous les frondaisons des chênes protecteurs.

Elle se souvenait d'eux marchant main dans la main sur la route qui grimpait, discutant science aviaire tout en déjeunant dans le train qui les emmenait vers le nord du pays. Elle se remémorait comment ils avaient synchronisé leurs compétences dans une parfaite harmonie afin de capturer le cygne Larsen...

Tant de souvenirs merveilleux, tant de bonheur... plus qu'elle n'en avait connu dans toute sa vie d'avant. Lorsqu'elle se replongeait dans ces instants magiques, elle ne s'étonnait plus d'être tombée amoureuse de lui si vite.

Il était si facile d'aimer Devon...

Et cet amour était réciproque. Pourquoi ? Ça, c'était plus mystérieux. Néanmoins, elle se cramponnait à cette fragile certitude.

Bien plus souvent que ne l'aurait voulu le bon sens, elle ouvrait son carnet à la page où il avait dessiné le vanneau et le pressait contre son cœur.

Devon viendrait la chercher, elle le savait.

Bon, peut-être ne ferait-il pas irruption par la fenêtre, tel un héros romantique, parce que : a) il ignorait qu'elle se trouvait ici, et b) cela fracasserait la vitre et causerait un beau désordre. Mais nul doute qu'il trouverait le moyen d'empêcher qu'elle soit nommée Ornithologue de l'année.

Bien entendu, elle était résolue à se tirer d'affaire toute seule en cas de nécessité, mais quelle femme n'aspire pas à être sauvée par un beau gredin ?

Hormis son amant, qui occupait ses rêves (« son amant ! » – à ce mot, des pensées euphoriques prirent vie le temps de se congratuler chaudement et de serrer contre elles des photos encadrées de Devon), les seules personnes qu'elle avait vues depuis qu'elle était enfermée étaient les domestiques qui lui avaient monté ses repas et apporté une valise avec des vêtements de rechange et des affaires de toilette.

La veille, elle avait aussi eu droit à un message : « Nous viendrons vous chercher à 10 heures » (ou plus exactement : « Nuus vuuutiuus vuus cfuicfui è 10 $ », étant donné que les pattes de mouche de Gladstone étaient aussi lisibles qu'une ordonnance de médecin).

Beth se leva, mangea ce qui restait sur le plateau, fit sa toilette, puis inspecta le contenu de la valise avec la nostalgie douce-amère de quelqu'un qui a déjà perdu deux bagages et n'a que peu d'espoir de conserver celui-ci.

Gladstone avait dû se charger lui-même des achats, car il n'y avait là que des habits en tweed marron ou gris et des bas en laine épaisse qui sentaient la poussière alors qu'ils étaient neufs. Elle risquait de mourir de chaud quand elle monterait sur l'estrade un peu plus tard pour recevoir son prix.

Elle choisit un chemisier blanc ainsi qu'une jupe marron qui avait l'avantage d'avoir des poches (quelle femme ne se sent pas pousser des ailes quand elle a des poches ?).

Il n'y avait pas d'épingles à cheveux. Gladstone avait dû craindre qu'elle s'en serve pour crocheter la serrure. Elle se fit une natte, qu'elle noua avec un galon élastique arraché à une jarretière. C'était une coiffure d'écolière mais, lorsqu'elle se regarda dans le miroir, elle vit une professeure déterminée et résiliente.

Normal. Sous ses bonnes manières, elle avait toujours été cette personne. La différence, c'est que désormais elle était beaucoup moins encline aux compromis (et aussi qu'elle savait faire gémir un homme avec sa bouche). Que des progrès, par conséquent.

Elle venait de boutonner ses bottines quand la porte s'ouvrit. Il était l'heure.

Elle prit sa sacoche, posa sur sa tête un canotier en paille trouvé dans la valise, puis sortit de la chambre.

Gladstone était là, entouré d'un petit groupe de domestiques, le visage légèrement flou derrière la fumée de sa pipe. Il l'enveloppa d'un regard critique.

— Vous êtes présentable, commenta-t-il.

— Vous vous imaginez que votre avis a la moindre importance pour moi ?

— J'imagine ? Pickering, nous ne sommes pas des instituteurs ! Et ce n'est pas mon opinion personnelle que je vous donne, c'est ma validation en tant que directeur de la faculté d'ornithologie. Vous n'avez pas besoin de sac, ajouta-t-il en agitant la main.

— Il contient mes notes pour le discours de remerciements, prétendit-elle.

Sa sacoche l'avait accompagnée dans les montagnes suisses et dans les profondeurs de la bibliothèque Bodléienne. Elle n'avait nulle intention de s'en séparer, quoi qu'en pense Gladstone. Et un instant, elle caressa même l'idée de lui en donner plusieurs coups sur le crâne.

Elle s'en abstint toutefois, de peur d'abîmer sa paire de jumelles.

Gladstone dut voir à sa mine qu'elle ne céderait pas. Estimant rapidement le rapport bénéfice-risque d'une altercation, il capitula avec un haussement d'épaules.

— Comme vous voudrez. Allons-y.

Dans un silence plein d'animosité, ils prirent l'ascenseur jusqu'au rez-de-chaussée.

Le cerveau de Beth convoqua toutes ses ressources à une réunion d'urgence ayant pour objectif la fuite. Hélas, les idées brillantes qu'elle avait eues pendant sa détention se défilèrent toutes après avoir compté les domestiques qui les escortaient.

Beth n'avait pas l'intention d'accepter le prix qu'on voulait lui décerner. Durant les semaines précédentes, elle avait appris à dire non. Mais les sbires de Gladstone n'étaient pas des freluquets. En outre, ses nerfs restaient intimidés par l'autorité de celui qui avait été son maître de thèse.

Elle aurait eu besoin d'un peu de temps pour forger un nouveau plan.

Malheureusement on ne lui en accorda pas. Il ne leur fallut que quelques instants pour rejoindre le hall surchargé de dorures.

Sur le seuil de la salle de conférences, Beth jeta un coup d'œil à l'intérieur. Son estomac se noua quand elle vit que plusieurs centaines de personnes étaient déjà installées.

Elle reconnut M. et Mme Podder, qui semblaient très impressionnés, ainsi que M. Chevrolet, qui lissait son élégante moustache.

Sur scène, posé sur un piédestal, le trophée attendait d'être remis à la gagnante. Il s'agissait d'une statuette en or à l'effigie d'un phénix, placée sous la surveillance du doyen de l'université d'Oxford et du doyen de la Sorbonne, qui poireautaient en échangeant des regards haineux.

Anxieuse, Beth scruta l'assistance. Devon se trouvait-il parmi ces gens, un sourire sardonique aux lèvres, se demandant si elle mentionnerait son nom dans son discours ?

— Donnez-lui l'oiseau, ordonna Gladstone avec un claquement de doigts.

Un domestique tendit la cage à Beth. Elle s'en saisit et releva la housse.

Le caladrius, pauvre petite boule de plumes, était recroquevillé sur son perchoir. Le bec ouvert, il pantelait. Beth remarqua les nombreuses fientes qui jonchaient le plancher de sa nouvelle cage. Celle-ci avait beau être magnifique, en métal doré et ornementé, elle ne contenait ni abreuvoir ni nourriture.

Beth fut secouée d'un frisson qu'elle aurait pu qualifier de « prémonitoire » si elle avait été du genre à croire à ces sottises. Le caladrius était condamné à une existence misérable. Adulé pour son pouvoir, il serait contraint d'en faire la sempiternelle démonstration dans les salons et les amphithéâtres. Jamais on ne lui accorderait la liberté indispensable à son épanouissement.

À cette pensée, elle faillit éclater en sanglots.

L'oiseau n'avait même plus la force de pépier.

Prenant une lente inspiration, elle laissa retomber la housse et se tourna vers Gladstone.

— Il est affaibli. Il a besoin de voler pour relâcher son excédent d'énergie.

— Oui, oui, je sais. Je le libérerai quelque temps dans ma volière, une fois que je l'aurai présenté aux personnalités les plus importantes : la reine... le tsar de Russie... le rédacteur en chef du *Daily Telegraph*...

Beth lui jeta un regard glacial. Elle remarqua soudain qu'il ne portait plus de lunettes et que ses cheveux et son bouc, naguère grisonnants, étaient redevenus blonds. À son sourire vaniteux, elle comprit qu'il s'était servi de la magie de l'oiseau pour effacer les injures du temps sur sa personne.

Révoltée, elle eut la nausée.

— Inutile de faire cette tête, ma petite ! Allons, souriez et faites votre devoir. Sinon...

Gladstone fit courir l'embout de sa pipe en travers de sa gorge.

Beth écarquilla les yeux.

— Vous iriez jusqu'à me tuer ?

— Quoi ? Mais non, bon sang ! Mais je ferai confisquer votre médaille du Mérite scientifique, je demanderai votre renvoi de l'université et je veillerai à ce que vous n'obteniez plus jamais aucun financement. C'est bien compris ?

Le cœur de Beth se ratatina. De nouveau, elle balaya la salle du regard tandis qu'une dizaine d'excuses s'amassaient dans sa gorge.

Sur scène, le doyen d'Oxford la fixait d'un air impatient. Les spectateurs chuchotaient et commençaient à s'agiter sur leurs sièges. Tout le monde l'attendait.

— C'est bien compris ? répéta Gladstone.

— Oui.

Puis, serrant dans sa main la poignée de la cage, elle tourna les talons et s'enfuit.

*

Beth traversa en courant le hall de réception, consciente qu'elle n'atteindrait pas la sortie avant que les serviteurs de Gladstone ne la rattrapent.

Cette fois, ni la politesse ni ses compétences ne la sauveraient. Il lui fallait faire preuve d'une audace aussi éhontée qu'assurée.

Qu'aurait fait Devon à sa place ?

Ou mieux, qu'aurait fait Hippolyta ?

— Au secours ! brailla-t-elle. Aidez-moi, sapristi !

Des clients lui jetèrent un regard outré. Personne ne courait dans un établissement si luxueux (sauf, à l'occasion, un bel espion en smoking ou un amoureux déterminé à arrêter un mariage).

Mais en cet instant, Beth n'avait que faire de la bienséance.

— Je suis ornithologue et ces gens veulent s'en prendre au caladrius !

Des cris indignés retentirent. Les plus fins observateurs auraient remarqué que les dames présentes ne portaient ni boa ni chapeau à plumes. La couverture médiatique du concours avait apparemment bouleversé les mentalités. Et par chance, Beth était une professionnelle de l'observation.

— Aidez-moi à sauver le caladrius !

Dans un élan héroïque, plusieurs dames et messieurs se mirent en travers de la route des domestiques qui s'étaient lancés à la poursuite de Beth.

Une bagarre éclata. Une ombrelle fut déployée, des cannes brandies. Une dame se mit à tournoyer sur elle-même en tenant par la bandoulière son sac en forme de cage. Au moins trois sbires de Gladstone se retrouvèrent le nez par terre.

Beth regardait la scène, sidérée. Puis, reprenant ses esprits, elle se tourna vers la sortie...

Une jeune femme jaillit soudain devant elle. La collision fut évitée de justesse.

— Excusez-moi ! Je travaille au *Journal des dames* et j'aimerais vous interviewer à propos de...

— Désolée, pas le temps !

Beth envoya valdinguer le calepin de la journaliste et s'élança de nouveau.

— Très chère Elizabeth !

Cette fois, c'était Hippolyta qui venait de lui couper la route, parfumée et froufroutante dans ses volants de dentelle.

Beth grimaça. Cette femme était comme une volée de goélands autour d'une table de piquenique. On n'arrivait jamais à s'en débarrasser !

Sans même s'excuser, elle la contourna et continua sa course.

Au moment où les portes s'ouvraient devant elle, elle crut sentir le vent prometteur de la liberté...
... et son cœur cessa brusquement de battre.

*

Dans un style purement héroïque, Devon pénétrait dans le hall, les pans de son long manteau noir claquant dans son sillage.

À la vue de Beth, il s'immobilisa.

Il était venu dans l'intention de perturber la cérémonie en bondissant sur scène pour sauver la belle ingénue au tout dernier moment. Mais elle était là, devant lui, très belle en effet (même si techniquement on ne pouvait plus parler d'« ingénue »).

Et elle le fusillait du regard.

— Ne restez pas dans mes pattes ! jeta-t-elle avant d'ajouter : Comment allez-vous ? Ravie de vous revoir. Poussez-vous !

Il sourit. Dieu, comme il aimait cette femme ! Tellement qu'il était prêt à endurer un mariage en grande pompe à l'église, s'il fallait vraiment en passer par là pour la garder dans sa vie.

Lorsque Beth s'était volatilisée à la gare de Sheffield, il l'avait cherchée dans la foule. Puis, alors que la panique montait en lui, il avait vu Hippolyta et un valet la forcer à monter dans le train.

Il avait couru comme un fou... mais trop tard. Le train l'emportait déjà. Il n'y avait même pas de plateforme sur laquelle il aurait pu bondir, à l'instar des héros les plus intrépides.

Impuissant, il avait regardé le train s'éloigner avec l'impression que celui-ci partait avec la moitié de son cœur déchiré.

Il avait dû attendre le train suivant pour rejoindre Londres dans une course-poursuite désespérément lente. Et, après avoir loué une chambre au Club Minerve, il avait passé deux jours à essayer de découvrir où Gladstone retenait la jeune femme.

Puis Gabriel était arrivé. Son cousin avait tiqué devant le linge sale, les draps froissés et les vestiges de repas qui jonchaient le sol de la chambre. Il avait reporté un regard sévère sur Devon, hagard et mal rasé.

— Qu'est-ce que c'est que ce chantier ?

— Il ne s'agit pas d'un chantier, mais d'un désastre ! s'était exclamé Devon d'un ton presque hystérique qui lui faisait honte maintenant qu'il se remémorait la scène.

— Pas du tout. Un désastre, c'est quand la foudre frappe un cimetière néolithique et que la source d'énergie thaumaturgique perturbée électrise tous les objets métalliques du voisinage. Ce qui s'est passé ce matin dans le Kent. Je me rends là-bas en urgence pour rejoindre des collègues en intervention. Aussi faisons vite. Tu sais que tu vas retrouver ta dulcinée et son oiseau à la cérémonie. Tu as le temps d'établir un plan. Alors ressaisis-toi, d'accord ?

— D'accord, avait marmonné Devon, penaud.

Il avait donc élaboré un plan d'action, rangé la chambre et attendu avec impatience le moment de sauver Beth. Sauf qu'elle n'avait pas l'air d'en avoir besoin. Ni envie.

— J'ai passé la moitié de ma vie à capturer des oiseaux féroces, et l'autre moitié à batailler pour obtenir des financements. Je suis capable de me débrouiller toute seule !

— Je sais.

— La politesse n'empêche pas d'avoir de la ressource.

— Je sais.

— Un jour, en Grèce, figurez-vous que je me suis retrouvée face à une chouette loup-garou...

— Attrapez-les ! cria quelqu'un dans le hall.

Les valets de Gladstone avaient réussi à s'extirper de la foule hostile. Hippolyta s'approchait avec un filet qu'elle venait de sortir de sous son chapeau. Et la journaliste du *Journal des dames* griffonnait fébrilement dans son calepin en observant la scène.

Devon brandit son revolver.

— Nous allons partir, annonça-t-il. Et je n'hésiterai pas à tirer sur quiconque tenterait de nous en empêcher.

Tout le monde s'arrêta net.

— Je vous en prie, Hippolyta, n'essayez pas de nous suivre, ajouta Beth. Je vous ai déjà dit que nos chemins se séparaient, je ne vais pas vous le répéter encore et encore. Franchement, c'est lassant.

Hippolyta ouvrit la bouche, mais demeura coite, déstabilisée par la fermeté du ton qu'avait employé son ancienne collaboratrice. Seul le cliquetis de ses longues boucles d'oreilles exprima la fureur qu'elle ressentait.

Devon recula en entraînant Beth vers le fond de la salle où un passage voûté donnait accès au salon de thé.

— Pourquoi ne sortons-nous pas par la grande porte ? s'étonna-t-elle.

— J'ai un plan. Faites-moi confiance.

— Toujours, promit-elle.

Il se retint de l'embrasser à pleine bouche, parce qu'une horde d'ennemis se tenait prête à leur sauter dessus et que c'était exactement le genre de réflexe machiste dont il devait se débarrasser.

Ils débouchèrent dans le salon de thé.

Et, dans un rugissement, la foule se lança à leurs trousses.

26

La magie aviaire est sublime.
C'est ce qui la rend si dangereuse.

Des oiseaux à travers un verre de sherry,
H.A. QUIRM

Beth et Devon se faufilèrent entre les tables habillées de belles nappes blanches, à une allure qui découragea d'emblée toute demande d'autographe.

Dans un suprême effort de volonté, Beth s'interdit de présenter ses excuses aux clients et aux serveurs, pour ne pas perdre la moindre seconde.

Hippolyta les talonnait, suivie des domestiques de Gladstone, de la journaliste, d'une poignée d'ornithologues et de quelques employés de l'hôtel.

Alors que Beth jetait un coup d'œil en arrière, son canotier s'envola. Elle n'essaya pas de le récupérer, ni de compter le nombre de couvre-chefs qu'elle avait perdus en quelques jours.

D'une poussée, Devon ouvrit une porte entrebâillée. Ils tournèrent à gauche dans un couloir de service, puis à droite.

Il semblait savoir où il allait.

— Maintenant ! cria-t-il au moment où ils passaient devant la buanderie de l'hôtel.

Un employé en jaillit avec un chariot de linge qu'il propulsa vers leurs poursuivants. Il y eut télescopage et ces derniers s'affalèrent les uns sur les autres.

— Bonté divine ! murmura Beth.

Ils atteignirent une large porte qui donnait sur la cour de livraison. Devon la referma derrière eux et la bloqua avec une lourde barre.

— Par là ! dit-il en montrant une ruelle. Nous allons filer à la gare de Kensington.

— D'accord.

Tandis qu'ils couraient côte à côte, il jeta un regard incertain à Beth.

— Vous... vous n'avez pas l'air surprise de me voir ?

— Oh, je savais que vous viendriez.

— Pour assister à la cérémonie ?

— Pour *moi*.

Il s'arrêta en la retenant par le bras et, souriant, posa la main sur sa joue, doucement, comme s'il avait affaire au plus précieux et au plus rare des oiseaux.

— Je viendrai toujours pour vous, ma chérie. Vous êtes mon soleil.

En d'autres circonstances, Beth se serait volontiers pâmée. Pressant la joue contre sa paume tiède, elle lui rendit son sourire.

— Et vous, vous êtes le vent que j'adore.

Oubliant leurs poursuivants, ils échangèrent un regard plein de ferveur.

Tout à coup, la ruelle obscure s'illumina d'une lumière pailletée, comme si la magie de l'amour irradiait de leurs cœurs et...

Oh... Malédiction ! songea Beth.

*

Devon la contemplait, ébloui par sa beauté. Il ne trouvait même pas de superlatif pour la décrire. Il aurait fallu un langage composé de battements de cœur, de soupirs béats et de...

Beth leva la main pour frôler une longue spirale scintillante qui s'enroula autour de ses doigts et parut se fondre dans sa magie personnelle.

— Une énergie thaumaturgique si aboutie, c'est extraordinaire chez un si jeune spécimen, murmura-t-elle. Regardez ces particules électromagnétiques luminescentes...

S'il n'avait pas déjà décidé de l'épouser, Devon aurait compris en cet instant qu'il était prêt à tout pour pouvoir écouter cette femme parler de science et d'oiseaux.

Il mit une seconde à comprendre qu'elle était inquiète.

— C'est mauvais signe, dit-elle en levant la cage pour soulever la housse.

— Merde !

— *Ti-wiiit,* pépia le caladrius.

De guingois sur son perchoir, il battait de la queue dans un halo de lumière enchantée qui n'arrivait pas à raviver son plumage terne et ébouriffé.

— Il a besoin de voler ! Mais nous n'allons pas le relâcher en ville. Il nous faut de l'eau. Et des fruits. Une banane écrasée, de la compote de pomme...

— Il faut surtout se dépêcher, lui rappela Devon.

Ils se remirent à courir, laissant une traînée de magie dorée dans leur sillage.

Soudain, au détour d'une ruelle, un homme surgit de nulle part, pistolet en main.

Un coup de feu retentit.

Effrayé, le caladrius piailla et on entendit ses ailes cogner contre les barreaux de la cage. Quelques piétons s'empressèrent de déguerpir.

L'homme pointait le canon de son arme vers le ciel. Il avait une fine cigarette coincée entre les lèvres.

— Schreib !

— Pas de panique. Je n'ai pas l'intention de vous tirer dessus...

— Par là !

Beth attrapa Devon par le bras et l'entraîna dans une rue plus large, au bout de laquelle ils débouchèrent sur une avenue bordée d'arbres.

Les poumons en feu, ils passèrent devant le chantier de l'Imperial Institute, la faculté de sciences en construction.

Schreib les avait pris en chasse.

— Arrêtez-vous !

Ils redoublèrent de vitesse et, ayant atteint Exhibition Road, voulurent bifurquer vers la gare.

— Damnation ! s'écria Devon en voyant Cholmbaumgh planté au milieu de la chaussée, une batte de cricket à la main.

Contraints de rebrousser chemin, ils zigzaguèrent entre les piétons, déclenchant moult protestations et s'attirant des regards d'une extrême sévérité.

Schreib et Cholmbaumgh étaient toujours à leurs trousses.

— Qu'allons-nous faire ? haleta Beth, gagnée par la panique. Le caladrius ne survivra pas longtemps à un tel traitement !

— Nous allons l'emmener dans la volière du Prince Albert !

— Comme le voulait M. Florimond Plumcage ?

— Le parc est à deux pas, dit Devon en désignant les arbres verdoyants qui se dressaient au bout de l'avenue.

Il la prit par la main et, dans un ultime effort, ils accélérèrent encore l'allure. La cage ballottait au bout du bras de Beth, qui se sentait désormais solidaire des malheureux oiseaux qu'elle avait elle-même traqués.

Elle jeta un coup d'œil en arrière. Schreib et Cholmbaumgh s'étaient mis à trottiner, comme s'ils avaient moins envie de les capturer que de les pousser dans la bonne direction. *Une tactique souvent appliquée par les ornithologues*, se rappela Beth.

Au même instant, Hippolyta et Oberhufter jaillirent d'une porte cochère située sur leur droite, à quelques mètres de là.

— *Halt !*

— Stop, Elizabeth !

Devon dévia brusquement sur la gauche pour leur échapper. Beth faillit perdre l'équilibre. Mais à sa grande stupeur, Cholmbaumgh se jeta entre elle et les deux autres ornithologues, provoquant une collision et des cris rageurs.

— Fuyez ! leur cria Cholmbaumgh, dont le bras émergeait d'un méli-mélo de membres et de jupons superposés.

Beth et Devon échangèrent un regard ahuri avant de poursuivre leur course sur Exhibition Road.

Comme ils approchaient des hautes grilles du parc, ils se rendirent compte qu'une petite foule était assemblée de part et d'autre de la porte de Coalbrookdale.

Au loin, on entendait une fanfare jouer une musique enlevée.

— Ce n'est peut-être pas une bonne idée, remarqua Beth.

— *TI-WIIIT !* objecta le caladrius.

— Nous n'avons pas le choix, dit Devon en montrant Schreib qui arrivait, ainsi qu'une troupe de collègues ornithologues brandissant filets, jumelles et cages à oiseaux...

Et n'était-ce pas une héli-ombrelle qui était en train de s'élever au-dessus du Royal Albert Hall ? Non, c'étaient quatre héli-ombrelles ! M. Tarrou, du Syndicat d'ornithologie de Paris, était suspendu à l'une d'elles. Les trois autres transportaient ses domestiques agrippés à ses bagages.

À l'approche de Beth et Devon, les badauds réunis devant les grilles se mirent à siffler et applaudir. On s'écarta pour leur permettre de franchir le haut portail en fer forgé.

Une fois dans l'allée, ils s'immobilisèrent, bouche bée devant le spectacle qui les attendait.

— Oh non ! gémit Beth.

— Bon Dieu ! grogna Devon.

27

Ce que nous voulons tous, oiseaux et ornithologues,
c'est la liberté de trouver nos propres cieux
et notre propre magie.

Des oiseaux à travers un verre de sherry,
H.A. QUIRM

Des centaines de spectateurs se pressaient de chaque côté de South Carriage Drive. Ils agitaient de petits fanions et des ballons en forme d'oiseaux.

— Ca-la-dri-us ! Ca-la-dri-us ! scandaient-ils.

Des banderoles tendues entre les arbres affichaient des slogans percutants : « DOPEZ VOTRE VIE AVEC L'ORNITHOLOGIE ! » ou « LES OISEAUX VONT METTRE DE LA MAGIE DANS VOS ÉTUDES ! »

Deux clowns coiffés de chapeaux à plumes circulaient en dansant parmi la foule pour distribuer des sucettes et des formulaires d'inscription à l'université.

À la vue des deux ornithologues, la foule se déchaîna (c'est-à-dire que les gens sifflèrent et applaudirent plus fort – on était quand même dans l'Angleterre victorienne, où l'idée qu'on se faisait de la liesse populaire était considérée comme de l'apathie par des peuples ~~émotionnellement sains~~ plus dissipés).

— Bonté divine ! murmura Beth.

— Ca-la-dri-us ! Ca-la-dri-us !

Un jeune enfant à peine sorti de ses langes réussit à faire entendre sa voix zozotante malgré le vacarme :

— Maman, le monsieur et la dame des oiseaux, ils se tiennent par la main. Est-ce que ça veut dire qu'ils vont se marier ?

— *Ooooooh !* fit la foule, attendrie.

Beth et Devon se retournèrent. Au niveau du portail, Schreib reprenait son souffle. Il leur adressa un clin d'œil et agita son pistolet, l'air de dire : « Allez, dépêchez-vous ! »

Bien que désorientés, et faute d'alternative, ils poursuivirent leur chemin sous les acclamations de la foule qui leur lançait des confettis.

Beth se sentait étourdie, submergée – mais la main de Devon tenait la sienne. Sa présence réconfortante, ses bottes en cuir, son long manteau et ses muscles virils offraient un sanctuaire à ses nerfs à vif.

Elle avait envie de se réfugier dans un endroit tranquille, de préférence sous un arbre, et de sortir son carnet pour faire une rapide analyse bénéfice-risque avant de laisser le caladrius dans la volière du Prince Albert. Et elle avait aussi très envie de boire une tasse de thé. Hélas, ils n'avaient pas le temps. Elle ne pouvait qu'avoir foi en l'avenir et adorer le vent.

Alors qu'ils avançaient, deux rangées de spectateurs se réunirent dans leur dos, et bientôt ils se retrouvèrent en tête d'un énorme attroupement.

Ils passèrent devant le mémorial. Sur les marches du monument, une fanfare jouait « L'ouverture de Guillaume Tell » de Rossini avec une fougue qui faillit avoir raison du sang-froid de Beth.

Une trentaine de mètres plus loin, au milieu des jardins en fleurs, se dressait la volière.

L'exosquelette en cuivre de la grande coupole en verre donnait l'illusion d'un diamant à facettes. Des rosiers grimpants escaladaient l'entrée en forme d'arche.

Avec les rayons du soleil qui se reflétaient sur la verrière en formant çà et là de petits arcs-en-ciel, la structure découpée contre le bleu du ciel ressemblait à un château de conte de fées.

Devon s'arrêta et Beth se rapprocha de lui en serrant fort la poignée de la cage. Devant l'entrée de la volière se tenaient deux hommes vêtus de costumes sombres et chapeaux melon identiques. Leurs moustaches frémissaient d'excitation – ou peut-être avaient-ils juste envie de se gratter à cause de la chaleur ?

— Victoire pour les tourtereaux ! clama le premier.

— Et gloire aux études supérieures ! clama le second.

Un silence plein d'impatience tomba sur la foule.

Beth et Devon se dévisagèrent.

— Vous comprenez ce qui se passe ? chuchota Beth.

— Je crois que nous avons été joués. Ce sont les deux hommes qui nous ont pistés depuis Paris.

— Des agents de presse ?

— Des agents de presse. Comment n'ai-je pas compris cela plus tôt ?

Ces derniers les gardaient à l'œil comme ils auraient surveillé un duo de nitro-hérons sur le point de tout faire exploser.

À côté, les membres du comité de la SIO étaient alignés les uns à côté des autres, vêtus de leurs toges d'apparat, manifestement surpris par la présence d'une telle foule.

Non loin se trouvait Laz Brady, ainsi qu'un autre jeune homme vêtu de l'uniforme bleu des athlètes d'Oxford qui brandissait une pancarte : « TOUJOURS PLUS HAUT AVEC UN DOCTORAT EN ORNITHOLOGIE ! »

Beth comprit enfin.

— Tout ça n'était qu'une campagne de promotion !

— Je crois que vous avez raison.

— Mais... c'est fou !

— Bah... Nous avons affaire à des ornithologues, dit Devon avec un haussement d'épaules fataliste.

De sa main libre, il glissa une mèche de cheveux derrière l'oreille de Beth.

— *Oooooh...*, fit la foule attendrie.

Les deux hommes en costume s'approchèrent, leurs sacoches à la main.

— Bonjour, professeurs. Je suis M. Flogg et voici mon associé, M. Fettick. Félicitations !

— Euh... merci, bredouilla Beth.

— Vous avez été un souffle d'inspiration pour les amoureux des oiseaux. Votre vaillance, vos exploits et votre idylle ont fait des émules partout en Angleterre et à l'étranger. Cette semaine, les demandes d'inscription ont triplé dans les facultés d'ornithologie. Nous en avons reçu au moins douze ! La Société internationale d'ornithologie souhaiterait vous prouver sa gratitude en vous proposant à tous deux une revalorisation professionnelle sous la forme d'une titularisation dans l'établissement de votre choix.

♥ *Une chaire !* ♥ se réjouit l'ambition de Beth. Mais son cerveau était submergé par un flot de pensées cyniques et son corps soumis à une surdose de stimuli. Elle avait envie de s'enfuir dans une lande lointaine où la douce mélodie de la paruline serait le seul son qu'on puisse entendre à des lieues à la ronde.

Derrière M. Flogg, les membres du comité la considéraient avec une bienveillance solennelle. Remarquant que Gladstone ne se trouvait pas parmi eux, elle se mit à respirer plus librement et leur adressa un sourire poli.

— C'est très gent..., commença-t-elle.

— Mais attendez ! l'interrompit M. Flogg d'une voix théâtrale qui la fit sursauter et effaroucha le caladrius sous sa housse. Ce n'est pas tout ! Le Collège royal des sciences aimerait vous honorer en vous remettant la médaille de l'Excellence, qui s'accompagne d'une récompense de dix livres !

— Dix livres chacun ? Mazette, nous sommes riches, ironisa Devon.

— Euh, non... C'est dix livres à vous partager, précisa M. Flogg en se triturant la moustache d'un air gêné.

— L'Ornithologue de l'année n'était-il pas censé recevoir un prix de cinq mille livres ?

Les membres du comité échangèrent des regards nerveux, comme si Devon venait de les menacer de voler tout leur stock de craies.

— Oui, eh bien..., reprit M. Flogg, vous comprenez... vous êtes deux et, comme chacun sait...

— Il ne peut y avoir qu'un seul vainqueur, dirent d'une même voix Beth, Devon et les membres du comité.

— Exactement. Aussi la somme sera-t-elle répartie entre les membres du comité.

— Qui comprend bien plus de deux personnes, objecta Devon.

Personne ne l'entendit, car les membres du comité étaient déjà en train de se congratuler mutuellement.

— Et que va-t-il advenir du caladrius ? s'enquit Beth.

— Ah. À ce sujet, j'ai également d'excellentes nouvelles à vous annoncer, enchaîna M. Flogg. Le comité a le privilège d'offrir au caladrius une tournée des îles Britanniques tous frais payés. Y compris une audience particulière avec le soigneur de la volière de Sa Majesté la reine !

Beth se sentit tout à coup glacée.

— Mais c'est exactement ce que voulait faire Gladstone ! protesta-t-elle. C'est pour empêcher cela que nous avons volé l'oiseau !

— En effet, mais cette tournée se fera au nom de la science, et non pour le profit, intervint le secrétaire du comité, M. Badeau.

— Oui, ça n'a rien à voir, assura le représentant de l'Universiteit van Amsterdam.

— Le Pr Gladstone a été invité à présenter sa démission, annonça le chancelier de l'université d'Oxford d'un ton entendu.

Puis il reluqua Beth d'un œil salace avant d'émettre un gloussement approbateur.

Elle en déduisit que son avenir lui réservait de grandes choses : une chaire, un bureau d'angle et une paire de gants en caoutchouc de haute qualité pour faire la vaisselle dans la salle de repos des professeurs.

Les doigts crispés sur la poignée de la cage, elle recula d'un pas.

— Veuillez nous excuser un moment, fit Devon.

Il entraîna Beth à l'écart et elle perçut chez lui une envie de fuir qu'elle-même ressentait. Mais comment ? Ils étaient pris en tenaille entre le comité et la moitié de la population londonienne.

— C'est terrible ! dit-elle à voix basse. Nous ne pouvons pas mettre le caladrius dans cette volière. Ce serait comme l'enfermer dans une cage plus grande. Et nous ne pouvons pas non plus nous enfuir. Ce pauvre oiseau est fichu !

Devon prit une profonde inspiration, puis expira. Quand il inspira de nouveau, Beth l'imita en calant sa respiration sur la sienne. La méthode était efficace, mais seulement si on voulait se donner le tournis.

— Vous avez un plan ? chuchota-t-elle, pleine d'espoir.

— Non. Je suis complètement dépassé par les événements.

— *Ti-wiiit !*

Ils baissèrent les yeux sur la cage. Un filet de magie s'échappait de sous la housse et montait vers eux en arabesques dorées.

— *Oooooh...*, s'émerveilla la foule.

La magie commença à s'étendre en rubans étincelants dans lesquels crépitaient de minuscules étincelles roses. Elle flotta jusqu'à Devon, l'encercla, puis s'enroula autour de Beth pour les unir dans son sortilège.

— *Aaaaaah...*, fit la foule en extase.

MM. Flogg et Fettick les fixaient de leurs yeux écarquillés. Les membres du comité commencèrent à sortir carnets et crayons de leurs poches pour noter les détails du phénomène.

— *Ti-wiiit !*

Le cœur battant, Beth enleva la housse.

Dressé sur son perchoir, le petit oiseau blanc étendit ses ailes.

— Le caladrius ! s'exclamèrent les spectateurs du premier rang.

— Où ça ? Où ça ? crièrent les autres.

— Poussez-vous ! Je ne peux rien voir !

— Vite, Hilda, sors ton carnet à dessin !

— Il ne ressemble pas du tout à l'illustration qui est dans le journal.

— *Ti-wiiit, ti-wiiit !*

Une lumière intense jaillit du frêle oiseau. Éblouis, les gens durent tourner la tête. Quand ils regardèrent de nouveau, ils virent que les barreaux de la cage étaient en train de fondre. De grosses gouttes de métal doré tombaient sur le sol...

Bientôt il ne resta plus que la poignée dans la main de Beth.

— Oh non ! gémit-elle.

Et le caladrius s'envola, chantant à pleins poumons.

*

Tandis que l'oiseau montait dans le ciel ~~pur~~ modérément pollué, Beth éprouva un brusque soulagement et ses craintes s'évaporèrent.

L'oiseau filait vers le soleil, laissant dans son sillage une traînée de magie qui lui faisait comme une longue queue de lumière, constituée de tous les maux et infirmités qu'il avait absorbés depuis sa capture et de toutes les douleurs qu'il avait transformées en espoirs.

À travers les jardins de Kensington, la végétation se mit à bruire doucement. La musique jouée par la fanfare s'estompa, et on n'entendit plus que l'exquise mélodie de la clarinette.

L'amour irradiait dans l'air.

C'était de la magie, mais c'était bien plus que cela. C'était un miracle de guérison pure au cœur de la vie, où seule la vérité existait.

Parmi la foule, une pléthore de mots brisés, de silences blessés et de simples tracas du quotidien s'apaisèrent en douceur.

Les gens s'étreignaient en pleurant de joie. On échangeait des serments d'amour, des excuses, des promesses. On signait des formulaires d'inscription. Quant à MM. Flogg et Fettick, ils s'embrassaient avec une telle passion que leurs chapeaux melon finirent par dégringoler.

Même les membres du comité semblaient au paroxysme de l'émotion : on assista à plusieurs poignées de main et à quelques tapes dans le dos.

Splaf !

— C'est votre faute, crétin de Teuton ! clama une voix quelque part dans la foule. Cet oiseau était à moi !

— *Ach !* Elle m'a mis une torgnole, la gueuse !

Tout en riant, Beth se tourna vers Devon.

Il avait disparu.

Déroutée, elle jeta un regard autour d'elle avant de le découvrir à genoux à ses pieds.

— Oh, fit-elle.

Sa confusion s'accentua jusqu'à ce que toutes ses pensées soient floues. Elle n'avait plus conscience que des battements désordonnés de son cœur et du regard enténébré que le professeur levait vers elle.

— C'est un peu embarrassant, avoua-t-il en lui prenant les mains – sans serrer pour qu'elle puisse se dégager si elle le souhaitait. Je ne m'attendais pas à me retrouver à genoux devant une foule par la magie d'un tout petit oiseau.

— Ah. Désolée.

Il sourit.

— Ne vous excusez pas, mon ange. Je n'ai pas besoin de magie pour savoir que je vous aime. J'avais l'intention de le faire de toute façon, quoique dans un endroit un peu plus intime. Vous savez, avec des fleurs, du champagne et un joli panorama. Néanmoins, je remercie le caladrius de m'avoir insufflé ce courage, sinon cela aurait pu me prendre un peu plus de temps.

— Vous avez besoin de courage ? Vous ?

— Plus que vous ne croyez, chérie.

Son sourire avait vacillé et elle sentit ses mains trembler. Elle aurait voulu les presser contre son cœur pour qu'il comprenne que celui-ci ne battait que pour lui, mais elle était pétrifiée, envoûtée par le sortilège qu'il tissait autour d'elle comme une toile depuis une semaine, avec son espièglerie, sa tendresse et ses baisers.

— Vous pouvez me dire non, lui rappela-t-il. Vous avez le droit de me tourner le dos et de vous en aller tout de suite, même devant tous ces gens qui nous observent.

Beth sentit sa gorge se nouer en réalisant que des centaines de regards étaient braqués sur eux.

La foule avait déjà oublié le caladrius face à cette scène bien plus intéressante. Beth reconnut Rose Marin, la professeure sans foi ni loi d'Édimbourg, qui arborait un large sourire. Hippolyta avait l'air éberluée. La superbe moustache de M. Chevrolet frémissait. Et n'étaient-ce pas le propriétaire de l'auberge Chaucer et sa fille qui agitaient la main, près d'un massif d'hortensias ?

— Mais, poursuivit Devon, si vous souhaitez rester...

Il marqua une pause, se passa la main dans les cheveux avec nervosité.

Plusieurs spectateurs s'impatientèrent. Et dans les rangs du comité, une voix marmonna : « Par pitié, finissons-en ! »

— ... si vous souhaitez rester, eh bien, je propose que nous nous mariage. Enfin... que nous nous mariions. Nous pourrons voyager... là où vous voudrez. Explorer les territoires où le moa géant de Nouvelle-Zélande est doué de clairvoyance. Observer les nids d'aigles en Amérique. Ce sera très amusant. Nous pourrons sauver des tas d'oiseaux et passer beaucoup de temps à... vous savez. Voilà. Tant pis, ce n'est pas grave. Au revoir.

Il ébaucha un mouvement pour se relever, mais Beth lui posa la main sur l'épaule pour le maintenir en place.

Devon leva sur elle un regard débordant d'amour, mais qui trahissait tant de vulnérabilité qu'il évoquait un oisillon quittant son nid pour la toute première fois avant de se jeter dans la promesse du ciel.

Elle lui sourit, sûre d'elle, mais un peu chancelante.

— Je n'ai pas besoin d'une réflexion poussée pour aboutir à la conclusion que votre proposition comporte de nombreux bénéfices et qu'il ne serait pas pertinent de ma part de la repousser.

Aussi veuillez considérer que j'y apporte une réponse positive.

— Hein ?

Beth chercha fébrilement dans les recoins de son esprit la traduction de ce charabia dicté par son cerveau chaviré. Mais la réponse lui vint du cœur.

— Oui.

— Oui ?

— Oui ! Je vous aime, Devon. J'accepte avec joie de vous épouser.

Il se remit sur pied, prit son visage entre ses mains et lui donna un baiser plein d'ardeur. Beth lui noua les bras autour du cou.

La foule poussa une clameur explosive. Les banderoles et fanions échappèrent aux mains tendues pour s'envoler en claquant dans l'air, telles des ailes géantes.

Une voix perça le tumulte :

— Sapristi, jolie prise, Elizabeth !

Un rire interrompit leur baiser. Toujours enlacés, ils échangèrent un sourire avant de lever les yeux vers le ciel, mus par l'instinct irrépressible des ornithologues en quête de rêves ailés.

Très haut, le caladrius exécuta un cercle au-dessus de leurs têtes en chantant gaiement. Puis il disparut dans un battement d'ailes mystérieux.

Et le vent adoré se leva, promesse des jours heureux à venir.

Remerciements

Écrire ce livre fut aussi exaltant que poursuivre un oiseau fabuleux. Mes remerciements les plus chaleureux à Beth et Devon, qui ont toujours su quel itinéraire nous devions choisir – et à tous les oiseaux qui chantent près de ma fenêtre quand je travaille et qui m'ont magnifiquement inspirée !

Ce roman se classe dans la catégorie « *cosy fantasy* historique », puisqu'il met en scène des oiseaux doués de pouvoirs magiques – et une femme enseignante à l'université. Même si je me suis appliquée à retranscrire en détail la vie en 1890, j'ai pris de nombreuses libertés artistiques, par exemple en inventant des facultés d'ornithologie au sein des universités anglaises de l'époque (à ma décharge, cela m'a paru justifié dans un univers peuplé de féroces oiseaux magiques).

Merci à tous les vrais ornithologues qui travaillent pour nous permettre d'approcher ce que décrit le poète William Blake : cet immense monde de délices que, bornés par nos cinq sens, nous ne comprenons pas.

Comme toujours, j'exprime toute ma gratitude à ceux qui m'ont accompagnée dans ce voyage littéraire. Kristine Swartz, j'apprécie tant tes conseils qui prouvent que tu sais capter l'essence de mes histoires. Taylor Haggerty, merci pour ta gentillesse, ta sérénité et ta capacité à me faire sourire. Jasmine Brown et Mary Baker, vous m'avez apporté une aide précieuse. Merci également à Heather Baror-Shapiro et à Alice Lawson ; à Rebecca Hilsdon, Jorgie Bain et toute l'équipe chez Michael Joseph Books ; et merci aux maisons d'édition qui me publient en langue étrangère.

Toute ma reconnaissance à Stephanie Felty, Anika Bates, Christine Legon, Stacy Edwards, Katy Riegel, Eileen Chetti et leurs collaborateurs chez Penguin Random House. Et un immense merci à Katie Anderson pour sa superbe couverture !

Des baisers à toutes mes lectrices. C'est un bonheur d'écrire pour vous !

Et comme d'habitude et pour toujours, tout mon amour à Amaya, Julie, Simon, Anya et Myla.

Je veux aussi remercier tous ceux qui m'ont aidée à retranscrire les troubles neurodivergents dans mes livres. Je n'utilise pas dans mes romans les termes techniques des diagnostics modernes, qui seraient anachroniques, mais savoir que des personnes neurodivergentes se sont retrouvées dans mes personnages est très important aux yeux de l'autiste que je suis.

Depuis que j'ai terminé ce livre, je continue de me raconter la suite des aventures de Beth et Devon. Je les imagine combattant des contrebandiers et partant à la recherche du moa géant. Aussi, en guise de mini-épilogue, je vous invite à leur rendre visite aussi souvent que moi, pour les voir main dans la main dans la prairie américaine noyée de soleil, en train d'observer la danse des aigles.

Composition
NORD COMPO

Achevé d'imprimer en Italie
par GRAFICA VENETA
le 5 février 2025

Dépôt légal : mars 2025
EAN 9782290411049
L21EDDN001321-639562

ÉDITIONS J'AI LU
82, rue Saint-Lazare, 75009 Paris

Diffusion France et étranger : Flammarion